KB262394

제국의 군인

제국의 군인 1

요람 퓨전 판타지 소설

초판 1쇄 찍은 날 § 2012년 5월 18일
초판 1쇄 펴낸 날 § 2012년 5월 25일

지은이 § 요람
펴낸이 § 서경석

편집부장 § 권태완
편집 § 주소영
디자인 § 이혜정

펴낸곳 § 도서출판 청어람
등록번호 § 제1081-1-89호
등록일자 § 1999. 5. 31
어람번호 § 제1-1390호

주소 § 경기도 부천시 원미구 심곡2동 163-2 서경B/D 3F (우) 420—822
전화 § 032-656-4452 팩스 § 032-656-4453
http://www.chungeoram.com
E-mail § chungeoram@chungeoram.com

© 요람, 2012

ISBN 978-89-251-2876-4 04810
ISBN 978-89-251-2875-7 (세트)

제국의 군인

Soldier of

FANTASY FRONTIER SPIRIT

1

요람 퓨전 판타지 소설

도서출판 청어람

CONTENTS

작가서문

안녕하세요. 요람입니다.

이렇게 책 지면으로 여러분을 만나게 되다니…… 매우 얼떨떨하지만, 반대로 기분이 너무 좋습니다.

어렸을 적부터 소설을 좋아했고, 지금은 거의 활자중독이라 해도 과언이 아닙니다.

그래서인지 자연스럽게 글을 스스로 쓰기 시작했고, 어느덧 이렇게 책으로 제 글이 나오게 되었네요.

가볍게 취미로 썼다가, 어느덧 책임과 부담을 느끼는 지경이 되어버렸습니다.

그래도 끝까지 최선을 다해보겠습니다.

여러분도 좋은 시선으로 지켜봐 주세요.

책 소개를 하고자 합니다.

이 이야기는 철영이라는 갓 군 제대한 남자가 이세계의 휘안이라는 남자의 몸에 들어가면서 생기는 일을 다룬 이야기입니다.

군 시절 미친개라고 불렸던 남자가 이세계, 그것도 전쟁터 한복판에 떨어지면서 이야기는 시작됩니다.

글의 기본 요소는 전략, 전술과 병력과 병력 싸움입니다.

옛날 역사에 나오는 전쟁 같은 개념이라 보시면 편할 겁니다.

대마법사, 소드 마스터 등 보통 판타지 소설에 나오는 설정을 뺐습니다. 대신 그에 준하는 색다른 설정들을 집어넣었습니다.

아마 흥미 있게 읽으실 수 있으실 겁니다.

글 방향은 때론 부드럽고, 때론 급류처럼 폭발적인 장면을 담도록 많이 노력했습니다.

그에 따라 잔잔함과 통쾌, 호쾌한 주인공을 그리고자 합니다.

진짜인지 아닌지는 글로써 확인하는 게 빠르시겠죠?

감사한 분들께 인사를 할까 합니다.

일단 글을 쓰는데 있어 가장 큰 힘이 되어준 가족.

십 년간 운동만 했고, '애기' 와 '얘기', '자나' 와 '잖아' 도 잘 모르던 제가 글을 쓰고 싶다고 했을 때 끝까지 믿어주던 누나.

그런 든든한 후원자였던 누나에게 정말 고맙다고 말하고 싶습니다.

물론 아버지, 어머니, 그리고 형에게도 고맙고요.

그리고 친구들.

주변에서 계속 든든하게 있어주고, 넌 잘될 거야 하고 힘을 주었던 혁일이, 수진이, 한진이, 순웅이, 문범이, 광용이, 기환이, 선우, 그리고 혜진이, 경아, 아름이.

너희한테 정말 고맙다.

약속대로 지면을 빌려 너희에게 고맙다는 인사를 전할게. 특히 뚜루 너. 만족했지?

다음으로 제게 많은 힘을 실어주셨던 우리 마굴 인사들. DreamSeller님, 은자님, 제이메츠님, 베네님, 라그니즈님, Maneater님, miraclebook님 정말 감사합니다.

마지막으로 제 글을 책으로 내고 싶다고 연락 주신 청어람 출판사의 권태완 편집부장님, 같이 고생해 주신 우천제 실장님, 주소영 대리님 세 분께도 감사하다고 인사드리고 싶습니다.

끝으로 제 글을 읽어주실 많은 독자님들에게 일상에 안녕과 행운을 빌어드리고, 미력한 글 솜씨나마 최선을 다하는 글쟁이 요람이 되도록 하겠습니다.

글쟁이 요람(搖籃) 拜上.

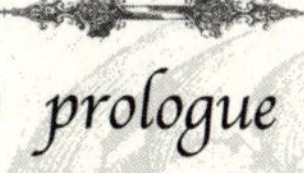

prologue

"미친개? 아아, 알지. 그럼 아주 잘 알지. 여기서 그분 모르면 간첩이지. 하하! 왜냐고? 여기 주점은 항상 오는 사람만 와. 바로 노스 평원 전투에서 살아남은 군인들이지. 그때 그 전투에서 그분 아니었으면 진짜 많은 사람들이 죽었을 거야. 여기 주점 이름이 뭔 줄 아나, 자네? 케르베로스(Kerberos)라네. 저쪽 북방의 발바롯사 놈들이나 광견(狂犬), 혹은 미친개라 부르지 우리들은 그렇게 안 불러. 왜냐고? 생명의 은인을 그렇게 불러서야 되겠나? 응? 왜 케르베로스냐고? 아아, 맞아. 분명 케르베로스는 지옥문의 수문장이지. 하지만 우린 우리 제국을 지켜달라는 의미로 사용한다네. 절대 제국이 지옥이라는 소리는 아니야. 하하! 만약 그랬다간 바로 감찰부에 끌려갔지. 하하! 그러고 보니 자넨 이방인이군. 케르베로스를 모르는 걸 보니. 그런 의미에서 내 하나 얘기해 줌세. 절대 현역 군인들 앞에서는 미친개라는 소리로 그분을 입에 담지 말게. 그 자리에서 끌려갈지도 모른다네. 첩자니 어쩌니 하면서. 그분에 대한 유명한 이야기? 많지. 너무 많아 셀 수도 없을 정도야. 아, 이거 너무 얘기했더니 목이 다 칼칼하구만. 어디 시원한 맥주 한잔 마셨으면 좋겠는데⋯⋯. 어이쿠, 이거 고맙군. 하하! 어디 보자⋯⋯. 유명한 전투야 많아. 전설로 남을 행보도 많았지. 그중에도 꼽으라면 역시 이그니시스 협곡 대전투, 킬링 해협 섬멸전, 발록 대 사막 타격전, 슬리핑포레스트 도주전, 낙월성(落月城) 공성전, 그 외에 셀 수도 없이 많아. 아, 그리고 그분은 또 트레저 헌터로도 유명했지. 아는가? 그분을 따르는 동료들, 그왜 유명한 분들 있잖은가. '철벽(鐵壁)' 빅터 장군님이나 '섬광(閃光)' 테일러 장군. 그분들이 사용하는 모든 무기와 방어구를 그분이 직접 구해주신 거라네. 그중에 압권은 역시 그분이 사용하는 신검(神劍)이지. 아아, 또 있네, 또 있어. 제국의 꽃, 초원의 꽃, 바다의 꽃을 꺾은 얘기도 유명하지. 근데 자네 정말 이런 얘기 한 번도 못 들어봤나? 이건 제국민이라면 네 살배기 어린애들도 아는 얘긴데? 이런, 시간이 벌써 이렇게 됐네. 마누라한테 혼나기 전에 이만 난 가보겠네. 다음에 또 보세. 허허허."

—제국실록 上. 인물 탐구 케르베로스(Kerberos).

제1장

시작부터 전쟁질이냐?

제국의 군인
Soldier of EMPIRE

눈떠보니 이상한 곳이었다.

어제 전역 기념으로 친구들과 진탕 술 마시고 집으로 돌아와 잠든 것까진 기억이 났다. 그렇게 잠들었다. 근데 눈을 뜨니 이상한 풍경이 눈에 보인다.

군막(軍幕)이 보이고, 군기(軍旗)가 보이고, 군인(軍人)이 보였다.

'아윽! 뭐야, 이게?

관자놀이를 타고 짜르르한 통증이 내달렸다.

그 통증은 순식간에 뇌는 물론 육체 사방을 휘저었다. 그 통증이 어찌나 크던지 흐릿하던 사물을 그대로 어둡게 만들 정도다.

전이(轉移)? 무언가가 차곡차곡 머릿속으로 옮겨왔다.

그리고 그건 지대한 통증을 유발시켰다.

현재 눈앞의 풍경을 이해하기도 전에 들이닥친 이 현상은 청년에겐 짜증이요, 고통이었다.

"휘안, 휘안, 괜찮아? 얼굴색이 안 좋아."

그런 청년의 곁으로 곰 같은 덩치의 남자가 다가와 옆에 툭 주저앉더니 한마디를 날렸다. 그러나 원래는 김철영이라는 이름을 가진 청년은 그 말에 대답하지 못했다.

하지만 이제 김철영은 없었다. 영혼만 철영일 뿐.

외모가 완전히 뒤바뀌어 버렸다.

'씨발! 너는 이게 괜찮아 보이냐, 이 곰 새끼야?'

평소라면 모르는 사람에게 이런 거친 언사는 절대로 안 썼을 거다.

하지만 지금은 평소가 아니었다. 눈떠보니 무슨 영화 세트장 같은 곳에 와 있다.

거기다가 대가리 속으로 미친 듯이 무언가가 쏟아져 들어오는데 이건 버틸 만한 통증이 아니었다.

그러자 자연스럽게 욕설이 툭툭 튀어나왔다.

물론 속으로.

현재는 통증 때문에 말이 안 나왔기 때문이다.

"어이! 어이? 뭐야? 휘안, 진짜 괜찮아?"

통증 때문에 얼굴에 핏기가 싹 가시자 그제야 뭔가 심상치 않은지 휘안에게 묻는 곰. 하지만 휘안은 대답하지 못했다.

“아으윽!”

머리가 아팠기 때문이다.

곰같이 생겼어도 정은 있는지 연신 휘안을 살펴보며 걱정스런 표정을 짓는 곰. 가슴 명찰에는 ‘빅터’라는 이름이 박혀 있다.

그리고 그 명찰 반대쪽 가슴엔 군 시절 질리게 봤던 작대기 하나가 박혀 있다.

“정말 괜찮아? 의무대로 갈까? 응?”

“아니, 아니…….으윽!”

휘안은 일단 빅터의 행동을 말렸다.

휘안은 본능적으로 이 두통이 아스피린 같은 진통제로 해결될 고통이 아니라는 걸 알았다.

이 통증은 거의 볼트를 심는 것 같은 통증이었다.

웬만한 사람은 고통이 시작되자마자 눈 까뒤집고 쓰러질 만한 고통이었다.

휘안이 골을 짚고 고개를 숙인 채 덜덜 떨고 있자 어느새 그 주변으로 하나둘씩 사람들이 모여들었다. 아니, 정확히는 ‘신병’들이 모여들고 있다고 하는 게 옳았다.

“무슨 일이지?”

“글쎄? 두통이 있는 거 같은데?”

“꾀병 아냐? 흥! 괜히 무서우니까 아픈 척하는 거지!”

주변 신병들의 목소리를 휘안도 들었다. 하지만 반박하진 않았다. 아니, 못했다.

‘이 개자식들이……’

그저 속으로 욕할 뿐이었다.

“거기! 무슨 일인가!”

“충성! 부상병입니다!”

“부상? 전투는 아직 시작도 안 했거늘 무슨 부상인가!”

“그게… 갑자기 두통을 호소하고 있습니다.”

“두통? 일단 의무대로 가라고 해!”

“네!”

꺾인 작대기 하나.

딱 보니 하사다. 하사.

휘안이 고개를 조금 들어 보니 하사가 보였다.

‘하사? 뭐야, 썅! 나 끌려온 거야?

어제 전역했는데.

그런데 어처구니없이 이런 일이 생겼다.

꿈인지 생시인지 알아볼 필요도 없었다.

두통도 진짜고, 느껴지는 오감(五感) 전체가 지금 이건 사실이라고 말해주고 있었다.

“휘안, 일어나 봐. 내가 데려다 줄게.”

“으으……”

빅터의 말에 휘안은 아무런 말도 못하고 그냥 당기는 대로 일어나 그의 어깨에 자동으로 손을 걸쳤다.

그런 일련의 행동에 휘안은 ‘아, 이 친구 힘이 참 좋구나’ 하는 쓸데없는 생각이 들었지만 그건 지금엔 필요없는 생각이라

패스.

뚜벅 소리를 내며 빅터의 부축 아래 진지 후방 의무대를 찾아 들어가자 군종의무관이 부상병을 돌보다 말고 고개만 힐끔 돌려 두 사람의 계급을 확인하고 물었다.

“무슨 일로 왔나?”

“이 친구가 머리가 아프다고 해서 찾아왔습니다.”

“두통? 잠깐만 거기 앉아서 기다리게.”

“네!”

빅터는 우렁차게 대답하곤 옆에 나무 의자에 휘안을 앉혔다.

“휘안, 잠깐 기다려. 금방 진료 봐주실 거야.”

“으으……”

물론 그 말을 듣고도 휘안은 빅터의 말에 대답하지 못했다. 아직도 두통이 상당했기 때문이다.

뇌가 쪼개지면 이런 고통이 올까 싶을 정도로 엄청난 고통이었다.

칼로 도려내는 것 같으면서도, 개미가 한 일만 마리는 달라붙어 뇌를 갉아먹고 있는 느낌이었다.

10분 정도 기다렸을까?

의무관이 사무적인 태도로 휘안을 진료하고는 약을 몇 개 들려주었다.

빅터는 다시 휘안을 진지 막사로 데리고 가 눕혔다. 그리고 직접 물을 떠서 약까지 먹여주는 친절함을 보였다.

“그럼 난 나가 있을 테니 좀 괜찮아지면 나오라고. 알았지?”

그 말을 끝으로 빅터는 막사에서 나갔다. 휘안은 빅터가 나가자 천천히 눈을 떴다.

빅터가 나가자 조금씩 통증이 가시기 시작했다. 그리고 동시에 이성적인 사고 판단이 돌아오면서 현재의 상태를 빠르게 점검하기 시작했다.

좀 전에는 고통이 너무 심해 그럴 겨를이 없었지만, 통증이 가라앉으면서 이제 조금 생각할 여유가 생긴 것이다.

‘젠장! 여긴 어디야?’

주변을 둘러보자 암녹색 천으로 만든 걸로 보이는 막사가 보였다. 얼마나 단출한지 바닥에 그냥 매트 하나 깔려 있고, 그 위에 자신이 누워 있었다.

‘이게 무슨 거지같은 짓거리야. 시팔! 꿈이라면 빨리 좀 깨라고!’

철영은 속으로 소리쳤다.

자신은 분명 어제 전역하고 서울로 돌아오자마자 지긋지긋한 군복을 내던지고 동기들과 만나 부어라, 마셔라 하면서 술을 퍼마셨다. 그렇게 새벽 늦게까지 마시고 나서야 귀가해 자신의 침대에 뻗어 잠들었다.

그리고 눈뜨니 지금 이 상황이다.

이 무슨 거지같은 상황이란 말인가. 휘안은 속으로 짜증이 왈칵 났다.

‘휘안……?’

거기다가 머릿속을 가득 메운 이 정체 모를 정보들은 휘안의 것이었다. 아니, 정확히 말하면 자기 자신에 대한 정보였다. 철영과 휘안 둘의 기억.

'올해 나이 스물한 살. 만으로 열아홉 살. 수도 알스테르담 거주. 어머니 계시고 밑으로 여동생 둘? 이게 웬 개소리냐.'

이건 자신의 정보였다. 철영의 것이 아닌 휘안의 기억. 철영의 기억이라 해도 맞고 휘안의 기억이라고 해도 좋았다.

'제국 알스테르담 군법 1조 1항에 의거하여 알스테르담 제국의 모든 남성은 만 19세부터 약 2년 2개월 간 국가에 충성해야 한다고? 1조 2항에 의거하여 전시에는 모든 19세 이상 남성들은 징집 명령에 따라야 한다고?'

철영, 아니, 휘안의 얼굴이 기괴하게 일그러졌다.

2012년이 되도록 세계에서도 유명한 분단 국가였던 대한민국에서 태어나고 살아온 휘안은 당연히 병역의 의무를 져야 했다.

그래서 자신도 대학교에 입학 후 1년만 마치고 바로 군대에 지원했다.

거지같은 군 생활. 솔직히 꼬인 군번이었다.

꼬인 군번이라 병장 달고도 위로 고참이 열 명이나 돼서 힘도 못 폈는데,

후임도 마르고 말라서 일말에 겨우 후임 하나 얻었는데.

그렇게 힘들게 전역했는데.

'허허, 허허허, 꿈이지? 꿈일 거야. 한숨 자자. 자고 일어나

면 다시 내 방 침대일 거야. 하하하!'

휘안은 현실을 부정했다.

하지만 신은 잔혹했다. 아니, 휘안에게만 잔혹했다.

뿌우우우……!

눈을 감고 현실을 부정하는 그 시간 진지 전체에 거대한 나팔 소리가 울렸다.

그리고 휘안은 그 소리에 눈을 번쩍 떴다.

철영의 기억이 아닌, 휘안의 기억 속에 잠재된 정보가 요동쳤다.

'전군 비상 나팔! 이, 이, 이런 시팔!'

번쩍 눈을 뜬 휘안은 바로 자신의 침대 옆에 세워져 있는 '창'을 잡았다.

철제로 이루어진 기본적인 장창이다.

"이런 쌍팔년도 개나리 같은… 창병이었어?"

미치고 팔딱 뛸 일이었다.

기억은 정리가 안 됐다. 시간을 가지고 천천히 생각한다면 모를까, 지금은 그럴 겨를이 없었다.

왜냐고?

전군 비상 나팔이 울렸기 때문이다.

"휘안! 비상! 전군 비상이야!"

"어!"

괜찮아? 빅터는 휘안에게 이렇게 물어볼 틈이 없었다.

고마워. 이런 감사 따위도 휘안이 빅터에게 할 시간이 없었다.

이미 투구와 창을 든 빅터가 급하게 휘안을 재촉했고, 휘안도 급히 조잡한 투구를 뒤집어쓰고 막사 밖으로 뛰쳐나갔다.

현실이지? 그런 건 현재 따질 겨를이 없었다.

기억을 살펴보면 현재 남부의 패자 알스테르담 제국과 북부의 산악초원의 패자 발바롯사 제국은 전면 전쟁 중이었다.

높으신 분들의 사정이야 일개 평민인 휘안이 어찌 알겠느냐마는 들리는 소문에 의하면 친선 사절로 간 알스테르담 일황자가 발바롯사 제국의 영토 내에서 잔인하게 죽고 말았다.

그 때문에 분개한 알스테르담 제국이 길길이 날뛰었는데, 발바롯사 제국은 오히려 군대를 일으켜 쳐들어왔다.

그게 대륙 2012년 봄에 일어난 일이었다.

밖으로 나오자 모두가 미친 듯이 뛰어다니고 있었다.

"전군! 위치로! 발바롯사 제국군이 움직인다!"

"방패병 전면으로! 장창병은 그 뒤로! 궁병과 소총병은 후미로 이동! 참호 뒤에 대기!"

"기마총병! 기마궁병! 위치로!"

"포병 연대! 포격 준비!"

전부 다 알아먹었다. 그리고 의문도 느꼈다. 그러나 그걸 풀 틈이 없었다. 어느새 자신은 빅터의 손에 끌려 방패병 뒤에 포진했기 때문이다.

"발바롯사 제국군은 기마대와 기사단이 주력이다! 둘의 진격만 막으면 우리가 이긴다! 모두 자신을 가져라!"

모자에 말똥 세 개를 단, 딱 봐도 대령으로 보이는 자가 나와서 고래고래 소리를 치고 있었다.

그걸 보면서 휘안은 거칠게 투덜거렸다.

"시팔, 여기도 병사, 부사관, 위관, 영관 제도야? 진짜 미쳐 돌아버리겠네!"

"응? 그럼 당연하지. 군대가 원래 그런 거 아냐?"

휘안의 거친 언사에 빅터는 생김새답지 않게 순박한 얼굴로 뭐 그런 소리를 하느냐고 되물었다.

하지만 휘안은 빅터의 말에 대답해 줄 여력을 느끼지 못했다. 그의 머릿속은 지금 여전히 뒤죽박죽에 짜증, 분노가 온통 뒤섞여 완전히 엉망이었다.

전역하고 눈뜨니 딴 세상. 거기다 바로 전쟁.

이런 기가 막힌 코스를 타면 누구나 다 이런 상태에 빠진다.

"으으, 떨린다. 휘안, 우리가 이길 수 있겠지?"

"이런, 쌍! 몰라, 나도!"

"모르면 모르는 거지 왜 소리를 지르냐? 쳇!"

짜증 가득한 대답에 빅터가 서운하다는 듯이 말하고는 전방으로 고개를 돌렸다. 휘안도 짜증나지만 전방으로 시선을 돌렸다.

상황이 어찌 됐건 뭔가 적에 대한 정보라도 있어야 했기 때문이다. 그리고 정보는 아주 적나라하게 휘안의 눈으로 들어왔다.

"이, 이런, 젠장……"

새까맣다.

진짜 새까맣다. 이 말 말고는 다른 말이 필요없었다.

검은색 복장 일통의 발바롯사 제국군이 대충 봐도 약 몇 킬로 정도는 떨어진 거리에서 서서히 진군해 오고 있었다.

전면전.

노스 평원을 두고 남으로 알스테르담 제국 북부군이, 북으로 발바롯사의 남부군이 갈라 대치하고 있다가 지금 바로 전면전, 부대끼리 전쟁을 하려고 하는 것이다.

두드드드드!

서서히 지축이 울리는 굉음과 함께 땅이 흔들리기 시작했다.

적 기마부대와 기사단의 돌격이 시작된 것이다.

"시, 시팔……."

절로 욕설이 나온 휘안이다.

대한민국에 태어나 영화나 드라마 빼곤 언제 이런 영상을 접해봤을까. 영상으로 봐도 웅장한데.

이걸 지금 현실로 보자니 아주 심장이 쫄깃해지는 기분이다.

이건 웅장하다 못해 전율이 일 정도다. 현실이라는 건 이제 인지하고 있다. 지금 저 기마대는 자신을 죽이러 오고 있다.

날 죽인다. 나를 비롯해 여기 있는 사람을 죽이려고 한다.

그 생각이 들자 온몸이 부들부들 떨렸다.

그때 휘안은 등 뒤에서부터 또다시 지축이 울리는 걸 느꼈다. 그에 고개를 돌려보자 진지 뒤쪽에서부터 뻥 뚫린 평원으로 아군의 기마대와 기사단이 출격하는 게 보였다.

"휘안! 저것 봐! 제국의 창 은빛날개기사단이야! 그리고 그 뒤는 남부제국군의 창 666기마부대! 이야!"

"이런 미친……!"

휘안은 욕설이 확 나왔다.

이게 대체 뭐하는 짓거리일까.

'아까 떠들었던 포병연대는? 소총부대도 있다며? 궁수대도 있다며? 근데 왜 전면전이야!'

오는 적을 맞받아친다. 이걸 모르는 게 아니었다. 하지만 피해를 줄일 수 있는 방법은 삼척동자도 알 수 있다.

기마대와 기사단은 포병의 포격으로 일단 저지시키면 된다. 화살을 날려 저지하고, 그 뒤에 아군의 기사단과 기마병이 출진하면 피해를 줄이고 이길 수 있었다.

하지만 휘안은 몰랐다.

소위 고위급, 높은 대가리들의 자존심이라는 것을.

휘안이 속으로 욕설을 내뱉는 사이 검은색 일통의 적 기사단 기병대와 아군의 백색 일통 기사단과 기병대가 부딪쳤다.

'…돌겠다, 정말…….'

휘안은 완벽하게 단정 지었다. 이건 꿈이 아니라는 것을.

평원이 피로 물들고 있었다. 진짜 원탁의 기사에서나 나올 차지용 마창을 들고 뛰어드는 기병대. 저건 집단 기병전 전용 무기였다.

전장에서 쓰일 무기가 아니었다. 하지만 기마의 질주 속도에 저 마창에 부딪치면 사람 목숨 하나 끊는 건 진짜 식은 죽 먹기다.

그 예로 지금 육안으로 확인이 가능한 이 거리에서도 확연히 보였다.

처절한 기병대의 전투를.

시작의 접전에서 딱 한 번 쓰인 차지용 마창은 버리고 각자 주 무기를 들고 미친 듯이 서로 싸우고 있었다.

"하, 하하…….."

보다 보니 기가 막혀 웃음이 나올 정도다. 현실의 인지는 일단 저리 버려 버리고 냉정하게 사태를 파악하려고 애썼다.

그러나 그것도 쉬운 게 아니었다. 무엇 하나 혼란스럽지 않은 것이 없다. 하지만 하나만은 확실했다.

"시발, 진짜 현실이잖아."

기사단과 기병대의 처절한 전투는 아직도 벌어지고 있다. 승자는 흑색의 기사와 기병대였다.

백색의 기사단, 알스테르담 군 북부의 창이라는 은빛날개기사단과 북부군 666기병부대는 전멸했다.

단 한 명도 남겨놓지 못하고.

뿌우우우!

평원 저편에서 거대한 뿔 나팔 소리가 들렸다.

뿌우! 뿌우우우!

동시에 아군 진지 뒤에서도 고막을 뒤흔드는 거대한 나팔 소리가 들렸다.

"전구운……! 돌격!"

뿌우! 뿌우우우!!

"돌격! 돌격하라!"

"간악한 발바롯사 제국군을 멸해라! 돌격!"

진지 곳곳에서 간부들이 발악하듯 고함치는 소리가 들렸다. 그러자 선두의 방패병이 '우와와!' 함성을 지르며 내달리기 시작했다.

"돌격! 모두 돌격하라!"

"각 소대장과 부소대장은 부대를 인솔하고 적병을 상대하라! 돌격!"

말을 탄 소령, 중령들이 곳곳에서 소리치고 있었다. 그 밑의 대위들도 병사들을 독려하며 평원으로 질주했다.

휘안은 제3장창부대다. 현재는 등 떠밀려 앞으로 같이 내달리고 있는 중이다.

"이, 개 같은! 씨발! 씨발! 씨바알……! 시작부터 전쟁질이냐!"

아비규환(阿鼻叫喚).

지금 이 상황을 가리켜 딱 어울릴 말이 있다면 아비규환. 이게 아주 딱이었다. 이 단어보다 현재의 상황을 잘 설명하는 단어는 그 어디에도 존재하지 않을 것이다.

"죽여!"

"더러운 발바롯사 제국의 개들을 처단해라!"

"돌격! 물러서지 마라! 돌격!"

말을 타고 칼을 휘두르며 연신 소리치는 알스테르담 제국의 간부들. 사방에서 달려드는 적들을 손에 든 피 묻은 검으로 내려치고, 때리고, 찔러 죽이면서 아군을 독려하고 있었다.

그리고 그건 발바롯사 제국도 마찬가지였다.

"죽여라!"

"돌격! 모두 죽여 버려! 시체까지 찢어발겨!"

난전.

완전히 난전이었다.

최초로 부딪쳤던 알스테르담의 방패 부대와 발바롯사의 보병 부대가 팽팽한 접전을 유지하더니 뒤이어 쏟아진 구릉에서의 궁병부대와 소총부대의 적군 후미 사격에 알스테르담 제국군이 승기를 잡나 싶었다.

하지만 그것도 잠시였다.

발바롯사 제국의 도끼병이 침투하면서 사정이 완전히 변했다. 우락부락한 산 도적 같은 모습으로 일통하고, 위에는 체인메일을 걸치고, 양손에는 짧은 손도끼를 든 도끼병단이 알스테르담의 방패부대와 창병의 옆구리를 바로 치고 들어왔다.

마치 고기를 도축하듯이 가죽인 방패부대와 살인 장창부대를 분리하더니 바로 도륙에 들어갔다.

"크하하! 죽여라! 모조리 이마빡에 도끼 자국 하나씩 찍어줘라! 크하하하!"

"죽여라! 크크! 모조리 죽여!"

　도끼부대의 부대장으로 보이는 자가 아군의 소위에게 날듯이 달려들더니 그대로 점프해 이마에 도끼 자국을 하나 선명히 찍어버리고 미친 듯이 광소하며 외쳤다. 이 한 장면에 그 주변에 있던 아군의 사기가 순간적으로 그대로 바닥을 쳤다.

　전쟁에서 잠깐의 머뭇거림과 공포는 곧바로 승패로 귀결된다. 그리고 승패는 곧 삶과 죽음의 갈림길이다.

　또한 생존은 인간의 가장 큰 욕구이기도 하다.

　"사, 살려줘!"

　"으아악!"

　어림잡아 6천에 가까운 도끼병들이 미친 듯이 중앙을 헤집었다. 아예 벌집 쑤시듯이 헤집자 피해를 받는 건 고스란히 아군이었다.

　"크하하! 죽여라! 모조리 죽여라!"

　"한 놈도 살려주지 마라! 백인대장 급은 전부 전장의 대장들을 노려라! 모조리 황천길로 보내 버려!"

　두 명의 도끼병이 병사들을 무자비하게 도륙하며 소리쳤다.

　이미 공포에 젖어 도망치는 병사들도 예외는 아니었다. 그저 눈에 보이는 백색 복장이 보이면 무조건 손도끼를 휘둘러 팔이며 다리, 얼굴, 가슴 등을 마구잡이로 찍어댔다. 그 모습은 병사들에게 무자비한 공포로 다가왔다.

　"모두 비켜라! 네 이놈!"

　아군의 소위 하나가 그 모습을 보고 말을 몰아 미친 듯이 달려왔다. 그 소위는 파악한 것이다. 저 두 명의 도끼병이 전장의 모든 도끼병들을 지휘하는 지휘관이라는 것을. 그리고 저 두 사람을 잡아야 전장의 기운을 뒤집을 수 있다는 것을.

마상용 대검이나 창이 아닌 주 무기인 롱 소드를 가슴에 밀착하고 바람같이 달려드는 소위.

"애송이는 꺼져라! 크하하!"

순간 달려오는 소위를 발견한 두 도끼병 중 하나가 손에 든 도끼를 그대로 내던지며 소리쳤다.

콰직!

"커헉!"

도끼는 그대로 바람같이 날아가 소위 복장의 사내 가슴팍에 들어박혔다. 그런 일련의 모습을 보인 도끼병이 다시 허리춤의 예비 도끼를 꺼내 들더니 미친 듯이 날뛰기 시작했다.

완전한 전장의 공포였다.

발바롯사 제국이 자랑하는 무적의 도끼부대였다, 전장을 완전히 혼란에 빠뜨려 버리는. 하지만 알스테르담 군도 이게 전부는 아니었다.

철컥철컥.

"우, 우와! 북부 중갑보병이다!"

"사, 살았다!"

요란한 쇳소리를 내면서 전장에 일련의 부대가 도착했다. 약 오천 명으로 이뤄진 북부 정예 중갑보병이었다. 거의 플레이트 메일에 버금가는 갑옷을 입고 한 손에는 사각의 방패를, 한 손에는 브로드 소드를 든, 그야말로 철벽의 정예 보병이었다.

그리고 도끼병들에겐 천적이었다.

삐이익—

"크크! 이제야 나오셨구만! 후퇴! 광전사들은 모두 후방으로 이탈한다!"

"빠져라! 지금 당장 후방으로 이탈한다! 크하하하! 간만에 피 맛 좀 봤으니 빨랑빨랑 돌아가, 이 개자식들아! 크하하하!"

하지만 도끼병들은 그런 중갑보병과 마주치지 않았다. 어차피 저들의 갑주에는 특수 처리가 되어 있어서 자신들의 손도끼는 박히지도 않는다. 괜히 부딪쳐 생목숨 잃느니 후퇴하는 게 나았다.

사방을 휘젓던 도끼병, 광전사들은 날카로운 퇴각 피리 소리에 그대로 몸을 돌려 전열에서 이탈했다.

그야말로 순속으로 치고 들어와 사방을 휘젓고 바람처럼 빠져나갔다.

병사들이 그들을 보면서 허탈해하고 있을 때 다시 호통 소리가 터졌다.

"모두 전열을 가다듬어라! 중군이 온다! 전열을 가다듬어라!"

"방패부대는 앞으로 모여 진을 짠다! 장창병들은 모두 방패병들 뒤로 집합! 서둘러 전열을 만들어라!"

고래고래 소리치는 소위, 중위, 혹은 하사, 중사들의 외침이 전장 가득 울려 퍼졌다. 하지만 말처럼 전열을 가다듬는 게 쉬운 게 아니었다.

당장 방패병들은 발바롯사 제국의 보병부대와 엉켜 있었다. 악착같이 물고 늘어져 안 놔주는 것이다. 등을 보이고 돌아가면 그대로 칼이 등에 박힌다. 그리고 뒤도 안 보고 전면을 보면서 후퇴하자니 눈앞 보병들의 기세등등한 공격에 대응을 못할 것 같았다.

결국 선택지는 하나. 마주 죽기 살기로 싸우는 것.

그것밖에 없었다.

휘안도 마찬가지였다.

"씨발! 개자식들아! 죽어!"

휘안은 지금 제정신이 아니었다. 피가 튀는 공포? 현실의 인지를 아득히 넘어선 공포? 아니면 자신이 여기에 왜 있나 하는 의문? 그딴 건 살아서 해도 늦지 않았다.

기본적으로 사람이 인지 불가능한 상태의 현실에 빠지면 대체적으로 두 가지 부류로 나뉘어 반응이 온다.

하난 당연히 포기하는 거다. 멍하니 정신 줄 살짝 놓고 날아오는 칼에 목을 살포시 밀어주기만 하면 된다. 이게 바로 첫 번째 경우.

다른 하난 악착같이 발악하는 것이다. 살려고. 누구에게 감사해야 하는지는 모르겠지만 휘안은 두 번째였다.

그는 현실에서 벗어난 이 기가 막힌 상황에 포기보단 악착같이 대들고, 살려고 마음먹었다.

군대에 있을 적에도 불렸던 미친개라는 별명과 사회에서도 그를 지칭했던 악바리 정신이 죽지 않은 탓이다.

"죽어! 씨발! 야! 앞에 방패! 검 들어오잖아! 대가리 처박고 막지 말고 쳐다보고 막아, 이 새끼야!"

휘안은 악에 받쳐 소리치면서 장창을 찔러 넣었다.

푸욱!

손끝에 느껴지는 감촉에 휘안은 부르르 떨었다. 날카로운 쇠붙이가 인간의 피육을 뚫고 들어가는 감촉이 손바닥으로 감싼 창대에서부터 느껴진 것이다.

'씨발…….'

살기 위해 벌이는 짓이라지만 대한민국에 살 당시 철영은 지금의 휘안이 아니었다. 살인은커녕 때려본 적도 없다.

군대라는 곳에 있었어도, 2010년이 지나면서 군대는 편할 만큼 편해져서 구타나 욕설만 해도 영창에 끌려가기 일쑤였다. 그런 곳에서 군대 시절을 보냈기에 구타도 당연히 없었다.

그렇다고 철영이 불량 청소년도 아니었고, 매일 구타당하는 왕따도 아니었다.

그저 평범했던 철영이다.

어렸을 적 아버지한테 목검 휘두르는 법을 배우면서 좀 맞긴 했지만 남을 때려본 적은 정말 손에 꼽을 정도다.

근데 지금 사람을 찌른 것이다. 날카로운 쇠붙이, 장창이라는 병기로.

"씨발! 막아! 얼른 막아!"

휘안은 미친 듯이 소리쳤다.

군대 시절 병장으로 전역해서 현재 휘안 자신의 계급인 이등병사 신분을 잊은 것이다.

그리고 그걸 앞의 고참 방패병사가 참아줄 리 만무했다.

"이 개새끼가! 이등병사 주제에 어디서 큰소리야! 이 씨발 놈! 너 이따가 보자!"

"이따 보건 지랄이건 일단 막으라고! 씨발! 앞을 봐야지, 병신아!"

"이게 끝까지! 아악!"

결국 휘안을 돌아보며 소리치던 방패병이 허벅지에 칼을 맞고 앞으로 고꾸라졌다. 그러자 텅 비는 전면 시야.

"아악! 이 병신! 씨발 놈아!"

"병신인지 씨발 놈인지 일단 죽어!"

휘안에게 발바롯사 제국 보병의 칼이 날아들었다.

"이런 쌍!"

휘안의 입에서 거친 욕설이 터졌다. 몸을 움직이기도 전에 칼이 얼굴을 향해 날아들었다. 휘안은 최대한 고개를 뒤로 뺐다.

그렇게 휘안은 목숨은 구할 수 있었다. 하지만 눈은 살리지 못했다.

스아악!

"아아악……!"

"휘안!"

휘안의 비명에 옆에서 죽기 살기로 창을 찌르던 빅터가 다가와 휘안에게 칼을 휘두른 병사에게 창을 내질렀다.

“으윽!”

발바롯사의 병사가 빅터가 내지른 창에 옆구리를 스치고는 급히 뒤로 빠졌다.

“휘안! 괜찮아?”

“아으윽! 이런 개새끼! 죽여 버린다! 으아악!”

휘안은 왼쪽 눈에서 불로 지지는 고통이 느껴졌다. 칼이 안구를 가르고 지나간 것이다. 금세 빨간 핏물이 흥건하게 쏟아져 눈을 부여잡은 휘안의 손을 타고 흘렀다.

진득한 진홍색의 피가 눈을 타고 흐르자, 뇌 시신경을 자극하는 고통과 붉은 피에 휘안은 순식간에 이성을 잃었다.

그건 전장의 광기와 비슷했다.

평범한 사람이라면 이런 상황에선 기가 죽어 멍해지겠지만 휘안, 아니, 철영은 아니었다. 군대 시절 꼴통으로도 유명했던 철영이다.

그건 철영이 휘안으로 변했다 하더라도 변하지 않는 기질이었다.

“휘안! 휘안! 정신 차려! 휘아안……!”

“놔! 이거 놔! 저 개새끼 죽여 버리겠어! 놔아!”

어찌나 그 모습이 살기등등하던지 주변에 있던 아군은 물론 적군까지 움찔할 정도였다.

“어, 어! 휘안!”

“이 개새끼야! 죽어!”

전장의 광기에 휩쓸린 휘안은 앞에 주저앉은 방패병의 어깨를 밟고 뛰어넘었다. 그리고 손에 든 창을 확 휘둘렀다.

그런 휘안의 움직임은 적병의 행동을 움츠리게 만들었다. 창끝에 걸린 촉에 적병의 목울대가 깨끗이 갈렸다.

푸확!

피가 사방으로 비산하고, 그 피를 휘안은 그대로 뒤집어썼다.

"이 개새끼야! 네가 내 눈깔을 찔러! 앙! 씨발 놈아! 군대 다시 와서 좆같아 죽겠는데! 짝눈까지 만들어? 이 개새끼들아! 으아아아아!"

푹푹!

울대가 갈리면서 피를 사방으로 비산시킨 병사는 당연히 즉사까진 아니었지만 생명이 꺼지고 있었다.

그리고 그런 적병의 쓰러진 몸을 휘안은 창으로 미친 듯이 찔렀다. 온통 이해할 수 없는 작금의 현실에 대한 분풀이였다.

그 행동으로 적병의 숨은 바로 끊겼다.

"으아아아! 죽어! 죽어버려! 이 개새끼야! 죽어!"

휘안은 진짜로 미쳤다. 이건 숫제 동네 개싸움보다 더욱 심각했다.

원래 전장에서 이런다고 뭐가 변하는 건 없다. 하지만 타이밍이 너무나 좋았다. 잠시 생긴 고착상태에 휘안의 행동은 모두의 이목을 확 쏠리게 만들었고, 그건 몇몇 적병들에게 공포를 선사했다.

그리고 이런 휘안의 행동은 아주 작은 범위의 공포와 함께 순식간에 전장에 고요를 찾아왔다.

전장에서 이런 미친 행동은 적의 사기를 꺾는 건 물론이고 아군의 사기를 올린다. 이런 미친놈이 곁에 있다는 것 하나로 사기에 불이 붙는 것이다. 반대로 적은 찬물을 뒤집어쓰는 것과 같고.

왜냐고?

저 미친 행동에 희생양이 될까 두려움이 찾아드는 것이다. 무의식 깊은 곳에.

'꿀꺽.'

휘안 주변의 모든 병사들이 그를 주시했다.

전장의 광기가 휩쓴 타이밍이 아주 기가 막히게 좋았다.

"뭘 봐! 이 개새끼들아! 니들도 죽여줘? 앙! 이 개자식들! 다 뒈졌어!"

휘안의 마음속 불길이 확 치솟았다.

낯선 현실과 이해 불가능한 현실, 그리고 전장의 광기, 눈을 자극하는 지독한 통증. 이 모든 게 톱니바퀴 맞물리듯이 딱 맞물려서 휘안의 흉성을 그대로 폭발시켰다.

사람이라면 응당 성향이 있게 마련이다.

휘안, 아니, 철영 시절에 그는 조용한 청년이었다. 하지만 그 착한 성정은 스무 살 초반을 넘지 못했다.

군대, 그 지랄 맞은 군대가 문제였다.

선임들의 그 지능적인 갈굼과 사회에 대한 그리움. 그게 철영을 비뚤어지게 만들었다. 사람 하나 변하는 데 2년은 너무나 충분한 시간이었다.

이해가 안 간다고?

당장 입대를 추천한다.

사실 확인이 바로 가능할 것이다.

어쨌든 철영은 군대에서 애 버렸다는 표현이 맞을 정도로 난폭하게 변했다. 오죽했으면 말년, 전역 한 달 남겨놓고 그 흉성이 폭발해 미친개라는 서브네임이 붙었을까.

그런데 이런 철영이 전역하고 나서 바로 다시 군대로 떨어졌다. 그것도 어처구니없게 생판 처음 보는 세상의 군대에.

그런 철영이 휘안의 몸으로 들어와 휘안으로 변했는데 멀쩡할 리가 없다.

이것도 이해 불가, 인지 불가한 상황인데 시작부터 전면전이 붙었고, 거기에 눈에 칼까지 맞았다.

안 미치고서야 버틸 재간이 없다.

"저, 저……."

철영, 이제는 휘안이라는 새로운 이름을 가진 그에게 가장 가까이 있던 적병 하나가 겁을 먹어 뒤로 주춤 물러났다. 휘안은 그런 병사를 보면서 눈을 타고 흘러내리는 피를 손바닥으로 사악 훑어냈다.

그리고 획 휘두르니 피가 사방으로 튀었다.

"너야? 이 개새끼야! 안 덤벼? 씨발! 니들이 먼저 내 눈에 칼 빵 놨지? 개새끼들, 기다려라! 다 죽인다! 다 죽여 버린다!"

거칠게 포효한 휘안이 창을 버리고 자신이 죽인 병사가 들었던 철검(鐵劍)을 들고 달려들었다.

"으, 으아악! 아, 악마다!"

"씨발, 개새끼야! 그럼 여기에 악마 아닌 새끼가 어디 있어! 죽어!"

휘안은 뒤돌아 도망치는 병사를 쫓아가기 힘들다 판단하고 그대로 칼을 던졌다. 빙글빙글 회전하면서 날아간 칼이 운 좋게 등 한복판에 푹 꽂혔다.

"커, 커억!"

병사는 외마디 비명을 지르면서 쓰러졌다. 그때까지도 휘안의 미친 행동에 아무도 나서지 못했다. 전장의 고요는 참으로 요상한 게, 사람의 불안을 극도로 자극하는 효과를 지녔다.

원래라면 불가능하다. 전쟁이 동네 어린애들 싸움이 아니기 때문이다. 전쟁은 말 그대로 사람의 인성 따위는 바로 뒤바꿔 놓는 것.

착하디착한 순둥이를 순식간에 악마로 바꿔놓는 곳. 하지만 예외가 통용되는 곳이기도 하다.

단 일개의 무력으로 상대를 제압할 수도 있는 곳.

물론 이 경우에는 무력이라기보단 광기라는 표현이 더욱 어울릴 것이다.

"나와! 다 상대해 준다! 씨발! 다 나와!"

아예 미쳐서 날뛰는 휘안. 그의 광기는 생각 이상, 좀 전 부대의 허리를 찢었던 도끼병의 광기보다도 독했다.

그리고 아군엔 그런 휘안의 광기를 이용해 승기를 잡을 지휘관이 못해도 한 명은 있었다.

"적의 사기가 떨어졌다! 모두 돌격! 돌겨억!"

"돌격! 돌격하라! 적군을 사살하라!"

한 명의 지휘관이 외치자 근처에 있던 다른 지휘관들도 같이 돌격 명령을 내렸다. 그러자 휘안의 행동에 사기가 올라가던 부대가 전부 돌격하기 시작했다.

그 뒤로는 학살이었다.

전장에서의 사기는 그 무엇보다도 중요하다. 한번 꺾인 사기는 다시 올리기 힘들다. 그리고 한번 사기가 꺾인 부대는 아무리 병사 수가 많아도 진다고 봐야 했다.

그게 일반론이고 정론이었다.

방패를 든 방패병들까지 미친 듯이 달려들어 적병의 머리를 방패로 내려찍었다. 창병들이 도망가는 적병의 등에 투창으로 창을 날렸다. 그렇게 중군이 밀고 올라가자 우군과 좌군도 힘을 받았다.

중갑보병은 후퇴했다. 기동이 느려 쫓아갈 수 없기 때문이다. 그리고 휘안이 날뛰기 전 서서히 출진하던 북부군 제1기병대가 속도를 올려 전장으로 투입됐다.

도망치던 적의 중군은 아예 불똥을 맞았다. 급히 발바롯사에서도 궁병부대와 소총부대가 나와 사격을 시작했다.

전쟁은 더욱 혼전으로 들어섰다.

휘안은 뒤에서 병사들이 미친 듯이 전진할 때 그 자리에 주저앉았다. 너무 많은 피를 흘렸고, 갑자기 열을 올려서 현기증이 확 일었기 때문이다.

"휘안! 휘안! 괜찮아?"

"으으……. 아놔, 씨발……."

피를 쏟고 열을 확 낸 다음 열기가 걷히자 돌아오는 건 떵하고 몽롱한 기분뿐이었다. 사람을 죽였다는 죄책감? 이런 몽롱한 기분에 그걸 따질 기분이 아니었다.

"휘안! 휘안!"

"으으……."

옆에서 빅터가 소리치고 있지만 휘안은 제대로 듣지 못했다. 머리가 핑핑 돌다 못해 슬슬 혼이 빠져나갈 작정인지 의식이 몽롱해지고 있었다.

휘안은 그렇게 정신을 잃었다. 새로운 세상에 눈뜬 휘안은 적응도 하기 전에 시작된 전쟁질에 눈 한 짝을 잃었다.

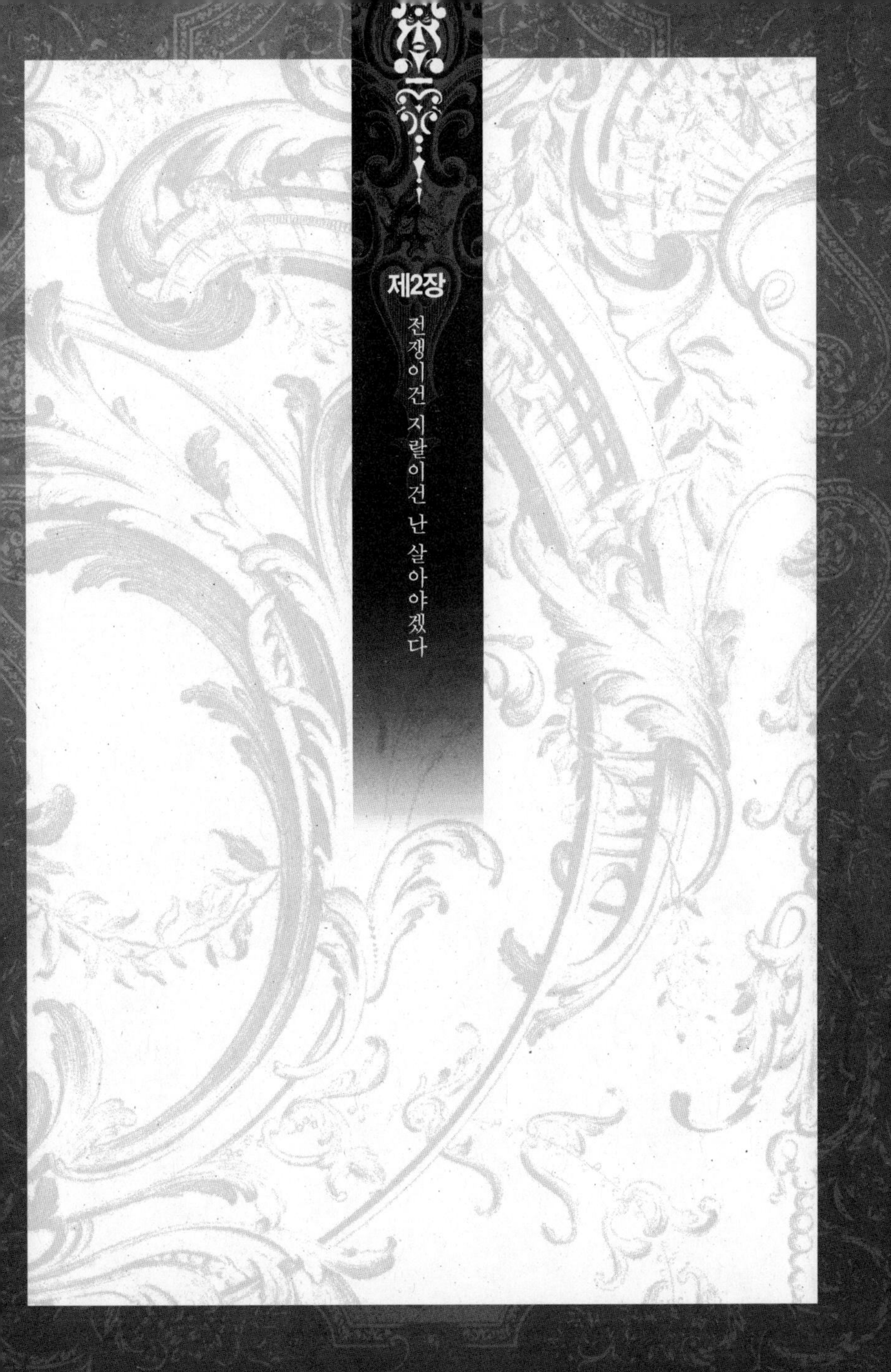

제2장
전쟁이건 지랄이건 난 살아야겠다

제국의 군인
Soldier of EMPIRE

“으윽!”

휘안은 불로 지지는 고통에 눈을 떴다.

“가만! 가만히 있어요!”

“아악!”

눈앞에 간호장교로 보이는 여자가 소독제 과산화수소로 보이는 투명한 액체를 묻힌 천으로 휘안의 눈 주변에 묻은 피를 닦아냈다. 그리고 당연히 그 손길은 고통을 유발했다.

가만히 있고 자시고 이렇게 통증이 심한데, 그건 참을 종류의 고통이 아니었다.

“움직이지 말아요! 치료하기 힘들잖아요!”

“이런 썅! 아픈 걸 어떡해!”

간호장교의 말에 휘안은 저도 모르게 소리쳤다. 사실 이러면 안 된다. 자신은 고작 병사에 불과하다. 그것도 이제 갓 입대한 이등병.

반대로 눈앞의 이 간호장교는 피 묻은 다이아 하나가 달려 있는 걸로 봐서 소위다.

하극상도 엄청난 하극상이다.

전시라서 정신없어 그냥 넘어가지만 전시가 아닌 경우라면 그냥 영창 갈 짓이었다. 그러나 철영의 성격을 고스란히 가진, 아니, 어쩌면 철영에 더 가까운 휘안이라 그 입은 거의 막나가고 있었다.

"지금 치료 못하면 실명하지도 모른다고요!"

"……."

간호장교의 외침에 휘안은 그대로 멈췄다. 실명, 실명이라는 말이 그대로 휘안의 몸을 굳게 만든 것이다.

'씨발, 전부 억울한 것투성인데 실명까지? 아 놔, 진짜! 장난해?

휘안은 속에서 천불이 이는 걸 느꼈다. 가뜩이나 심사가 더럽게 꼬여 폭발 직전이었는데 더욱 그 속도를 가속화시키는 발언이었다.

"칼날이 안구를 가르고 지나갔어요. 이 정도면 거의 실명이라고 봐야 해요."

"……."

휘안은 침묵했다. 진짜 기가 막히고 코가 막힐 일이었다.

그게 아니면 현재 이 상황을 설명할 그 어떤 말도 없었다.

"지금 이차 감염을 막기 위해 소독을 했지만… 아마 실명을 피하긴 힘들 거예요."

"그것참, 감사하군요."

간호장교의 말에 휘안의 입이 열렸다. 그 음성은 마치 짐승이 으르렁거리는 것처럼 매우 사나웠다. 짜증도 가득 배어 있었다.

도대체 무슨 지랄 맞은 일이 자신에게 벌어진 건지. 휘안은 온몸을 부들부들 떨며 고통을 참는 와중에도 머리를 굴려 생각을 시작했다.

하지만 역시 도통 뭐가 뭔지 감이 안 잡혔다.

뭐라고 설명할 방법이 없었기 때문이다. 눈떠보니 딴 세상, 딴 나라에 와 있는 자신.

이걸 대체 어떻게 설명한단 말인가.

언어도 낯설고 복장도 낯설다.

하지만 웃기게도 친근감이 느껴졌다. 이건 철영의 기억이 아닌, 휘안의 기억이었다. 사실 지금 휘안은 자신이 철영인지 휘안인지 헷갈리기까지 했다. 다만 현재는 철영에 더욱 가까웠다. 그건 휘안도 인지하고 있었다.

두 인격을 따로 분리해 철영, 휘안으로 나누자면 현재는 철영이다. 그리고 휘안의 기억은 철영도 공유하고 있었다. 다만 그게 제삼자의 입장에서 보는 것처럼 느껴질 뿐이다.

어쨌든 이런 상태의 휘안이라 지금 제정신이 아니었다.

태어나 처음 사람까지 죽였고, 그에 미쳐 날뛰기까지 했다. 전역 전의 미친개라는 별명 그대로 미쳐 날뛰었다.

"다 됐어요. 일단 진통제도 같이 줄 테니까 그거 먹고 그래도 못 참겠으면 다시 찾아와요."

"감사합니다."

간호장교는 그렇게 말하고 휘안의 대답도 듣지 않고 바로 다른 부상병에게 뛰어갔다. 휘안은 그나마 이성이 돌아와 겨우 존댓말로 감사 인사를 할 수 있었다.

그리고 잠시 주변을 둘러보는 휘안.

"…미친."

휘안은 저도 모르게 욕설을 내뱉었다. 이건 좀 아니다 싶을 정도다. 혼자 상상에 빠져 있어 몰랐을 뿐이지, 사방은 진짜 아비규환이 따로 없었다.

팔다리가 찔리거나 베인 사람들은 정말 다행인 부류였다. 기본이 팔다리 중 한 짝이 없었다.

전투 중에 잘려 나간 것이다.

배가 갈려서 내장이 꾸역꾸역 밀려 나온 병사도 있을 만큼 사방은 아주 난장판이었다.

비릿한 피 냄새가 사방을 뒤덮고 있었다.

"우욱……!"

그 피 냄새를 인지하자마자 뭔가 올라오는 걸 느꼈다. 모르고 있었으면 몰라도 이미 인지를 했으니 몸에서, 마음에서 본능적인 거부감을 일으키는 것이다.

"우욱! 우엑! 우웨엑!"

결국 참지 못하고 시큼한 위액을 토하기 시작하는 휘안. 전쟁의 참혹함을 몸으로 느끼는 순간이었다.

"퉤! 아오, 진짜… 이게 뭔 개지랄이야!"

저도 모르게 이곳의 언어가 아닌 한국말로 확 소리친 휘안이지만, 혀가 익숙지 않아서인지 발음이 꼬여 알아듣지 못할 괴성을 토해낸 꼴밖에 안 됐다.

그러자 그게 또 기가 막혀 큭큭 웃은 휘안은 좀 전에 간호장교가 챙겨준 약이 든 주머니를 들고 일어섰다.

비릿하고 구역질이 나오는 피 냄새에 도저히 여기에 있을 마음이 안 든 것이다.

비척비척 걸으면서 기억을 뒤져 자신의 막사로 간 휘안은 막사 천막을 열고 들어갔다. 휘안은 안에서 음울한 기운을 내뿜으며 뭔가를 정리하는 빅터를 봤지만, 신경 쓰지 않고 그냥 자신의 간이침대에 벌러덩 누웠다.

"휘안, 샘이랑 클락이 죽었어……."

"……."

고개도 돌리지 않고 빅터가 휘안에게 말했지만 휘안은 대답하지 않았다. 모른다, 그런 놈들. 휘안의 기억으론 알고 있지만 철영의 기억으론 모른다. 지금 당장은 거의 철영에 가깝기에 동정 따위의 마음은 들지 않았다.

"둘 다 시체도 찾지 못했어……. 남은 건 이것뿐이야……."

"……."

빅터는 휘안이 대답하지도 않는데 계속해서 휘안에게 말했다. 하지만 휘안은 그래도 대답하지 않았다. 뭐라고 해도 지금 귀엔 아무런 소리도 들리지 않았다. 지금 현재 휘안에게 중요한 건 현실이다, 현실.

'제길……. 대체 어떻게 된 거야, 이게.'

눈을 감고 다시 생각에 들어가는 휘안. 휘안은 처음부터 곰곰이 생각해 보기 시작했다. 하나씩 하나씩 꼼꼼히 따져 작금의 상황을 인식해 보려 했지만 역시나.

'젠장, 눈떠보니 딴 세상. 이게 결론이잖아.'

그랬다.

이게 결론이었다.

다른 건 다 빼놓고 이게 정답이었다.

눈떠보니 딴 세상. 이게 확실한 정답이었다.

'큭큭! 거기다가 시작부터 전쟁이라 이거지? 크크크큭!'

기가 막혀 웃음도 안 나올 일이지만 휘안은 웃었다. 이런 개 같은 상황에 빠지는 사람이 대체 지구상에서 몇 명이나 될까? 아마 휘안이 유일하지 않을까 싶다.

'빌어먹을 판타지 소설, 다 개구라였어. 쌍.'

군대에 있을 적 말년 한 달 동안 도통 할 게 없고 애들 갈구는 것도 지겨워 내무반에 짱박혀, 보일러실에 짱박혀 읽었던 킬링 타임용 소설들.

그런 소설들을 보면 시작부터 기연이니 무기니 이상한 힘 같은 걸 줬다. 그것마저 안 준다면 하다못해 성장 여건을 만들어주든가.

하지만 휘안은 아니었다.

눈뜨자마자 현실을 파악하기도 전에 전쟁이 붙었다. 아니, 아예 시작 위치가 전쟁터 한복판이었다. 더욱 기가 막힌 건 '어?' 하는 사이 바로 전면전이 붙었다는 것이다.

그래서 이젠 왼쪽 눈깔까지 잃었다. 칼날이 안구를 가르고 지나갔다니 이미 시력은 회생 불가일 것이다.

휘안이 의료 지식이 전무하더라도 칼 맞은 눈이 낫는다는 건 어불성설(語不成說)이라는 건 알았다.

시간 때우기로 보아왔던 소설의 도입부와는 달라도 너무나 다른 현실.

'좋아. 다 좋다 이거야.'

휘안은 냉정해지기 시작했다. 미친개 철영은 폭급한 성정을 지녔지만, 이 몸의 주인인 휘안은 냉정한 성격을 지녔다. 정말 불행 중 다행한 일이었다.

'알스테르담 제국, 군부와 정계가 따로 나뉜다. 음, 이건 대한민국이랑 비슷하군.'

이곳은 신분 사회가 맞았다. 중세시대에 존재하던 공작, 후작 등의 계급은 그대로 존재했다.

하지만 이런 계급의 존재들은 사병 양성을 못했다. 국가의 군부대 운영권은 군부가 쥐고 있었다. 마치 대한민국의 국군처럼.

즉, 작위를 받은 사람들은 정치인인 것이다.

반대로 군인 계급을 받은 사람들은 말 그대로 군인이고.

'환장하겠군. 아주 대한민국 국군의 군 계급이랑 똑같구만.'

휘안의 기억을 뒤져 본 결과 국군의 제도는 대한민국의 군 제도랑 똑같았다. 조금의 다른 모습도 없는 완벽한 판박이였다.

제국 황제가 별 다섯 개의 원수.

해군과 육군의 사령관이 별 네 개.

그 외 참모장과 각 사단 사단장들이 별 세 개.

이런 방식이었다.

아주 조금, 아주 조금 다르고 99% 일치했다.

'씨발, 그게 다 뭔 상관이야.'

휘안은 기억 뒤지기를 멈췄다. 그리고 다짐했다.

반드시 살아남기로. 전역하자마자 여기로 끌려왔다.

이 거지 같은 군대에서 죽기는 싫었다.

'전쟁이건 지랄이건 난 살아야겠다.'

빅터는 순진했다. 아니, 제대로 설명하자면 순박한 게 아니라 정이 많았다.

키는 190㎝가 넘어 보이고 체중도 100㎏는 나가 보이는데, 그런 육체의 크기는 아예 물에 밥 말아먹듯 먹어치워 버리고, 정이 많았다.

"휘안, 샘이랑 클락, 좋은 곳으로 갔겠지?"

"그렇겠지."

휘안은 이번엔 빅터의 말에 대답해 줬다. 언제까지 대답을 안 해줄 수도 없는 노릇. 거기다가 하나의 정보라도 아쉬운 지금 빅터라는 존재는 상당히 중요한 인물이라고 휘안은 생각했다.

정보를 줄 수 있는 인물도 되고, 또 저 덩치로 봐선 싸움도 잘할 것 같았다. 어차피 같은 병종이니 등을 맡겨야 할 상황도 올 수 있었다.

친해져서 나쁠 게 하나도 없다는 소리다. 물론 정보 쪽이야 얼마나 가지고 있는지는 아직 미지수지만.

"휘안은 너무 매정해."

"원래 군대 가면 다 그렇게 변해."

"난 안 그런데?"

"그럼 네가 이상한 거지."

농담이 아니다.

군대 가면 진짜 다 사람이 변한다.

99% 착한 마음을 가지고 있는 사람도 군대에 가면 나올 땐 못해도 50%의 착함은 버리고 나머지 50%는 악(惡)이라는 성향에 물들어 나온다.

왜 그러냐고? 어떻게 단정 지을 수 있냐고?

군대 가보면 안다. 그럼 바로 깨달을 수 있다. 물론 안 그런 곳도 있다. 편한 군대도 분명히 존재한다. 흔히 작업 자체가 땡보라고 불리는 곳, 혹은 꿀 빠는 곳이라고 불리는 부대들. 물론 그런 곳은 아무나 못 간다.

천운이 따라주든가, 아니면 두 다리, 혹은 세 다리 건너 아는 친인척이 별 한두 개쯤은 달아줘야 가능하다.

혈연주의가 괜히 나온 말이 아니란 소리다.

어쨌든 이렇듯 군대는 참 무서운 곳이다. 순식간에 멀쩡한 남자를 나쁜 남자 만들어서 내보내는 곳이니까.

물론 좀 전에도 말했듯 모두 그런 건 아니다. 통계상 수치는 모르지만 대략 열에 다섯 정도는 그렇게 변한다.

휘안도 마찬가지다. 전형적으로 군대에서 변한 케이스. 그건 휘안의 타고난 체질에 원인이 있다. 미치도록 민감한 오감.

시각, 청각, 후각, 미각, 촉각 등 다섯 가지 감각으로 이루어진 이 오감이 휘안은 너무나 민감했다. 그러니 스트레스를 엄청 받은 것이다.

더군다나 막혀 있는 군부대는 그 스트레스를 발산할 곳도 없다. 짬이 안 될 땐 발산했다 오히려 작살난다.

그래서 말년에 휘안의 별명이 미친개로 변한 것이다. 스트레스를 풀 수 있는 짬이 결국 와버려서.

"휘안은 샘이랑 클락이 죽은 게 아무렇지도 않아?"

"몰라. 모르겠다. 묻지 마."

"…응."

그 말에 빅터는 시무룩한 얼굴이 되어 고개를 푹 숙였다. 속이 따뜻한 남자. 휘안은 빅터의 성격을 그렇게 정의 내렸다.

뭐, 그게 아니더라도 휘안의 기억 속엔 그렇게 저장되어 있었다.

“씨발…….”

갑자기 작게 욕설을 내뱉는 휘안. 이유? 별거 아니다. 눈 쪽에서 스멀스멀 통증이 올라오고 있었다.

하긴, 칼에 베였는데 말짱한 게 오히려 더욱 말이 안 됐다.

“큭큭, 그러고 보면 눈에 뿌린 아까 그 가루도 거의 마약 수준이겠군.”

전투가 끝나고 의무대 막사에서 간호장교가 자신의 눈에 뿌렸던 가루. 휘안은 그 가루가 마약 성분을 다분히 머금고 있을 거라고 생각했다.

안 그러면 이렇게 통증을 완벽하게 잡을 수 없었다.

“모르핀의 배는 되려나? 큭!”

모르핀, 혹은 줄여서 몰핀. 신경계에 주사해 고통을 줄여주는 마약성 약물의 일종이다.

상처가 중한 중상자들에게 놓는 게 보통이긴 한데 이게 안 좋은 게 환각 작용까지 일으킨다.

양귀비에서 추출한 이 약물은 휘안이 전 세상에 있을 때도 최고였던 진통제다.

하지만 아까 간호장교가 뿌린 약물은 더욱 효과가 좋았다. 환각 작용도 없고 진통 효과는 말도 못했다.

물론 휘안이 아직 느끼지 못하는 부작용은 분명 존재했다.

“하나부터 열까지 전부 개소리구만. 크큭!”

휘안은 거칠게 웃었다. 미친개가 으르렁거린다. 빅터는 움찔했다. 휘안을 바라보긴 했지만 제대로 바라보진 못했다. 그러나 조용히 입을 열어 중얼거리긴 했다.

"휘안, 변했어."

통증이 올라오면서 전신 감각을 두드린 터라 활짝 개방된 휘안의 청각에 그대로 들렸다.

'변해? 당연히 변했지. 큭큭!'

휘안은 주머니에서 간호장교가 주었던 약을 꺼내 그대로 입에 두 알을 넣고 삼켰다. 불로 지지는 이 통증, 참는다고 참아질 것 같지 않았기 때문이다.

눈을 감았다. 그리고 통증이 가라앉길 기다렸다. 이 상태론 어떤 것도 할 수 없을 것 같았다.

'쉬자.'

자는 게 낫겠다 싶었다. 그리고 통증이 가라앉을 때쯤, 휘안은 잠들었다.

딴 세상에서의 첫날이 저물었다.

*　　*　　*

다음날 눈뜬 휘안은 바로 중대장의 호출을 받았다. 소대장이라는 작자가 와서 중대장이 찾는다고 빨리 나오라는 말에 따라나선 휘안.

여유가 생기진 않았지만 휘안은 일단 주변을 둘러봤다. 여기저기 부상병이 눈에 띈다. 그러나 팔다리 하나쯤 잘리지 않으면 후방으로 이송도 안 된다. 이유는 간단하다.

팔다리가 다 붙어 있고 움직일 수 있으면 칼이나 창을 휘두르고 찌를 수 있기 때문이다. 전쟁 중에 병사는 언제나 부족하다. 겨우 찢어진 부상만 입은 병사를 빼줄 리가 절대 없다.

그렇게 주변을 둘러보면서 따라가다 보니 휘안은 어느새 중대장 막사 같아 보이는 곳에 도착했다.

그리고 천막을 열고 들어간 휘안은 빳빳하게 굳었다. 하지만 겨우 기억을 뒤져 이곳이나 저곳이나 별 차이 없는 군례를 올렸다.

"충성! 제3장창연대! 2대대 13중대 소석 이등병사 휘안! 중대장님 호출 받고 왔습니다!"

"충성. 자네가 이등병사 휘안인가?"

"네!"

"흐음……."

휘안의 경례를 받은 사람은 중대장 계급으로 보이는 대위가 아닌, 휘황찬란한 별 세 개를 단 장군이었다.

장군. 장군이었다.

휘안은 속으로 욕설을 있는 대로 내뱉었다.

'씨발, 소대장 이 개새끼, 중대장이라며!'

남자라면, 혹은 군대에 갔다 온 남자라면 공통적으로 딱 한 가지 직업을 가진 사람 앞에선 진짜 빳빳하게 굳는다.

바로 장군.

중대장이나 대대장 따윈 '호오' 하고 바람만 불어도 옷을 싹 벗길 수 있고, 또 '흥!' 하고 콧바람 뀌어도 군부대를 뒤집을 수 있는 능력을 가진 위치.

병사들에겐 그저 무시무시한, 거의 신격화된 존재다. 특히나 별 세 개. 휘안의 기억을 뒤져 본 결과 별 세 개를 달고 있는 군인은 얼마 없다. 그리고 특히 이곳, 평원 전투를 책임지는 위치에서는 딱 한 명뿐이다.

길버트 중장.

성은 없다. 아니, 필요없었다.

뒤에 중장이라는 게 모든 걸 설명해 주니까.

발바롯사 제국군의 남진을 막는 알스테르담 북부군 총사령관 길버트 중장.

철혈의 벽이라는 별명을 가진 군인으로 제국의 열두 개의 검, 그리고 여섯 개의 방패 중 한 명이다.

별명은 철혈의 벽, 혹은 진군 저지자(進軍沮止者).

부대를 운용해서 적을 막는 능력만큼은 제국 내에서도 따를 사람이 없는 최고의 사령관이다.

'씨발, 진짜 환장하겠네.'

욕설이 절로 나왔다. 대한민국 군인 출신인 휘안은 당연히 장군 앞에서 바짝 긴장했다. 하기 싫어도 조건반사적으로 몸이 반응했다.

"이거 어제 혁혁한 공을 세웠다기에 간담(肝膽)이 큰 인물인 줄 알았는데 이제 보니 그저 평범한 청년이군. 허허."

"가, 감사합니다!"

'누가 장군 앞에서 멀쩡하겠냐고. 쌍.'

겉과 속이 다르다는 건 지금 휘안을 두고 하는 말이었다.

"일단 자리에 앉게."

"아닙니다!"

휘안은 길버트 중장의 말에 열중쉬어 자세를 풀지 않고 대답했다. 물론 대답할 땐 차려 자세를 취하며 하는 것도 잊지 않았다. 몸에 밴 습관이다.

"괜찮으니 앉게."

"네! 감사합니다!"

아주 제대로 군기가 든 휘안이었다. 부드러운 길버트 중장의 카리스마에 아주 제대로 얼어붙었기 때문이다.

"가서 차 좀 내오게."

"네!"

길버트 중장이 뒤를 돌아보며 말하자 바로 대기 중이던 상사가 튀어나갔다. 아주 바람처럼 나가는 걸 보니 상사 짬밥도 길버트 중장 앞에선 쪽도 못 쓰는 거 같았다.

'젠장, 어쩌다가…….'

휘안은 현재의 상황을 비관했다. 어쩌다가 중장에게 불려왔을까. 군 생활에선 이런 건 좋지 않다. 평시 체제에도 좋지 않다. 하물며 지금은 전시, 그것도 전면전 중이다. 못해도 10만 이상의 병사들이 맞붙어 싸우는.

오감을 넘어 육감까지 스멀스멀 기어나와 경고성을 발했다.

잠시 후 차가 나왔고, 최고 사령관 길버트 중장이 차를 한 모금 마시더니 천천히 입을 열었다.

"미친개. 자네가 어제 전투로 얻은 별명이라지? 알고 있나?"

"처음 듣습니다!"

휘안의 대답은 한 점 거짓 없는 진심이었다. 전투가 끝나자마자 기절했고, 또 정신 차릴 겨를도 없었다. 이것저것 현재의 상황을 인지하기도 벅찼기 때문이다.

이 미친개라는 별명이 어떻게 생긴 건지 휘안은 전혀 알지도 못했고 알고 싶지도 않았다. 멍청하게도.

"허허, 그렇게 큰 소리로 대답 안 해도 좋네. 늙으니 귀가 먹먹하구만."

"시정하겠습니다!"

"그래, 그래. 어서 시정하게."

"네!"

휘안은 바짝 긴장했다.

딱 봐도 뭔가 할 말이 있어 보인다.

그리고 그건 자신에게 절대적으로 불리할 것 같았다.

이건 이미 군 생활을 눈칫밥으로 살아본 적이 있는 휘안이기에 느낄 수 있었다.

"자네를 부른 용건이 궁금하지 않은가?"

"말씀해 주신다면 경청하겠습니다!"

"허허, 그 사람 참. 그렇게 크게 대답 안 해도 좋다니까. 좋네. 자네 몸도 정상이 아니니 내 긴말 안 하겠네."

"네!"

"원래라면 자네 정도의 부상은 후방군으로 이송해야 한다네. 한쪽 눈을 아마 못 쓸 거라는데, 맞나?"

"네!"

"하지만 애석하게도 그렇게 해주기는 힘들겠어."

"……."

휘안은 이 말엔 대답하지 못했다. 불경하게도.

하지만 당연한 반응이었다. 사람이라면. 왜? 생존에 관한 것이기 때문이다.

"자넨 어제의 전투로 북부의 발바롯사 제국군의 머릿속에 가득 자리 잡았네. 전장의 미친개라는 이름으로 말이야."

"……."

휘안은 눈치가 빠르다. 상황 분별력, 판단력도 좋다. 그건 오감에 민감한 휘안에게 천성적인 능력이었다.

금방 길버트 중장의 말뜻을 파악할 수 있었다.

"자네 존재적 가치가 껑충 뛰어올랐단 얘기일세. 내 말이 무슨 뜻인지 이해가 가나?"

"…네."

"허허, 젊은 친구가 이해력이 좋군."

"감사합니다."

휘안은 차분해졌다. 좀 전까지도 바짝 긴장했는데, 이 정도면 너무 빠른 변화라면 변화겠지만 이런 상황에선 안 변할 수가 없다.

군대는 까라면 까야 하는 곳. 다음 말이 예상이 간다. 휘안 본인조차 너무 짜증날 정도도.

"그럼 내 다음 말도 예상하고 있겠구먼?"

"선봉에 서라··· 이 뜻이십니까?"

"허허, 그렇다네."

"······."

휘안은 침묵했다. 물론 겉으론. 속으로 소리쳐 비분강개했다.

'씨발! 애꾸 된 것도 짜증나는데 이젠 칼받이냐?'

어쩌면 이건 당연한 일이다.

이미 적군 보병부대에 공포로 각인된 전장의 미친개 휘안.

이런 병사를 후방으로 뺀다? 지휘관이 미치지 않고서야 그럴 리가 없다.

거기다가 이 길버트 중장이라는 사령관은 철혈의 벽이라고 불리는 제국의 여섯 방패 중 한 사람.

절대로 멍청하지 않은 사람이다.

당연히 휘안을 빼줄 리가 없다.

하지만 이 모든 게 휘안이 모르는 작업이 있었다.

"······."

"자네에겐 미안하게 생각한다네. 하지만 자네 한 사람으로 저기 있는 10만 대군 중 몇 프로나 더 살 수 있네. 자네가 잘 이끌어만 준다면."

"저는 지휘관이 아닙니다."

휘안은 차분하게 대답했다. 빳빳하게 굳었던 건 처음이고, 지금은 자신이 아쉬울 때가 아니었다. 지금 이 사람들은 부상병인 자신에게 목숨을 내놓으라 하고 있다.

아쉬운 건 저 사람들이다. 물론 군인의 신분상 까라면 까야 하는 건 당연한 거다.

대한민국 군 시절에도 휘안은 그렇게 배웠고, 그렇게 행동했다. 물론 전부는 아니지만. 하지만 지금 이곳은 아니다.

여긴 전시다. 데프콘이 완전히 개방된 상태란 소리다. 현재는 데프콘 1이 완전히 발령되어 전시 체제로 돌입한 거다.

그것도 주력전이.

"걱정 말게. 이제 지휘관이 될 테니."

"……."

휘안은 대답하지 못했다. 지휘관이 된다는 건 진급을 의미한다. 하지만 그중에서도 그냥 진급은 아닐 것이다. 아마 특진. 공을 세우면 그에 걸맞은 대우를 해준다. 이런 걸 표면적으로 보여주기 위해서도 특진시켜 줄 것이다.

'젠장…….'

휘안은 속으로 자조적인 웃음을 지었다. 이건 빠져나갈 구멍이 없다. 당장 내일부터 전쟁이 터지면 불에 뛰어드는 불나방처럼 최전방에서 뛰쳐나가야 할 판이다.

'정말 개 같다, 개 같아. 큭큭!'

길버트 중장이라는 사람 앞에서 잠들어 있던 미친개의 본능이 서서히 눈을 떴다.

"자넨 위관장교로 바로 특진이네. 이제부턴 휘안 소위겠지."

"…감사합니다."

휘안은 기가 막혔다. 대체 몇 단계 특진인 걸까? 이건 파격이다 못해 아예 기틀을 깨부수는 것이나 다름없었다.

어떻게 보면 굉장한 일이었다. 하지만 실상을 들여다보면 아니다. 전혀 아니었다. 이건 생명을 담보로 받은 것이다. 즉, 생명과 맞바꾼 거란 소리다.

한쪽 눈이 안 보이는 휘안이 전장에 서면 과연 살 확률이 몇 퍼센트나 될까? 아니, 반대로 일반 병사들이 전장에서 살 확률이 얼마나 될까?

'큭큭, 생명과 맞바꾼 소위 계급이라……. 이걸 감사하다고 해야 한다니…….'

너무 짜증나고 놀랍고 억울해서 절로 웃음이 나왔다. 물론 속으로. 앞에 길버트 중장이 있으니까.

"그래도 시작부터 돌격 명령을 내리진 않을 걸세. 자네는 적 보병에겐 거의 악마나 다름없으니… 전황을 뒤집을 카드로 쓸 것이네."

"…네."

감사합니다. 이런 말도 나오지 않았다. 그냥 '네' 하는 걸로 끝냈다. 덤벼들 수 없으니 보일 수 있는 최소한의 반항이었다.

만약 휘안이 애국심에 가득 차 있었다면 '감사합니다!' 하고 소리쳤겠지만 안타깝게도 휘안은 이 나라 사람 자체가 아니었다.

그렇게 소리칠 수 있을 리가 없었다. 그리고 지금은 사실 거의 포기 상태였다. 상황은 계속 휘안에게 죽으라고 하고 있었다.

그리고 솔직히 말해 이때도 몰랐다.

전황을 뒤집을 카드.

이게 말만 그럴듯하지 결국엔 가장 위험하단 소리다.

'완전 못 죽여서 안달이 났구만, 났어. 후후후.'

휘안은 자조했다. '뭘 잘못했지?' 하면서. 군 생활 끝나고 전역했더니 새로운 세상에서 다시 군 생활이 시작됐다.

그것도 전면 전시 상황이 터진 상태에서.

"그럼 자네도 알아둬야겠지."

길버트 중장이 다시 입을 열었다. 차를 한 모금 마시더니, '후우' 하는 한숨과 함께.

"이곳 노스 대평원의 중요성은 잘 알겠지?"

"네, 알스테르담 제국 삼분지 일의 식량을 해결하는 걸로 알고 있습니다."

"그렇다네. 제국의 식량 창고지. 그래서 발바롯사 제국이 눈독을 들이는 것이고. 그런 노스 평원이 적의 손에 넘어가면 제국은 무너지네. 그건 확실하네. 지금도 이곳 평원 말고 산지 사방에서 산발적 전투가 계속되고 있네. 하루에도 수십, 수백의 목숨이 떨어지고 있단 소리지. 그게 전부 이 노스 평원을 지키기 위해서라네. 절대로, 절대로 이곳은 넘어가면 안 된다는 소리지."

"……."

휘안은 아무런 말도 못했다. 군 생활을 이미 해봤기에 길버트 중장의 말이 무슨 뜻인지 잘 알고 있기 때문이다.

이른바 대적관 교육이다.

사실 일반병들은 대적관 교육이 제대로 되어 있을 리가 만무했다. 전쟁이 터지고 징병되면서 무기 쓰는 법만 배우고 바로 전선에 투입된다. 따로 정신교육을 할 시간이 없는 것이다.

그건 휘안도 마찬가지였다. 그래서 길버트 중장이 지금 친히 대적관 교육을 실시하고 있는 것이다.

"노스 평원이 넘어가면 자네의 가족이 굶어 죽네. 이곳은 반드시 지켜야 하는 땅이야. 그래서 나 진군 저지자(進軍沮止者)가 이곳에 있는 거네."

"…네."

"그리고 이 노스 평원을 지키려면 나는 자네 같은 인재가 필요하네."

"……."

길버트 중장은 대놓고 말하고 있었다.

휘안이 필요하다고. 조국을 위해서, 나라를 위해서 희생해달라고.

하지만 휘안은 대답하지 못했다.

애국심이 없기 때문이다.

　그건 철영의 영혼이 이 육체에서 더욱 큰 비중을 차지하고 있어서 그랬다.

　"나는 자네를 그냥 잃을 생각이 없네. 별명을 얻고 적의 사기를 꺾는 자네는 제국에겐 너무나 필요한 사람이기 때문이지. 그러니 걱정 말게. 자네를 장기판의 졸처럼 쓰진 않을 생각이네."

　"감사합니다."

　뭔가 사소해 보이나 사소하지 않은 단어가 나왔으나 휘안은 미처 눈치채지 못했다. 그저 감사하다고 대답했을 뿐.

　휘안은 그래도 불행 중 다행이라 생각됐다. 제국의 여섯 방패 중 한 명인 길버트 중장의 말이면 믿어도 좋다는 생각이 들었기 때문이다.

　"대신 저도 부탁이 있습니다."

　"뭔가? 말해보게. 내 선에서 들어줄 수 있으면 들어주겠네."

　휘안은 건방져도 이건 말해야 했다. 길버트 중장이 자신의 안전을 최선으로 해서 지켜준다고 하지만 자신도 준비를 해야 했다.

　멍청하지 않은 사람이 휘안이다. 불같은 성정의 휘안이지만 냉철해야 할 때 냉철한 게 또 휘안이었다.

　"제 기본 무구가 창이었습니다. 무기를 교체하고 싶습니다. 더불어 방패도 하나 같이 얻고 싶습니다."

　"그 정도야 당연하네. 갑옷도 바꿀 수 있으면 바꿔도 좋네. 내가 미리 지시를 해놓지."

"감사합니다. 하나 더 있습니다."

"뭔가? 말해보게."

"제 막사에 빅터라는 이등병사가 있습니다. 제 부하 병사로 쓰고 싶습니다. 그리고 그 병사의 무장도 같이 바꾸고 싶습니다."

"허락하네. 그게 단가?"

"네, 지금은 이게 답니다."

"좋네. 그럼 이만 나가보게."

길버트의 말에 휘안은 즉시 자리에서 일어났다.

그리고 자세를 갖추고 바로 경례를 올렸다.

"충! 제3장창연대! 2대대 13중대 소속 이등병사 휘안! 용무 마치고 돌아가겠습니다! 충성!"

"충성. 나가보게."

"네!"

휘안은 막사를 나왔다. 그리고 나오는 한숨.

"후우……."

밖으로 나오니 긴장이 싹 풀렸다.

몇 단계인지 세기도 힘들 정도의 특진. 이등병사에서 단번에 소위가 됐다.

못해도 7단계에서 8단계는 껑충 뛰어버렸다.

"큭, 이젠 소위인가? 젠장, 빼도 박도 못하게 됐구만."

이제 진짜 옴짝달싹못하게 여기서 뼈를 묻어야 할 판이다.
운이 좋아 병사에서 살아남아 이등, 일등, 상등, 특무까지 거쳐

복무 기간을 끝냈다면 전역했을 것이다. 기간은 거의 3년에 육박하지만.

하지만 휘안의 기억으로는 위관장교 급은 못해도 6년이다. 부사관 계급의 4년보다 2년이나 길다.

전쟁이 언제 끝날지는 모르지만 못해도 6년까진 가지 않을 것이다. 하지만 문제는 기간이 아니다.

"당장 내일 죽을지도 모르지. 후후후."

시니컬한 웃음이 휘안의 입에서 흘러나왔다. 거기에 애꾸다. 휘안은 간호장교가 실명할지도 모른다고 말했지만 아마 그건 휘안에게 그나마 작은 희망이라도 가지라는 뜻에서 한 말일 것이다.

못해도 90% 이상은 실명일 것이다. 쇠붙이가 눈동자를 사선으로 베고 지나갔다. 절대로 회생 불가할 것이다.

"씨발……. 그래도 내가 죽을 거 같아?"

하지만 휘안은 포기하지 않았다. 죽을 가능성이 확실히 높다.

그러나 지금 현재 휘안은 살아 있다. 포기하는 순간 죽는 건 확실한 사실.

휘안의 생존 본능이 미친 듯이 날뛰고 있었다.

"산다. 반드시 살아남는다!"

휘안은 이를 악물며 내뱉었다.

이건 스스로에게 하는 다짐. 무슨 일이 있어도 살겠다고 휘안은 다짐하고 또 다짐했다.

이미 스스로 준비는 하고 있었다.

휘안이 본 빅터. 빅터는 천생 전사였다. 그 타고난 체격과 힘, 그리고 전투 센스와 본능. 마음은 약하지만 빅터는 타고난 전사라고 봐야 했다. 그건 상처 하나 없이 돌아온 전투로 입증이 가능했다.

어제 전투에서 빅터는 조금의 부상도 입지 않았다. 생채기 하나 나지 않았다는 소리다.

그래서 휘안은 빅터를 부하 병사로 쓰고 싶다고 했다. 자신의 보호를 위해서. 그러기 위해 장비 교체까지 건의했다.

더군다나 빅터는 철영이 들어오기 전 휘안에게 많은 도움을 받아 휘안을 아주 잘 따르는 상태였다.

자신의 말이라면 아마 따라오리라.

어차피 후방으로 빠져야 할 자신을 잡아두었으니 이 정도 요구는 들어줄 것 같았다. 그리고 실제로 들어줬다.

자신이 살 확률이 몇 프로 정도는 올라간 것이다.

"산다. 산다. 반드시! 반드시……!"

악에 받친 휘안이 하늘을 보며 거칠게 울부짖었다.

똑같은 외침을 두 번이나.

*　　*　　*

휘안은 자신의 막사로 돌아왔다.

상황은 빠르게 변하고 있었다. 자신은 점점 위험에 처하고 있고, 대책을 몇 개 세우긴 했는데 이 정도로는 조잡했다.

만약 휘안의 죽을 확률이 90%였다면 현재 자신의 무장과 딱 봐도 타고난 전사인 빅터를 자신에 곁에 두는 걸로 10% 정도는 올라갔다.

물론 10%면 엄청난 수치다. 90%에서 80%로 줄었으니까.

하지만 이걸로는 부족했다. 부족해도 엄청 부족했다. 못해도 죽을 확률을 최대 30% 아래까지는 내려야 했다.

그래야 죽을 확률보다 살 확률이 두 배 이상 높아지니까.

불같은 미친개의 성격에 얼음 같은 휘안의 성격이 맞물려 현재의 휘안은 가장 이상적인 상태였다.

전투에서 불과 얼음의 성정을 동시에 보일 수 있는 건 그만큼 자신의 생존 확률을 높여줄 테니까.

'부족해. 이걸론 이 전쟁에서 살아남을 수 없어.'

휘안은 냉철하게 상황을 분석했다. 자신은 최전선 부대에 배속될 것이다. 최전선이면 직접적인 난전 상황이 반드시 온다.

전투에서 난전은 가장 위험하다. 수백, 수천의 병력이 뒤섞여 칼을 휘두르고 방패로 찍어낸다. 창으로 찌르고 칼로 베어낸다.

이런 상황이 오면 사방이 적이라고 봐야 한다. 말 그대로 뭉치면 살고 흩어지면 죽는 결과가 나타나는 것이다.

'제길……. 아버지한테 훈련 좀 열심히 받을걸.'

휘안의 아버지는 검술가였다. 아니, 정확하게 설명하자면 휘안의 아버지가 아닌 철영의 아버지가 검술가였다.

대한민국에서 검술가라는 독특한 직업은 물론 없다. 다만 전해오는 집안의 검술을 끝까지 형(形)만은 익히셨던 분이 철영의 아버지다. 물론 형을 익혔다고 무슨 소설에 나오는 일을 하던 분은 아니다.

어렸을 적 휘안은 그런 아버지의 지도로 검을 휘두른 적이 있었다. 하지만 그것도 몇 년, 철이 들면서 그만뒀다.

도움이 안 된다 생각했기 때문이다. 그게 군대 가기 전 2년과 고등학교 2학년 때부터이니 벌써 오 년 동안 목검을 안 휘두른 것이다.

'하긴, 이런 상황이 올 거라고 누가 예상이나 했겠어. 큭 큭!'

맞았다. 과연 누가 있어 이런 상황에 처하게 될 거라는 걸 예상이나 할까? 휘안도 당연히 안 했다. 하지만 좀 잔인하게 따지자면 했어야 했다.

만약 그런 생각을 해서 검을 끊지 않고 연습했다면 살 확률은 높아졌을 것이다.

휘안은 답답한 마음에 그냥 침대에 누웠다.

그리고 다시 생각했다. 살 확률을 높이려면 끊임없이 방법을 생각하고 또 생각해서 찾아내야 했다.

그게 지금 가장 중요한 일이었다. 마침 휘안은 부상병이라 마음 놓고 쉬어도 될 시간이 있었다.

'일단 이 세계부터… 자세히 알아야겠군.'

눈을 감고 기억을 뒤지는 휘안.

'다행이군. 마도공학(魔道工學)이 극도로 발달했지만 책에서 보던 막장 세계는 아니군.'

기억을 뒤져 보니 이곳 대륙은 휘드리아젤 대륙. 북방의 초원제국 발바롯사, 남부의 마도제국 알스테르담, 그 외 대륙의 남부에 해상제국 악시온, 이렇게 삼강에 그 외 중, 약소국들이 존재하는 대륙이다.

책에서 보던 소드 마스터? 그런 존재들은 없다. 극히 수련에 힘쓴 최고의 기사들, 대륙을 전부 뒤져서 약 50여 명에 가까운 기사나 전사들만이 자신의 무기에 기를 실을 줄 아는 수준이었다.

하지만 그 정도로도 그들은 최강이었다.

딱 그거면 그들이 최강이었다. 더 이상 다른 말이 필요없었다.

무기에 자신의 기운을 실을 줄 아는 사람들은 그 자체로 일인부대였다. 전장의 승패를 순식간에 가를 수 있는.

대마법사? 그런 존재도 없다. 물론 알스테르담이 마도제국이라 마법사는 있다. 하지만 공격 마법사는 없다.

각종 생활에 필요한 마법을 이용한 도구를 생산하는 마법사는 있어도, 파이어 볼 같은 마법을 구사하는 존재는 단 하나도 없었다.

이건 전설에도 나오지 않았다. 그냥 이유 없이 공격 마법 자체가 어느 순간 대륙에서 사라졌다.

그뿐이었다. 책에서 본 기억으론 몇몇 존재의 심기에 거슬러 그들이 회수해 간 것 같다고 유추할 뿐이었다.

하지만 대신 공격 마법의 부재는 마법 물품의 엄청난 발전을 가지고 왔다. 그중 가장 큰 예가 바로 마도공학을 이용한 소총부대 마도 라이플이었다.

그리고 마탄(魔彈)을 발사하는 대포까지. 이게 가장 위협적인 마도 물품이었다.

'차라리 다행이다, 이런 존재들이 있었다면 내가 살아날 확률이 완전히 떨어졌겠지.'

휘안은 이런 현재의 상황이 다행이라 생각했다. 만약 소설처럼 소드 마스터, 대마법사, 상급 정령사, 대신관, 이런 존재들이 있었다면 휘안은 이 전쟁터에서 죽었다고 봐야 했다.

이런 이들의 존재 유무는 휘안에겐 아주 중요했다.

그리고 다행히 없었다.

기사는 있었지만 거의 대부분이 육체를 극한으로 단련한 기사가 전부다.

기운을 깨우치는 기사는 그 많은 전사나 기사 중 거의 최상위 몇십 명. 물론 이 몇십 명은 대륙에서 알아주는 기사, 전사들이다.

그리고 그들은 초인이라 불린다.

'절대로 마주치지 말아야겠군. 걸리면 반드시 죽을 테니까.'

무서운 게 아니다. 사실이 그렇다. 마주치면 진짜 죽는다.

휘안은 그저 몸 튼튼한 일반인, 거기다가 애꾸다.

반대로 그들은 정상에 군림하는 자들. 태어나자마자 검술을, 창술을, 궁술을 익혀 결국 몸에 기운을 심은 자들.

그들의 검은 모든 것을 가르고, 그들의 창은 모든 것을 꿰뚫는다. 또한 그들의 화살은 모든 것을 관통한다.

마주쳐서 맞붙으면 이길 확률은 거의 제로다. 0%.

휘안의 판단은 아주 옳은 것이었다.

그리고 휘안은 그들이 무서운 게 아니라 죽는 게 무서웠다. 아니, 죽는 게 무섭기보단 너무나 억울했다.

왜?

군대 2년간 뭐 빠지게 참아서 전역했더니 바로 또 끌려와서.

'이곳에서의 전쟁은… 전술, 전략전이군.'

기억을 뒤져 보니 이런 해답이 나왔다. 지휘관의 전략, 전술이 그 무엇보다 필요한 게 이 세상이었다.

물론 전략 병기들이 존재하긴 했다. 대륙의 절대자 50인.

철혈의 벽, 진군 저지자라는 별명을 가진 길버트 중장도 그 50인 중 하나였다. 이들에 의해서 전쟁의 승패가 갈리지만, 가장 중요한 건 역시 전략(戰略)과 전술(戰術).

병과 운용과 카리스마, 리더십, 용병술. 이런 게 가장 필요한 게 이 세상의 전쟁이었다.

이것 또한 휘안에겐 다행이었다.

"진짜 다행이긴 하네. 지구의 현대처럼 돌격 소총을 들고 싸웠다면 선발진은 무조건 한 번 전투에 반절 이상씩 죽어나갔 겠지. 아니, 애초에 이런 전면전조차 없었겠지.”

총이 극도로 발전한 21세기 지구라면 이런 전쟁에선 그냥 미사일 몇 방이 날아다녔을 것이다. 그랬으면 이렇게 뭉쳐 있 는 군대는 그냥 전멸이다.

이런 상황이 안 나오는 것도 휘안에겐 다행이었다.

“그래도 마력포(魔力砲)와 마탄을 발사하는 라이플을 조심 해야겠지. 안심인 건 혼전에는 사용할 수 없다는 점이다.”

알스테르담은 마도제국답게 마력포와 마력 라이플을 운용 하는 부대가 있다. 공격 마법이 어느 순간 사라지자 그걸 대체 하기 위해서 만들어낸 마법사들의 작품이었다.

끊임없이 진화(進化)하는 인간의 본성이 만들어낸 작품이 다.

마법사들이 자신의 마력을 그 자리서 구슬에 가둔 후 그걸 그대로 포로 쏘아낸다. 바닥으로 떨어져 충격에 탄이 터지는 순간 구슬에 갇혀 있던 마력이 해방되면서 삽시간에 주변을 휩쓰는 게 바로 마력포.

이건 마법사들이 그 자리서 대기하고 있어야 운용이 가능했 고, 또한 엄청난 마력 소모 때문에 여러 번 운용도 불가능했다.

하지만 피해 반경과 폭발력은 가히 재앙 급이기에 항상 신 중하게 사용해야 했다.

역전을 노리는 단 한 방의 비수.

이게 바로 마력포다.

반대로 마도공학이 만들어낸 게 바로 마력 라이플이다. 마도공학이란 백마법의 생활 마법과 연금술사들의 연성을 뜻한다.

쇠에 마력 회로를 걸어 단발식으로 역시 쇠구슬을 쏘아내는 방식.

다만 너무 복잡한 마력 회로를 설치해야 하기에 100% 수작업이고, 수시로 마력 공급이 되어야 하기에 역시 마법사가 필히 옆에 있어야 했다.

그러나 역시 사거리와 관통력이 좋기에 전쟁에서는 필수였다.

하지만 둘 다 단점이 있으니 난전에는 쓸 수 없다는 것. 어제 전투에서도 돌격기병을 향해 사용했던 게 전부다.

"후우, 이러나저러나 어차피 죽을 확률이 높은 건 변함이 없군. 후후."

휘안은 눈을 부여잡으며 짜증난 웃음을 냈다. 눈가에 통증이 또 올라오는 게 이곳에서의 약인 모르핀 급 성분이 들어 있는 약의 효과가 다 떨어져 가는 것 같았다.

"충성! 계십니까?"

"충성. 누구십니까?"

휘안은 약을 두 알 꺼내 삼키고는 들려오는 경례에 물었다.

"네, 병기보급관 센도 중사입니다! 사령관님의 명령으로 무기고로 모시기 위해 왔습니다!"

"아, 그렇습니까? 알겠습니다. 지금 나가겠습니다."

“네! 참, 이건 새 군복입니다. 이걸로 갈아입고 나오십시오.”

“감사합니다.”

오는 길에 새로 보급되는 군복을 가지고 온 모양이다. 센도 중사가 준 가방을 열어보니 병사들의 군복과 똑같은 군복이지만 뭔가 살짝 다른 군복이 눈에 띄었다.

“쯧, 오늘부터 나도 소위네? 큭큭! 목숨과 맞바꾼 소위라……. 이걸 좋아해야 하나? 큭큭!”

결국 군복을 입으면서 미친개 특유의 웃음을 짓는 휘안.

참고 싶지만 입을 비집고 나오는 웃음을 멈출 수가 없었다.

“어? 휘안? 진급했어? 이야! 축하해, 휘안!”

“어, 고마워. 빅터, 갈 곳이 있어.”

“응? 어디?”

“무기고.”

“거긴 왜?”

휘안의 말에 고개를 갸우뚱거리며 묻는 빅터. 확실히 모자란 건 아니지만 굉장히 순박했다.

하지만 그럴수록 옆에 두기엔 최고라고 생각되는 휘안이었다.

“너, 무기 바꿔주게. 그러니까 따라와.”

“아, 알았어. 이 상태로 가도 돼?”

“응.”

휘안은 군복을 다 입고 투구를 손에 든 채 막사 밖으로 나갔다. 원래 평시라면 그냥 전투모겠지만 지금은 전시니 무조건 투구였다.

"그럼 가시죠."

"네!"

휘안이 나와 센도에게 말하자 센도는 바로 대답하곤 앞장서기 시작했다. 무기고의 특성상 부대 내에서 가장 후방이면서 경계가 삼엄한 곳에 있었다.

이곳엔 각종 경계는 물론 근방엔 전멸한 은빛날개기사단을 대체해 오늘 아침 도착한 수도기사단이 있었다. 거기다가 옆에는 소총부대와 마법사까지 같이.

뭔가 공략을 하고 싶어도 이들을 뚫으려면 대규모로 와야 하는데 그랬다간 바로 노출이다. 이유는 간단하다.

이곳이 평원이기 때문이다. 제국 첩보부대가 평원 전체에 깔려 있어 은밀한 이동이 불가능하단 소리다. 만약 기습전을 가한다면 모두 죽는다. 방어벽도 뚫지 못한 채. 그래서 병참기지는 항상 안전했다.

센도 중사는 병참기지 중에서도 무기기지로 안내했다.

병사 30명은 들어가서 잘 수 있는 대형 막사가 족히 백 개다. 이곳에 제국 북부군의 모든 무기가 있었다.

검, 도, 창, 활, 방패, 그리고 갑옷까지.

제국에서 만든 것도 있었고 적군의 무기까지 온갖 종류가 다 있었다.

"찾으시는 무기가 있습니까?"

“아, 네. 일단 검과 방패가 필요합니다. 여기 이 친구는 창 종류가 필요하고요.”

“네. 그럼 저를 따라오십시오.”

그렇게 센도 중사의 뒤를 휘안은 빅터를 데리고 걸었다. 그러다 천막 대여섯 개를 지나칠 때쯤이었다.

휘안은 순간 날카롭고 뭔가 스산한 감각을 느꼈다. 마치 미묘한 뭔가가 뇌리를 쿡쿡 찌르는 느낌.

그 느낌에 휘안은 멈춰 섰다.

“잠깐. 잠깐만요. 이 천막 안에 뭐가 있습니까?”

“네? 그곳엔 적이 쓰던 무기를 모아놓은 곳입니다. 원하시는 무기가 있는 곳은 좀 더 가야 합니다만…….”

“안에 잠깐만 둘러봐도 되겠습니까?”

“뭐, 상관없습니다.”

“감사합니다.”

휘안은 당장 막사 천막을 젖혔다. 자신의 감각을 미친 듯이 자극하는 무언가를 찾기 위해서다. 그리고 들어서는 순간 느껴졌다.

어둠 속에서 조용히 잠들어 있는 검(劍)을.

들어서자 더욱 진한 향기가 풍겼다. 아니, 향기보단 뭐랄까, 끌어당김?

마치 나 여기 있으니 어서 와라, 이런 느낌이었다.

“…….”

“휘안, 왜 그래?”

“쉿. 조용히 해봐.”

빅터가 들어오면서 좀 이상한 모습을 보이는 휘안에게 물었지만 휘안은 바로 손을 들어 빅터의 말을 중지시켰다.

들어서는 순간부터 느껴지고 있었다. 아니, 전부터 느껴지고 있었다. 다만 지금 이 천막 안에 들어서면서 더욱 강렬히 느껴지고 있었다.

휘안은 가만히 눈을 감았다. 정확하게 위치를 파악하기 위함이었다.

현재 이 천막 안엔 적군에게서 뺏은 무기가 아무렇게나 방치되어 있었다. 정확하겐 피와 흙만 제거해서 던져 놓은 것이다.

‘저기다.’

느껴졌다.

휘안은 눈을 뜨고 바로 움직였다. 그리고 아무렇게나 쌓아 올린 방패더미를 무너뜨렸다. 그런 휘안의 모습을 보고도 센도 중사는 말리지 않았다.

마구잡이로 뒤지면서 휘안은 결국 찾아냈다. 맨 밑에 기다란 나무 방패 밑에 숨겨져 있는 검 한 자루를.

그러나 찾았으면서도 휘안은 그 검을 바로 잡지 못했다. 휘안은 느끼고 있었다. 이 검은 보통 검이 아니다. 그건 지식적 사고가 아닌 정신적 사고로 느껴지는 일종의 육감에 의한 느낌이었다.

‘이게……’

일단 어둠 속이라 잘 보이지는 않지만 검신의 길이는 약 1미터 20㎝ 정도. 검치고는 굉장히 긴 검이다.

또한 양날 검이었다. 뭔가 크게 특징이 있어 화려해 보이는 검은 아니었다. 전체적인 느낌은 그냥 검(劍). 그 이상, 그 이하도 아니었다.

하지만 이 검이 지금 휘안을 마구 잡아당기고 있었다.

"꿀꺽."

목울대로 침을 삼키는 소리가 적나라하게 들렸다. 잡기 싫은 불길함? 그런 느낌은 없었다. 다만 너무 당기고 있었다.

"제길, 이걸 잡아, 말아."

고민의 문제는 바로 이것이다.

너무 당기니 의심이 간다. 이건 진짜 천종산삼을 십만 원에 판다는데 가격이 너무 싸서 사기가 아닐까 하고 고민하는 것과 똑같았다.

"에이, 썅. 모르겠다."

휘안은 눈을 질끈 감고 검을 잡았다. 그러자 부르르 떨리는 팔. 실제로는 휘안의 팔이 아닌, 검이 요동치는 거지만 사실을 모르는 빅터나 센도가 보기엔 휘안이 강제로 자신의 팔을 떨게 하고 있는 것처럼 보였다.

"왜 그러십니까? 혹 어디 안 좋으십니까?"

"휘안, 무슨 일이야? 왜 떨고 그래?"

"……."

센도 중사와 빅터가 물었다. 그러나 휘안은 대답하지 못했다. 휘안은 지금 죽을힘을 다해 팔을 제어하고 있었다.

'아으……. 이런 씨발!'

검이 미친 듯이 요동치기에 놓으려고 했지만 그것도 불가. 검은 손에 딱 붙어 떨어지질 않았다.

그래서 휘안은 검을 놓는 걸 포기하고 대신 진동을 멈추려고 손에 힘을 꽉 줬다. 검 자체는 그렇게 무겁지 않았다.

보통 한손검이라 무겁지 않을 거라 생각하는데 검도 쇠로 만든다. 무게가 나가기 싫어도 무거울 수밖에 없다.

이 검의 무게는 그나마 가벼웠다. 검신 자체도 굉장히 얇아 딱 봐도 찌르기, 혹은 베기용으로 제작된 검이 틀림없었다.

무게를 추정해 본다면 약 1㎏ 전후?

하지만 그런 무게의 검을 든 휘안은 손은 사정없이 떨렸다. 그리고 그걸 또 휘안은 막으려고 온 힘을 다하고 있었고.

휘안은 모르지만 지금 휘안은 검과 기 싸움을 하고 있었다. 애초에 휘안을 끌어당길 만큼의 무언가를 지닌 검이다.

이 정도는 당연했다. 다만 휘안만 그걸 모를 뿐이었다.

그렇게 10분.

"휴우……."

기 싸움의 승자는 휘안이었다. 검이 잠잠해진 것이다. 무릎을 꿇고 있던 휘안이 한숨을 쉬며 자리에서 일어났다.

"괜찮아? 눈 아파서 그래?"

"아니, 아니야. 휴우. 나가자."

“응.”

휘안은 그렇게 말하며 등을 돌려 나갔다. 그리고 그 뒤를 따라나오는 빅터와 센도 중사.

나오자마자 휘안이 센도 중사에게 말했다.

“저는 이걸로 하겠습니다. 괜찮죠?”

“네, 상관없습니다. 그럼 다른 곳도 둘러보시겠습니까?”

“네. 제 방패랑 이 친구 창도 구해야 하니까요.”

“그럼 따라오시죠.”

센도와 간단히 말을 나누고 휘안은 다시 빅터에게 따라오라 손짓을 하곤 앞서 나가는 센도 중사의 뒤를 따랐다.

그리고 휘안은 몰랐다. 자신이 지금 어떤 무기를 얻었는지를, 지금 이 검이 휘안이 살아남을 확률을 못해도 반절 이상 올려줄 것이라는 사실도.

휘안은 전혀 몰랐다.

＊　　　＊　　　＊

센도 중사를 따라 이 막사, 저 막사를 뒤져서 휘안은 결국 원하던 무기를 다 찾아냈다. 자신의 방패는 물론 빅터의 창과 갑옷도 검을 얻을 때의 이끌림 같은 걸 기준으로 골랐다. 자신의 검도 그렇지만 빅터의 창도 모두 아군 전사자의 물품에서 찾아냈다.

그래도 흙이나 녹, 피 등을 다 닦아내서 가지고 온 장비는 상당히 쓸 만했다. 빅터의 갑옷도 운이 좋았다. 거기다가 편하기까지 했다. 휘안이 입고 싶었지만 입으면 움직임이 둔해진다. 무겁기 때문이다.

더군다나 사이즈도 맞지 않았다.

명색이 전신 플레이트 메일이다. 다만 빅터의 힘이 워낙 좋아 이걸 입고도 전혀 움직임이 둔해지지 않았다.

이래서 휘안이 빅터를 굳이 데리고 온 것이다. 빅터는 휘안이 보기엔 천생 전사였다. 기사들처럼 무예를 한 가지 틀에 박혀 단련하는 게 아닌, 일정한 형태 없이 감으로 싸우는 전사, 그게 빅터였다.

"……."

휘안은 갑옷과 창을 닦는 빅터를 잠시 봤다. 현재는 막사로 돌아온 상태. 눈 쪽에 통증 때문에 좀 더 둘러보고 싶은 걸 결국 의무대에 급히 가야 했기에 그만 끝내고 돌아온 것이다.

계급은 올랐지만 막사를 옮기진 않았다. 다만 겉 휘장에 소위 계급표와 이름이 적혀 있었다. 아마 이제 간부급이 아니라면 병사들은 저 휘장을 걷지 못할 것이다.

어쨌든 모든 무기를 구한 휘안은 약과 빅터가 가지고 온 저녁을 먹고 침대에 누웠다. 이젠 밑에 나무판도 설치가 되어 한층 안락해진 침대였다.

"왜 사람들이 출세하려는지 알겠네."

침대가 확실히 편해졌다. 더할 나위 없이. 습습한 느낌은 좀 있었지만 바로 땅이 아니라 한기도 어느 정도 죽었다.

스르릉.

검을 뽑았다. 맞는 검집이 없어 일단 대충 사이즈가 맞는 검집에 넣고 왔지만 그래도 검과 검집은 궁합이 좋아 보였다.

"이게 날 불렀단 말이지."

어둠 속 두 개의 등불에 의지해 검을 살펴보는 휘안. 새파란 예기가 검신을 타고 흘렀다. 뭐 하나 특별한 것이 없어 보이지만 휘안은 느끼고 있었다.

일단 이 검이 보통 검은 아닐 것이라는 것을. 아니라면 휘안이 그렇게 끌려가듯이 들어가 이 검을 찾았을 리가 없다.

휘안은 식스센스니 뭐니 이런 건 믿지 않지만 자신이 보고, 듣고, 느낀 것은 믿는 편이었다.

"너, 정체가 뭐냐."

그렇게 조용히 물었지만 역시 대답은 없다.

문득 휘안은 쿡 하고 웃었다.

"하긴… 검이 말할 리가 없지. 이게 무슨 소설 속에서나 나오는 에고 소드도 아닌데……."

기억에 의하면 이 세상에서 에고 소드라는 것은 문헌에서만 존재하는 검이다. 즉; 전설에서나 나오는 검. 그것도 대륙력이 시작되기도 전인 거의 2,000년 그 뒤에서나 나온다.

그리고 현세에 그 누구도 그런 물품을 가지고 있다고 듣지 못했다. 마법도 생활 마법 빼면 전부가 쇠퇴했기 때문이다.

휘안이 군 시절 말년에 보던 책에서나 나오던 파이어 볼, 이런 것조차 지금 이 시대엔 없었다.

오직 순수한 무력.

무력에 의해 결정되는 시대인 것이다.

휘안은 고개를 돌려 빅터를 바라봤다.

휘안이 골라준 창을 정성스럽게 닦고 있는 빅터. 빅터의 창도 좀 투박했다. 창끝에 양날의 촉이 달려 있었고, 그 밑으로 반월형의 날이 하나 더 달려 있었다.

"어디서 본 거 같긴 한데……."

휘안은 빅터의 창을 보면서 중얼거렸다. 처음에도 느꼈지만 저건 어딘가에서 본 느낌이 강했다. 하지만 기억은 나지 않았다.

창은 서양권의 할버드(Halberd)나 랜스와는 달라 보였다. 굳이 따지자면 동양권, 그것도 특히 중화권의 인상이 강했다.

하지만 그럼에도 휘안은 그 창이 뭔지 몰랐다.

"에이, 뭐… 모르면 어때."

사실 휘안이 이 무기를 찾은 이유는 휘안 자신이 이레귤러이기 때문이다. 이레귤러란 벗어난 것을 의미한다.

불규칙적인, 벗어난, 비정상적인 이런 것을 뜻하는 함축적인 단어다.

여기서 휘안에게 적용시키면 이 대륙에 존재해서는 안 되는 '영혼' 이기 때문이고, 그걸 무기에 적용시키면 똑같다.

이 세상에 존재해서는 안 되는 '예외' 의 무기, '규칙' 에서 벗어난 무기.

그래서 서로 끌리는 거다. 같은 이레귤러라서. 같은 세상에서 넘어왔기에 자연스럽게 끌어당기는 거다.

그건 앞으로도 휘안이 같은 '이레귤러'를 만나면 똑같이 적용될 것이다. 다만 이번엔 운이 좋았다.

생각지도 못하게 서로가 같은 곳, 가까운 위치에 부딪쳤기에 서로 끌린 것이다.

하지만 그걸 모르는 휘안은 곧 무기에 대해서 신경을 껐다.

기억나지 않는 걸 억지로 기억해 내는 취미는 없었기 때문이다.

"사령본부 미스틱 소위입니다. 휘안 소위님, 안에 계십니까?"

휘안이 빅터의 창에서 신경을 끈 딱 그 시점에 밖에서 누군가의 목소리가 들렸다. 그 소리를 듣고 휘안은 바로 자리에서 일어났다.

"네, 잠시만 기다리십시오."

대답하곤 적당히 옷매무새를 가다듬은 휘안은 휘장을 걷고 나갔다. 그러자 약 20세 초, 중반의 사내가 눈에 보였다.

"사령관님이 작전회의에 참여하시랍니다. 시간은 30분 후, 완전무장 후 휘하의 빅터 하사와 같이 오시라는 전언입니다."

"네? 네, 알겠습니다."

"그럼 이만."

할 말만 하고 바로 등을 돌려 사라지는 소위의 행동에 휘안은 살짝 눈살을 찌푸렸지만 뭐라 하지는 않았다.

아마 저런 행동의 이유는 특진 때문일 것이다. 하지만 휘안은 그것보다 먼저 의문이 들었다.

"왜지? 왜 나 같은 소위를 작전회의에?"

몸을 돌려 막사로 들어가며 중얼거리는 휘안. 그렇게 생각하는 와중에도 휘안은 차곡차곡 무장을 하기 시작했다. 휘안은 정식 갑옷을 걸치지 않았다.

근력이 떨어져 무장을 하면 스피드가 오히려 떨어진다. 그렇게 되면 집중 타격 받고 죽기 딱 좋아진다.

그래서 휘안은 장갑, 부츠, 그리고 상체만 갑옷을 걸쳤다. 가장 가벼운 걸로. 그래도 좀 무겁긴 했지만 생활 마법 덕에 가볍기는 참 가벼웠다.

방패는 등에 걸고 착검한 휘안이 뒤를 돌아보자 이미 빅터도 무장을 끝낸 상태였다. 이미 밖의 대화를 듣고 준비하고 있었던 빅터라 휘안보다 준비가 빨랐다.

풀 플레이트 메일에 동양적 미가 살아 있는 약 2미터 길이의 창을 든 빅터의 모습은 꽤나 듬직하고 강인해 보였다.

"가자, 빅터."

"응!"

휘안의 말에 빅터가 우렁차게 대답했고, 곧 둘은 막사를 벗어나 지휘부가 있는 진지 중앙으로 걸음을 옮겼다.

지휘부 막사에 도착하자 주변 경계가 엄청 삼엄했다.

수도기사단이 전부 사주 경계를 철저히 하고 있었고, 북부기사단도 같이 경계를 서고 있었다.

작전회의이니만큼 보안이 중요했기 때문이다.

휘안이 들어가자 아직 말한 30분이 안 됐는데도 대부분의
수뇌부가 모여 있었다. 그리고 그중엔 '진군 저지자' 길버트
중장의 모습도 보였다.

"왔군."

"충! 휘안 소위! 부름 받고 왔습니다!"

"그래. 앉게."

"네!"

휘안은 경례를 마치고 자리에 앉았다. 그리고 살짝 눈을 굴
려 주변을 살펴보니 이건 뭐, 별들의 향연이다.

최소 계급이 약 40세 초반으로 보이는 사내, 중령의 계급을
달고 있는 사람이었다. 나머지는 대령, 별 하나, 별 둘, 전부 이
랬다.

'빌어먹을. 숨 쉬기도 힘드네.'

생각 그대로였다. 휘안이 대체 어디서 이런 계급의 사람들
을 볼까?

중령 정도라면 대대장급이니 대한민국 군 시절에도 많이 봤
다. 하지만 대령 급은 연대장. 일 년에 서너 번 정도 보면 많이
보는 것이다.

여기서 별 하나로 넘어가면 또 달라진다. 어디서 근무했느
냐에 다르겠지만 별 하나 되면 일반 연대 및 대대에 있던 병사
라면 훈련소에서 보는 걸 빼면 보기도 힘들다.

별 둘이나 별 셋은 말할 것도 없다.

그래서 휘안은 지금 숨이 턱 막히는 기분이었다.

"흐음, 그 친구인가, 자네가 말한 빅터라는 병사가?"

"네!"

길버트 중장의 물음에 순간 각을 딱 잡으면서 대답하는 휘안. 빅터는 지금 휘안 등 뒤에 시립해 있는 상태였다.

그리고 휘안의 계급이 오르면서 빅터도 예상 밖의 특진을 했다. 하사라는 계급으로. 어차피 보여주는 특례였다. 공을 세우면 진급도 가능하다. 이런 예를 다른 병사들에게 보여주기 위한.

"흐음, 용케 잘 골랐군. 대체적으로 풀 플레이트 메일은 맞춤 제작이라 몸에 맞는 걸 찾기 쉽지 않았을 텐데, 이게 다 자네 복이겠지. 그보다 특이한 창이군. 그것도 자네가 골라준 건가?"

"네!"

확실히 빅터의 창은 특이했다. 휘안도 그렇게 생각하고 있었다. 중세시대의 모습을 딱 빼다 박은 이곳에선 특별히 보기 힘든 창이었다.

"약, 300년 전부터 북부 지방에서 쓰던 창이로군요. 월아(月牙)가 달린 걸로 보아 방천극(方天戟)으로 생각됩니다. 물론 진품(眞品)의 여부는 불가하겠지요. 방천화극은 300년 전 '령기' 사후 사라졌다 전해지니까요."

순간 휘안의 눈매가 꿈틀거렸다.

그러나 휘안이 그러건 말건 다음 말을 길버트 중장이 받았다.

"그렇겠지. 방천극 중 진품은 령기가 쓰던 방천화극(方天火戟)이지. 저게 진품이라면, 허허, 대륙의 50인은 51인이 되겠지. 그들이 쓰는 무기는 쇠나 바위 따위는 아주 쉽게 잘라내니까. 전장에서 그 정도면 일인군단도 가능할 거야. 물론 소지자의 무력(武力)이 뒷받침된다는 가정이 있어야겠지만. 허허."

"하하, 그렇겠지요. 이거 저게 진품인지 확인해 봐야 하는 거 아닙니까? 혹시 압니까? 저게 진품일지."

길버트 중장의 말에 참모장인 프리트 소장이 웃으면서 대답했다. 그러자 길버트 중장은 다시 껄껄 웃었다.

그리고 뒤의 부관에게 살짝 고개를 돌리며 말했다.

"지금 가서 보급품 중 미스릴 제련 검이 있으면 하나 가지고 와보게."

"네!"

길버트 중장의 명령을 받은 부관 미스틱 소위가 빠르게 막사를 벗어났다. 회의 시간이 이제 10분 정도 남은 상태.

잠시 분위기 전환 겸 재미있는 유흥거리가 생긴 것이다.

하지만 휘안은 유쾌하지 못했다.

'방천극? 방천화극? 잠깐, 이거… 이게 무슨 말이야?

대한민국 사람이라면, 하다못해 남자라면 꼭 한 번씩 해보는 게임이 있다.

예를 들 것도 없이 삼국지다. 그리고 거기에 나온다, 방천화극이라는 무기가. 삼국지 최강의 무장이라는 여포가 쓰던 극이 바로 방천화극이다.

물론 방천화극 자체가 의장용 병기일 가능성이 높다. 이런 무기는 그 시대가 아닌, 좀 후에 나오기 때문이다.

소설에 나온 것이기에 모든 걸 믿을 수도 없다는 소리다.

물론 방천화극 말고 관우가 썼다던 청룡언월도도 그 시대에는 없는 무기일 가능성이 컸다.

그런데 지금 여기서 그런 소리를 하고 있다.

'어쩐지 어디선가 본 것 같더라니…….'

휘안은 잠시 패닉에 빠졌다. 이거 이상하다. 완전히 이상한 세상에 떨어지고 만 느낌이 확 들었다.

'그러고 보니… 발바롯사 제국의 모습도 거의 북방 이민족 같았지. 예를 들어보면… 맞아. 몽골, 옛 시대의 몽골 병사들처럼.'

하나가 의문이 드니 다른 것도 덩달아 의문으로 다가왔다.

그건 휘안이 생각하기 싫어도 거의 억지로 드는 의문이었다.

'이곳은 거의 유럽의 중세시대야. 갑옷만 봐도 알 수 있지. 그리고 저 위는 옛 시대의 중국? 하하! 환장하겠네, 정말.'

생각할수록 암담함이 깃든다.

이건 뭐, 풀리지 않는 세계 최악의 미스터리를 마주한 느낌이다.

휘안이 그렇게 생각하는 중에 길버트 중장의 부관이 돌아왔다. 그리고 돌아온 그의 손에는 잘 벼려진 검 한 자루가 들려 있었다.

"이리 줘보게. 거기 자네도 이리 와보고."

중장은 직접 검을 받아 들고 자리에서 일어났다. 빅터는 길버트 중장의 말에 쭈뼛거리며 중장의 앞으로 갔다.

"창날을 앞으로 세워보게. 그리고 힘을 꽉 주게나. 내가 내려칠 테니."

"네! 흐읍!"

빅터는 창을 앞으로 내민 채 월아의 날이 위로 향하게 하고 힘을 꽉 줬다. 그리고 바로 길버트 중장이 숨을 가다듬고 미스릴 제련 검을 그대로 월아를 향해 내려쳤다.

스윽.

그리고 들려온 소리는 쇠와 쇠끼리 부딪쳐서 들려야 할 깡! 소리가 아닌, 스윽 하면서 무언가가 베어지는 소리였다.

"……."

"……."

길버트는 물론 빅터도 아무 말도 못했다.

그리고 그건 수뇌부들도 마찬가지였고 휘안도 마찬가지였다.

장내에 침묵이 찾아온 것이다.

이 세계에는 마나라는 물질 자체를 다루는 기술이 거의 없다. 그걸 사용하는 사람은 극소수. 그리고 그들은 모두 일인군단으로 불리는 사람들이다.

"이거… 굉장하군요."

누군가가 침묵을 깼다. 수도기사단장 엘리엄 경이다. 그도

50인에 드는 사람이었다. 그를 뜻하는 별명은 '강철을 베어내는 자', 혹은 '웨폰 브레이커' 이다.

엘리엄 경이 자리에서 일어섰다. 그리고 직접 그의 애검인 '프리깃' 을 빼 들었다.

"제가 해봐도 되겠습니까?"

"허허, 그래 보게."

길버트 중장은 조금 어이없다는 웃음을 흘리곤 뒤로 물러났다. 그러자 앞으로 나서는 엘리엄 경.

그가 빅터 앞에 서고 정신을 가다듬었다. 그러자 순식간에 분위기가 확 변했다. 그는 진심전력(眞心戰力)으로 빅터의 창을 파괴하기로 마음먹은 것이다.

휘안은 그런 빅터와 엘리엄을 동시에 바라봤다. 그러다 엘리엄의 검에 맺히는 아주 희미한 푸른빛을 봤다.

'저거군. 저게… 극에 오른 자들만 사용한다는 마나군.'

휘안의 생각대로 엘리엄 경의 프리깃에는 아주 희미한 마나가 모였다. 그 수준은 겨우 검에 기운을 담는 정도에 불과했다. 그거도 딱 검날에만.

하지만 그 정도로도 엘리엄 경은 웨폰 브레이커로 불렸다.

무기를 파괴하는 자.

슈아악!

엘리엄 경의 눈이 떠지면서 눈에 보이지도 않을 속도로 빅터의 창에 프리깃을 그대로 내려쳤다.

정말 진심으로 빅터의 창을 부수기로 마음먹었으나 나온 결과는 예상을 뒤집었다.

카앙!

"으음……."

불꽃이 확 튀면서 엘리엄의 검이 그대로 튕겨 나갔다. 그리고 동시에 입에서는 짧은 침음성이 흘렀다.

휘안도 놀랐다. 설마 이 정도일 줄은 상상도 못했다.

"허허, 이거 참……. 우리가 진품(眞品)을 보고 있는 것이군. 허허, 허허허."

길버트 중장이 허허롭게 웃었다. 하지만 속으로는 어이없어 하고 있었다. 휘안은 그런 길버트 중장을 바라보다 순간 흠칫한 기분이 들어 주변을 바라보니 모두가 눈을 가늘게 뜨고 빅터의 창을 바라보고 있었다.

아니, 정확하게는 노려보고 있었다.

욕심(慾心)이 동한 것이다.

하긴 만약 저 창이 실제로, 혹은 허구상에 존재하는 방천화극이라면 누구라도 그럴 수 있겠다 싶었다.

'우리 세상에선 허구였지만 이곳에선 전설이지. 그것도 실존하는. 탐내는 게 당연해. 하아, 빌어먹을…….'

잘못하면 눈 뜨고 코 베어가게 생겼다. 엄연히 저 방천화극은 휘안이 찾아준 것이다. 앞으로 자신을 보호해 줘야 할 빅터를 위해서.

그런데 이렇게 좋은 무기를 빼앗기게 생겼다.

그런 생각이 들자 순간적으로 짜증이 확 올라왔다. 하지만 얼굴은 찌푸리지 않았다. 이곳은 군대, 거기다 전시다. 명령이 떨어진다면 그냥 줘야 했다. 안 그러면 명령 불복종 죄가 될 수도 있었다. 그리고 그렇게 안 하더라도 어떻게든 빼앗으려 할 게 분명했다.

"모두 들어라! 지금부터 방천화극의 소유권은 철혈의 벽! 진군 저지자 북부군 총사령관의 이름으로 빅터 하사에게 하사(下賜)한다! 이를 어길 시! 나의 권위를 어기는 걸로 알고 결코 쉬이 넘어가지 않고 군법으로 다스릴 것이다!"

쾅!

길버트 중장이 자신의 지휘 검을 빼 테이블에 박으며 소리쳤다. 그런 길버트 중장의 추상같은 명령에 모두가 흠칫하고 놀랐다가 곧 체념한 표정을 지었다.

길버트 중장의 눈 밖에 나면 인생 끝나는 것이나 마찬가지다. 괜히 대륙의 50인이 아니었다. 그 권위는 황제의 바로 아래였다.

황제의 총애(寵愛)를 한 몸에 받고, 황제의 전적인 믿음으로 북부군의 총사령관에 오른 길버트 중장.

그의 말을 어길 담을 가진 사람이 있을 리가 없었다.

어긴다면 그 자체로 황제의 권위에 도전하는 것과 다름없으니까.

'감사합니다.'

휘안은 그런 길버트 중장의 행동에 고개를 숙이며 인사를 했다.

길버트 중장의 빠른 대처 덕분에 자신의 생명줄을 더욱 단단하게 만들어줄 빅터가 온전히 무기를 보전한 것이다.

이건 당연히 감사해야 할 일이었다.

하지만 모든 선의에는 대가가 따르고 이유가 있다.

휘안은 이걸 아직 몰랐다.

제3장
수상한 작전의 시작(1)

제국의 군인
Soldier of EMPIRE

“그럼 작전회의를 시작하지.”

“네!”

“네!”

길버트 중장의 말에 각 참모급 인사들이 모두 깍듯이 대답
을 하고 자세를 바로 했다. 휘안도 그런 상황에 덩달아 긴장해
급히 자세를 바로 했다.

막사 안의 공기가 급변한 것이다.

“프리트 소장, 브리핑을 시작하게.”

“네!”

직접 일어나 브리핑 준비를 하는 프리트 소장. 참모장에다
가 계급이 무려 소장인 그가 직접 브리핑이라니.

‘빌어먹을, 이거…….’

휘안은 직감적으로 이번 회의가 굉장히 중요한 회의라는 걸 깨달았다. 더불어 자신의 목숨도 간당간당해질 거라는 것도 같이 깨달았다.

“어제의 전투는 호각(互角)이었습니다. 적 기사단과의 대전에선 저희가 한 수 밀렸습니다. 물론 그 뒤로 저희 군 중앙을 분리하려는 광전사들의 침투 때문에 적지 않은 피해를 입긴 했습니다. 하지만 막판에 저기 앉아 있는 휘안 소위의 활약으로 전황을 뒤집었습니다. 전투에서 입은 피해는 저희가 조금 크지만 사기 면에선 저희가 조금 우세했다는 게 제 생각입니다. 따라서 발바롯사 군의 원정사령관인 챠이는 아마 다음 전투에서 다시 사기를 가져오기 위해 대대적인 용병술을 계획할 게 분명합니다. 현재 제 예상으로는 발바롯사의 주력인 까마귀부대가 출진하지 않을까 생각됩니다.”

“으음…….”

“까마귀부대라니…….”

프리트 소장의 말에 참모들이 모두 신음을 내뱉었다. 덩달아 휘안의 안색도 급격하게 변했다.

머릿속의 기억을 뒤져 보니 까마귀부대, 지랄 맞도록 무서운 부대였다.

적군 총사령관 챠이.

물론 챠이도 대륙의 50인 중 한 명이었다. 챠이를 뜻하는 별명은 딱 하나.

점령자(占領者).

이 한 단어가 챠이를 뜻하는 단어였다.

현재 그의 나이 50세 초. 약 30세부터 두각을 나타내고, 40세에 발바롯사에 일어난 내란을 종결시킨 인물이다.

그 당시 내란으로 거의 제국이 반으로 갈라졌는데, 챠이가 나서서 그 전부를 수복했다. 그러면서 생긴 별명이 바로 점령자.

미친 용병술과 전술, 전략으로 그가 지나간 자리에는 발바롯사 제국의 깃발이 나부낀다고 해서 생긴 별명이었다.

그리고 까마귀부대.

이 부대가 바로 챠이를 있게 해준 부대다. 챠이가 직접 조련한 최강의 궁기병. 말을 타고, 특수 재질로 만들어진 각궁으로 평균 활보다 거의 두 배에 가까운 거리에서 쏘아댄다. 일명 까마귀 화살세례는 일제히 까마귀가 날아오른다, 혹은 화살이 지나간 자리에는 까마귀 먹이가 가득하다, 이런 뜻에서 붙은 까마귀부대.

발바롯사 황제 직속 부대지만 챠이의 직속 부대이기도 했다.

"대책을 마련해야 합니다!"

"맞습니다! 까마귀들이 출진하면 아군의 피해가 너무 심할 것입니다!"

중구난방으로 참모들이 떠들어대기 시작했다. 그런 모습에 길버트의 인상이 슬쩍 찌푸려졌다. 마음에 들지 않은 것이다.

“차라리 회군을……..”

쾅!

“뭐라! 지금 그걸 말이라고 하는가! 이곳 노스 평원의 중요
성을 장군은 모르는가! 이곳에서 밀리면 노스 평원을 점령한
저들은 바로 수비전으로 들어갈 것이네! 전선이 뒤로 밀려나
면 각종 주요 곡창지대가 전부 넘어갈 것이고! 그렇게 되면 제
국은 바로 식량난에 휩싸이게 되네! 장군은 지금 그걸 알고 하
는 소린가!”

“죄, 죄송합니다.”

길버트 중장의 호통에 찍소리도 못하고 찌그러지는 별 하나
단 장군. 같은 장군이라고 다 같은 장군이 아니라는 걸 보여주
는 아주 좋은 예였다.

“이곳에 왜 내가 있는 줄 모르는가? 수도를 지켜야 할 내가
노스 평원까지 온 이유는 황제 폐하의 엄명이 있었기 때문이
네! 죽어도 노스 평원을 넘겨 줄 수는 없다는 폐하의 단호한 의
지 때문에 이곳에 온 것일세! 나는 물론 장군을 포함해 모든 제
국 북부군은 이곳에서 뼈를 묻을 각오로 수성을 해야 할 것이
야!”

다시 이어진 중장의 말에 수뇌부의 고개가 바로 수그러들었
다. 말 한마디 잘못했다가 폭탄을 뒤집어쓴 것이다.

“다시는 그런 소리 하지 말게!”

“네, 명심하겠습니다.”

“크흠! 참모장! 그럼 대책은 있나?”

"네, 당연히 있습니다."

길버트 중장의 말에 프리트가 고개를 끄덕이며 대답했다. 역시 참모장의 자리에 앉아 있는 인물인만큼 부대 운용과 전략에도 능한 장군이 프리트였다.

"현재 은밀히 엘리자베스 황녀께서 이끄는 로즈기사단이 우측으로 약 3㎞ 정도 떨어진 곳까지 도착해 있습니다. 최강의 기동력을 가진 로즈기사단인만큼 까마귀부대를 유인만 할 수 있다면 일거에 섬멸이 가능할 것입니다."

"황녀께서? 으음, 위험하군, 위험해. 적이 그걸 역으로 이용할 경우는?"

"그렇게 되면 큰일 나겠지요. 대신 후퇴하는 부대를 공격하진 않을 것입니다. 무조건 까마귀부대를 끌어들여야 합니다. 그래야 시간에 맞춰 까마귀부대를 급습할 수 있습니다. 이번 작전은 정확한 연계가 가장 중요합니다."

"그렇겠지. 장군은 혹시라도 황녀께 피해가 가지 않도록 각별히 주의하게. 황녀께서는 제국의 미래네. 이런 전투에서 잃을 수는 없는 노릇이니."

"네, 알겠습니다."

길버트 중장과 프리트 소장의 대화에 휘안은 또 머릿속으로 생각하느라 바빴다.

엘리자베스 E(Emperor) 알스테르담.

역시 제국의 50인이다.

특이한 점은 여자의 몸으로 검술을 극한으로 익힌 검사라는 것. 또한 여자들을 뽑아 자신이 직접 17세부터 동고동락하며 하나의 기사단을 만든 여자다.

그 기사단의 이름은 로즈기사단(Rose knightage).

아름다운 꽃인 장미지만 날카로운 가시와 독을 잔뜩 품은 아주 위험한 여자들이다.

거기에 부기사단장인 율리아나 E(Earl) 테일 경 또한 제비검이란 별명으로 대륙의 50인 중 하나다. 한 기사단에 두 명의 절대 무력을 갖춘 제국 최고의 기사단 중 하나였다.

그리고 엘리자베스 황녀는 스스로 '영광의 기사(Glory knight)'라는 호칭을 가지고 있었다.

'확실히 적의 예봉(銳鋒)을 꺾겠다는 거군.'

휘안은 속으로 중얼거렸다. 그리고 휘안의 생각은 프리트 소장의 속내를 정확히 집어냈다. 프리트 소장은 이번에 적의 날카로운 칼끝을, 아니, 화살 끝을 확실하게 박살 낼 작정이었다.

까마귀부대는 궁기병이다.

굳이 분류해서 따지자면 원거리 병력이란 소리다.

그런 원거리 병력을 제국에서 가장 빠른 기동력과 날카로운 관통력을 가진 로즈기사단으로 아예 박살 내버리겠단 생각이다.

까마귀가 전멸하면 전쟁의 승패는 확 갈리게 될 것이다.

원래 전쟁에서 가장 중요한 게 적의 주력을 꺾는 것이다. 일반 병력 만 명을 잡는 것보단 적의 주력 천 명을 잡는 게 훨씬 이득이다.

프리트 소장도 그걸 알기에 이런 작전을 생각해 낸 것이다.

"그보다 여기까지 안 들키고 진군할 수 있겠나?"

"네, 현재 소규모 병력이 그쪽 루트를 감시 중입니다. 물론 반대쪽도 마찬가지입니다만… 황녀가 오시는 길 쪽에 배치한 병력이 훨씬 우수합니다. 적은 병력을 풀어놓았으니 아마 다른 의심은 하지 않을 것입니다."

"각별히 조심하게. 황녀님의 안전에 절대로 문제가 생기면 안 될 일이야."

"네!"

길버트 중장의 다시금 나온 안전 당부에 프리트 소장도 굳은 얼굴로 고개를 끄덕였다.

"까마귀……. 확실히 무서운 부대지. 하지만 이번 작전을 성공해서 잡으면 이번 전쟁은 우리의 승리다. 까마귀 없는 전면전은 칼 없는 병사와 싸우는 것과 똑같다."

"맞습니다. 꼭 작전을 성공시키도록 하겠습니다."

"당연하다. 좋아, 그럼 발바롯사 군이 언제 다시 움직일 거라 생각하나?"

"현재 까마귀부대가 하루거리에 있다고 합니다. 부대에 내일 도착한다고 해도 이삼 일 정도는 휴식을 줄 겁니다. 바로 전투에 들어가기엔 말이 너무 지쳐 있으니까요. 아마 4일 후, 혹은 5일 후에 공격을 다시 해올 겁니다."

"그렇군. 좋아. 자네만 믿지."

"네!"

"회의를 끝내도록 하지. 모두 나가보고, 휘안 소위는 잠시 남도록."

길버트 중장의 회의 끝을 알리는 소리에 모든 지휘관이 일어나 막사 밖으로 나갔다. 하지만 휘안은 나가지 못했다.

길버트가 남아 있으라고 직접 말했기 때문이다.

모든 지휘관이 나가자 휘안은 바짝 긴장했다.

"후후, 그렇게 긴장할 것 없네."

"네, 네!"

"일단… 난 자네에 대한 평가를 다시 한 번 상향 조정했네."

"감사합니다!"

"허허, 그 친구 참, 목소리 한번 우렁차군."

길버트 중장은 편한 웃음을 지었다. 마치 이웃집 할아버지처럼. 하지만 휘안은 그 웃음에 웃지 못했다.

사령관. 괜히 사령관이 아닐 것이다.

그것도 철혈의 벽이라는 소리를 듣는, 적의 진군을 저지하는 사람이라는 별명을 가진 사람이다.

그런 사람이 이웃집 할아버지 미소를 짓는다고 해도 완전히 그런 뜻의 미소는 아닐 거라는 게 휘안의 생각이었다.

"인재(人才)를 보는 눈, 무구(武具)를 보는 눈, 냉정하게 사태를 파악하는 눈, 행동에 불을 담아 표현하는 육체. 이것 참, 나는 지금 이 전쟁에서 가장 큰 수확과 다행인 게 자네를 만난 게 아닐까 싶네."

“……..”

극찬이다.

하지만 그래도 휘안은 웃지 못했다.

“처음 두 개야 직접 보여줬으니 그렇다 치지만, 자넨 회의 내내 사태를 파악하려 애쓰더군. 그리고 안색으로 보아 어느 정도 문제점도 찾아냈겠지. 어떤가, 내 생각이?”

“……..”

대답하지 못했다. 사실이었기 때문이다.

작전을 내놓은 프리트 소장이 바로 앞에 있기 때문이다.

소장의 작전에 태클을 걸 만큼 휘안은 미치지 않았다.

“걱정 말게. 프리트 소장은 그렇게 속 좁은 친구가 아니라네.”

“그래도……..”

휘안은 길버트 중장의 말에 프리트 소장을 슬쩍 쳐다봤다. 그러자 고개를 끄덕이는 프리트 소장. 휘안은 그걸 말해도 된다는 뜻으로 파악했다.

그래서 어쩔 수 없이 입을 열었다.

“그럼 감히… 한 말씀 올리겠습니다.”

“해보게.”

“이 작전, 위험합니다.”

“왜 그렇게 생각하지?”

휘안의 첫 말에 길버트 중장이 양팔을 테이블에 짚으며 상체를 앞으로 주욱 당겼다. 그건 제대로 얘기해 보라는 뜻이다.

흥미가 돋았으니.

'제길, 미치겠네.'

반대로 휘안의 속은 타들어갈 만큼 타들어갔다. 특진을 했다고는 하지만 자신은 엄연히 일개 소위다.

이런 발언권이 있을 리가 없다.

하지만 휘안은 그래도 해야 했다. 여기서 말해야 했다. 살고자 하는 욕구를 품었기 때문이다. 작전이 망하면 죽어나갈 확률이 높아지는 건 바로 휘안 본인이다.

이미 휘안을 중히 이용하기로 마음먹은 길버트 중장이다.

다시 한 번 전투가 벌어지면 휘안은 아마 가장 난전이 되는 곳, 그래서 가장 위험한 곳에 투입될 확률이 높았다.

성공하지 못하면 자신이 죽을 확률이 확 높아질 것이다. 그래서 반드시 작전은 성공해야 했다.

"상대가 챠이라 위험합니다."

"호오, 그 말은?"

"네, 아마 로즈기사단이 근거리에 도착한 걸 알고 있을 겁니다."

"어떻게 알고 있을 거라 생각하지?"

휘안은 대답을 잘해야 했다. 철영이 아닌 휘안의 기억을 찾아본 결과 휘안도 알고 있는 게 있었다.

"적에겐… 까마귀만이 아닌… 여우도 있기 때문입니다. 그것도 교활한 여우가."

"…허허, 그렇지. 바로 그거지. 허허허."

휘안의 대답이 만족스러웠는지 길버트 중장은 허허 웃었다.
하지만 휘안은 웃지 못했다. 대신 프리트 소장을 슬쩍 바라봤다.

그리고 나서야 안도의 한숨을 쉬었다.

프리트 소장도 웃고 있었기 때문이다. 웃었다는 건 기분이
나쁘지 않다는 것. 천만다행이다.

"어떻게 생각하나, 참모장?"

"좋군요. 싸움만 잘하는 줄 알았더니 머리도 좋은 모양입니다."

"이번에 참 제대로 된 인재를 발굴한 느낌이야. 이런 인재가
제국에 있어야 제국의 앞날이 밝겠지. 허허."

"그렇습니다. 앞으로 중히 써야겠습니다. 하하."

둘의 대화를 들으면서 휘안은 겉으로는 내색 못했지만 속으론 인상을 팍 썼다.

'씨발, 뭐 같네, 진짜.'

휘안이 원하는 건 하나다.

살아서 전역하기. 딱 그거 하나다.

근데 지금 저 둘의 대화를 아주 잠깐 들어본 결과 자신이 전역할 길이 점점 멀어지고 있다는 걸 알 수 있었다.

진짜로 원하지 않는 진행이다.

"휘안 소위."

"네!"

"걱정하지 말게."

"네!"

"후후, 왜인지 궁금하지 않나? 한번 맞혀보게."

"그게……."

휘안은 말끝을 흐렸다. 저렇게 말한다고 자신이 알 리가 없다. 기타 여러 가지 방법은 분명히 있을 거라 생각했다.

하지만 휘안은 감히 말하지 못했다. 이런 상황에선 말하지 않는 게 가장 좋았다.

"……."

"말해보게."

"잠시… 생각 좀 해보겠습니다."

"그러게."

휘안은 어쩔 수 없다는 걸 깨달았다. 지금 길버트 중장은 자신을 계속해서 시험하고 있다. 이 시험, 빠져나갈 수 없는 시험이었다.

'어떡해야 하지. 무언가 답은 내놓아야 하는데…….'

병법을 모르는 휘안이다. 답이 나올 리가 없다. 하지만 어떤 답이든 일단 내놓아야 했다. 그래서 휘안은 머리를 굴렸다.

정답일 리는 없겠지만, 최대한 나쁘지 않을 답을 찾아내기 위해.

'어차피 완벽하게 저 두 분의 뜻을 알기는 불가능해. 그렇다면… 근접한 답, 그거라도 내야 해. 잘 보이긴 해야 하니까.'

잘 보여야 하는 건 당연한 일이다. 자신이 전투에서라도 특출 난 무언가가 있어야 중요할 때라도 써먹힐 것이다.

물론 특급 작전 같은 곳에 나가면 더 위험해지겠지만 계속해서 전투에 나갔다간 죽기 딱 좋다.

최소한 어느 정도 능력은 보여줘야 했다.

'뭘까. 뭘 노리고 있는 걸까. 일단 4일 뒤에 공격 예상……. 음? 근데 왜 방어만 하지? 당장 까마귀부대가 오기 전에 기습을 해도 괜찮을 것 같은데……. 어, 기습?'

휘안은 고개를 번쩍 들었다. 그리고 길버트 중장을 바라보니 길버트 중장이 씩 웃었다.

"알아냈나?"

"그, 그게… 혹시 기습을 하실 생각입니까?"

"허허, 허허허! 이보게, 참모장. 이거 정말 물건이네. 그렇지 않나? 허허허!"

"하하, 그러게 말입니다. 바로 맞혔다. 우린 내일 까마귀부대가 합류하는 저녁에 기습을 할 생각이다. 이미 로즈기사단은 이곳에 들어와 있네."

"들어왔다니? 설마……?"

휘안은 이미 로즈기사단이 합류했다는 말에 고개를 갸웃거리다 번뜩 뭔가를 생각해 냈다.

'수도기사단! 변장해서 들어온 거야!'

놀라며 고개를 번쩍 들어 쳐다보자 프리트는 씩 웃었다.

"자네 정말 머리가 잘 돌아가는군. 하하, 맞네. 수도기사단이지."

"……."

기만술이었다.

갑주와 투구로 다 가리면 여자인 게 들통 나지 않는다. 물론 몸이 조금 호리호리하겠지만 겉으로 수도기사단을 빙 둘려서 호위하듯 달려오면 기사단 안까지 확인은 불가능할 것이다. 프리트는 그런 방법을 써 제국에서 세 번째 강한 기사단인 로즈기사단을 전장으로 불러들였다.

아니, 정확하게 말하면 황녀의 출전(出戰) 의지(意志)를 받아들인 것이다. 그래서 시작된 이번 작전이었다.

휘안이 이 세상에 떨어지기 전부터 진행되어 온 작전이다.

'잠깐, 그런데 왜 이런 중요 내용을 나한테……?'

휘안은 바로 의심에 들어갔다. 이건 아주 일급 비밀이다. 아니, 특급 비밀이다. 흘러나가는 순간 작전이 바로 실패하는 아주 중요한 비밀이었다.

그런데 왜 이걸 자신에게 얘기할까? 그런 의문이 든 것이다.

'설마……. 이런 씨발!'

휘안은 알아챘다.

이 작전의 중요 골자는 바로 까마귀를 끌어들이는 것.

그렇다는 건?

바로 미끼가 가장 중요하다. 낚시도 미끼가 중요하다.

아주 먹음직한 미끼를 달아줘야 물고기도 달려드는 법이다.

아주 맛 좋은 먹이.

현재 발바롯사 제국에서 가장 좋아할 먹이는?

'바로 나……. 제길!'

맞다.

휘안이다.

어제 다 이긴 전투를 휘안이 미친개처럼 날뛰는 바람에 동수(同數)가 나와 버렸다.

만약 자신이 발바롯사의 사령관이라면 바로 휘안 자신이 가장 거추장스러울 것이다. 일반 사병이 공포에 떠는 적이 있다면 당연히 가장 먼저 처리해야 한다.

물론 발바롯사 일반 사병이 휘안에게 공포를 느끼는 이유는 분명할 정도로 따로 있었다.

그리고 휘안은 그걸 모른다.

아니, 모를 수밖에 없었다.

그게 이 작전의 핵심 포인트니까.

그걸 모르는 휘안은 다른 것만 생각하기 바빴다.

'선봉……'

휘안은 선봉에 서게 될 것이다.

그리고 날뛰어야 할 것이다.

적진 깊숙이 들어가 헤집어놓고 퇴각.

그렇게 까마귀를 유인하고, 독을 품은 장미가 출격해 까마귀를 처단.

이게 이번 작전이 가장 이상적으로 진행되는 예였다.

"미껍니까?"

"맞네. 미안하지만… 미끼가 되어줘야겠어."

"……"

휘안의 얼굴이 굳었다.

사실 확인을 하니 급속도로 얼어붙었다.

누가 미끼가 되라는데 웃을 수 있을까.

거기다가 휘안은 제국에 대한 충성심이 거의 없었다. 몸은 휘안이지만 엄밀히 따지자면 영혼은 철영에 가깝기 때문이다.

철영의 영혼에 가까운 휘안이 대한민국도 아닌, 아니, 대한민국에도 애국심이 없는데 생판 모르는 알스테르담 제국에 충성심이 있을 리가 전무했다.

하지만 여긴 군대.

이걸 거절할 방법은 단 하나도 없었다.

거부는 바로 명령 불복종.

바로 참수(斬首)당해도 할 말이 없는 중죄인 것이다.

"하지만 약속하네. 살아 돌아만 온다면… 내 자네에게 섭섭지 않은 대접을 해주겠네. 전쟁영웅? 그건 아마 자네가 될 것이네."

"……."

길버트 중장의 말에도 휘안은 전혀 기쁘지 않았다.

'빅터의 무기를 지켜준 이유도 이거군. 빅터라는 괴물이 추가되면 미끼의 질이 더욱 좋아지니까. 후후, 후후후.'

휘안은 속으로 웃었다. 길버트 중장의 뜻을 이제야 알 것 같았기 때문이다.

"자네를 잃기는 싫네. 하지만 전쟁은 어쩔 수 없는 법이지."

"알겠습니다."

대답하는 휘안. 그 목소리는 차갑게 굳어 있었다. 자신을 미끼로 쓴다는데 기분이 좋을 리가 없다.

하지만 겉으로는 휘안의 냉정함이 그대로 발휘됐다. 하지만 속은?

'씨발, 그러면 그렇지. 내 주제에 무슨……. 하지만 두고 봐라. 절대로, 절대로 살아남아 준다. 씨발!'

미친개가 부르짖고 있었다.

미친개가 쉽사리 포기할 리가 없다.

"꼭 살아 돌아오게. 작전 시간은 내일 자정을 넘어서네. 그때까지 푹 쉬게."

"네. 그럼 나가보겠습니다."

"그렇게 하게."

휘안은 일어나 군례를 하곤 막사 밖으로 나갔다.

시원하지만 이제는 조금 싸늘한 가을바람이 휘안을 스쳐 지나갔다.

"씨발……."

"휘안."

"시끄러."

밖으로 나와 나직하게 욕설을 내뱉는 휘안에게 밖에서 대기하던 빅터가 이름을 부르자 휘안은 바로 빅터의 말을 막아버렸다.

다만 걸음을 옮겨 막사로 돌아갔다.

막사로 돌아와 무장을 풀고 침대에 누운 휘안. 그런 휘안을 따라 빅터도 조심스러운 동작으로 무장을 해체하고 침대에 누웠다.

“빅터.”

“응?”

“너 왜 존댓말 안 하냐? 나 소위야, 소위. 넌 하사고.”

“아, 맞다. 죄송합니다, 휘안 소위님.”

자리에서 벌떡 일어나 바로 예를 취하는 빅터의 행동에 휘안은 피식 웃었다. 그리고 손을 휘휘 내저으며 다시 말했다.

“됐어. 둘이 있을 땐 편하게 하자. 하지만 다른 사람들이 있을 땐 높여서 말해야 한다. 안 그러면 군기 흐트러져. 내 말 이해하지?”

“네!”

“지금은 편하게 하라니까!”

“네! 아니, 응.”

“누워, 빅터. 푹 쉬어둬. 이 시간이 지나면 우린 지옥문을 향해 같이 걸어야 하니까.”

“응······.”

휘안의 말에 풀이 죽은 목소리로 대답하는 빅터. 아직 아무 것도 모르지만 그 한마디에 무서움이 든 것이다.

“빅터.”

“응?”

“살자.”

“······”

"꼭 살아남자, 빅터. 살아남아서 같이 전역하자."

"응!"

"내 등을 지켜줘. 나도 네 등을 지켜줄게. 알았지?"

"응. 나만 믿어, 휘안!"

"후후, 그래, 고맙다. 그만 자."

"휘안도 잘 자."

빅터는 잘 자라고 했지만 휘안은 눈에서 올라오는 통증과 내일 작전의 걱정 때문에 한숨도 못 잤다.

다음날 아침 일어난 휘안은 전체적으로 진지의 분위가 다운 된 걸 느낄 수 있었다. 휘안은 본능적으로 작전에 투입되는 병 사들이 은연중에 뿜어내는 기운 때문이라고 생각했다.

"휘안, 잘 잤어?"

"응."

"아침 받아올까?"

"부탁해."

빅터의 말에 가볍게 대답한 휘안은 허리춤에 매달린 검을 뽑았다. 보기에는 그냥 평범한 검이다.

하지만 휘안은 느끼고 있었다. 이 검, 빅터가 가진 방천화극 처럼 결코 범상한 무기가 아니라는 것을.

마치 자석에 끌려가듯이 찾아낸 무기들. 정확하게는 검 한 자루, 창 한 자루, 그리고 방패 하나다.

그중 빅터의 방천화극은 쇠를 두부 자르는 것보다 쉽게 잘

라냈다. 그렇다면 이 검, 이 방패에도 저 정도에 버금가는 무언
가가 있을 거라고 판단했다.

"흐음. 뭘까, 이 검의 장점은."

이런 전쟁에서 무기는 정말로 중요했다. 21세기 대한민국
시절이라면 이런 검 따윈 전쟁에 하등 도움이 안 되는 무기일
것이다.

하지만 이곳은 다르다. 총이 있긴 하지만 거의 단발 형식이
다. 마력 보충을 마법사들에게서 받아야 했으니까.

받아도 또 크게 많이는 못 썼다. 마법사 하나가 붙어야 겨우
총 열 자루에 백 발 정도 쏠 수 있는 마력의 충전이 가능했다.

마법사가 몇천 명이 되지 않는 이상 무한 연사는 결단코 불
가능하단 소리다.

결국 가장 중요한 게 이런 구식 무기들이다.

검, 창, 갑옷, 방패. 바로 이런 무기들. 이런 무기들이 자신을
지키는 데 가장 중요했다. 물론 살아남으려면 실력도 당연히
필요했다.

실력이 받쳐주고 무기까지 받쳐주면 죽지 않을 확률이 높아
진단 소리다. 그래서 휘안은 이 검에 제발 특별한 힘이 있기를
바랐다.

"뭔지 알아야 제대로 써먹는데……. 그래야 잘 쓰지."

검이 가진 장점을 알아야 사용도 한다. 사용을 해야 위험해
서 벗어날 수 있고.

휘안은 고민에 빠졌다. 검을 이리저리 돌려봐도 별다른 특

이한 점이 없었다. 딱 보면 그냥 검이다. 그냥 검.

결코 특별한 게 없었다.

"하지만 분명 나를 끌어당겼어. 무언가 특별한 게 있을 거야."

이건 진짜 중요한 문제다. 적어도 휘안은 이걸 알아야 작전을 나가서도 잘 싸우고 살아 돌아올 수 있을 거라는 생각이 들었다.

"휘안, 아침 가지고 왔어."

"아, 응. 먹자."

하지만 일단 밥부터 먹고.

휘안과 빅터는 막사 앞 의자에 앉아 식사를 했다. 역시 간부식이라 그런지 병사식과 차이가 있었다.

"이야, 어젠 거의 고기로 우려낸 국물만 주더니 오늘은 고기도 같이 주네. 이래서 다들 출세하려는 건가? 먹는 것부터 이렇게 차이가 나니, 원."

"맞아, 휘안. 이것 봐. 나 여기 와서 고기 처음 먹어봐."

휘안이 씁쓸하게 중얼거리자 빅터가 신난 목소리로 고깃덩어리를 나무 포크로 찍어 올리더니 밝게 말했다.

물론 오늘 식사는 얼마 전 전투를 치하하는, 그러니까 포상이라고 봐야 하는 게 옳았다. 안 그러면 이런 식의 식사가 나올 리가 없다.

병사식을 먹으면 거의 고기를 우려낸 맑은 국에 밥, 몇 가지 야채와 삶은 감자가 대부분이다.

하지만 간부식은 아예 달랐다.

반찬만 해도 거의 일곱 가지가 넘었다.

국에 쌀밥, 야채샐러드에 구운 고기까지. 그 외에도 몇 가지가 더 있었다.

"철저한 신분사회라 이거군. 후후."

휘안은 스테이크처럼 구워진 고기를 한 점 집어먹으며 조용히 중얼거렸다. 중세시대를 거의 빼다 박은 세계이다 보니 철저한 신분사회가 안 봐도 느껴졌다.

21세기에는 군대라 하더라도 간부식과 병사식이 큰 차이가 없기 때문이다. 물론 큰 부대야 좀 차이가 나지만 거의 웬만해선 똑같았다.

하지만 여긴 아니었다.

완전히 서로 달랐다.

이러다가 정말 노예까지 나오는 건 아닐까 싶었다.

기억을 뒤져 본 결과 농민은 있어도 농노는 없었다. 하지만 역적, 국가 반역죄를 지은 아주 극소수만이 노예 신분으로 추락하는 걸로 되어 있었다.

하지만 지금은 거의 없었다.

반역이라는 게 거의 없었기 때문이다. 근 몇십 년 동안.

아침을 다 먹은 휘안은 빅터가 식판을 챙겨 돌려주러 가자 바로 의무대를 찾아 진통제를 다시 받아왔다.

다친 눈의 통증은 솔직히 상상 이상이었다. 만약 21세기의 휘안이었다면 아무것도 못했을 것이다.

하지만 지금은 그럴 수가 없었다. 이미 미끼가 되어야 한다는 소리까지 들었고, 그 미끼의 역할에서 살아남으려면 어떻게든 움직이고 수를 써야 했다.

막사로 돌아온 휘안은 검을 다시 뽑았다.

예전 아버지께 배웠던 내려치기, 올려치기, 찌르기, 사선 베기 등을 다시 하기 위해서였다.

그래도 어렸을 적부터 고등학교 올라갈 때까지 한 탓인지 약간 무뎌지긴 했지만 몸에, 아니, 영혼에 익어 있어서인지 그렇게 어색하진 않았다.

다만 육체에 적용하려면 상당한 시간이 걸릴 것 같았다.

일단 체격부터가 좀 차이가 났다.

철영 시절엔 키가 좀 컸다. 거의 190㎝에 가까웠고, 체중도 약 90㎏ 정도 됐었다. 하지만 지금은 키는 176㎝ 정도에 체격은 상당히 호리호리했다. 체중은 대충 가늠해 보기엔 약 70㎏ 정도?

근육 양도 그렇게 많은 편이 아니었다. 현재 가장 필요한 건 근육을 키우는 거라고 생각했다.

"훅! 훅!"

검을 들고 일단 기초 중의 기초인 내려치기만 계속해서 반복하는 휘안. 눈을 다친 상태라 무리하면 안 되기에 일단 몸에 정확한 내려치기만을 익히기 위해 천천히 연습하기로 했다.

땀이 나면 눈에 악영향을 미칠 수도 있기 때문이다.

휘안이 그렇게 연습하는 걸 옆에서 지켜보던 빅터도 슬쩍

밖으로 나가더니 자신의 창을 휘두르며 연습을 하기 시작했
다.

빅터의 연습도 간단했다. 창 쓰는 법을 배운 적이 없기에 휘
안처럼 내려치기, 올려치기, 좌로 베기, 우로 베기, 사선으로
베기, 찌르기 등만 연습하는 빅터였다.

하지만 겨우 그 정도로도 빅터에겐 충분했다. 기교 없이 기
본기만으로 상대를 무력화시킬 힘과 센스를 타고난 남자가 빅
터였기 때문이다.

휘안은 몸이 슬쩍 뜨거워지자 움직임을 멈췄다. 그리고 바
람을 쐬기 위해 막사 밖으로 나가자 창을 휘두르는 빅터가 보
였다.

"흐음, 역시 빅터를 데려오길 잘했어."

근처 의자에 털썩 주저앉아 시원한 바람을 만끽하며 빅터가
연습하는 걸 보며 중얼거리는 휘안.

그 모습은 어찌 보면 천하태평으로 보였지만 실상 휘안의
속은 걱정이 태산이었다. 이유는 당연히 오늘 자정을 넘어 있
을 기습 때문이었다.

한참 동안 창을 휘두르던 빅터가 멈추자 휘안이 빅터를 불
렀다.

"빅터!"

"응? 휘안, 보고 있었어?"

"그래. 잠깐 이리 와봐."

"응."

휘안은 빅터를 데리고 막사 안으로 다시 들어갔다.

"오늘 자정에 우리 둘 다 작전에 투입될 거야."

"응? 작전?"

"그래, 작전. 그래서 너한테 당부하고 싶은 말이 있어."

"뭔데?"

"내 옆에서 절대 떨어지지 마. 괜히 앞으로 나서지 말란 얘기야. 내 말, 무슨 뜻인지 알겠지? 이거 중요한 거다. 꼭 지켜야 돼. 알았지?"

"응. 휘안 곁에 꼭 붙어 있을게."

"좋아. 나는 오늘 최전방에 서야 할 거야. 하지만 돌격하는 순간 그때뿐이야. 적당히 휘저으면 바로 서서히 돌격을 늦출 거야. 아마 우리한테 떨어질 명령은 딱 하나. 까마귀를 자극하는 것. 그렇다면 까마귀만 자극하고 나오면 돼."

"으응. 알았어, 휘안."

"가장 중요한 건 역시 목숨이야. 명예건 뭐건 일단 살아남아야 그것도 누리는 거야. 내 말 알지?"

"응."

이럴 땐 애 같아 보이는 빅터였다.

하지만 그래서 휘안은 빅터가 더욱 마음에 들었다.

컨트롤하기 쉬우니까.

"계십니까?"

"네, 들어오십시오."

그렇게 대화를 나누고 있는데 또 누군가가 찾아왔다. 휘안이 그 말에 대답하자 낯익은 인물이 막사 안으로 들어섰다.

"아, 로얀 부관님. 안녕하십니까."

"네, 휘안 소위님도 안녕하십니까."

"어쩐 일로 찾아오셨습니까?"

간단한 인사가 오가고 휘안은 용건을 물었다. 하지만 대충 짐작은 하고 있다.

'길버트 중장이 찾고 있는 거겠지.'

"길버트 중장님이 찾으십니다."

휘안의 예상은 빗나가지 않았다.

"알겠습니다. 지금 출발하면 됩니까?"

"네. 밖에서 기다리겠습니다. 준비가 끝나면 나오십시오."

"알겠습니다. 금방 준비하고 나가겠습니다."

로얀 부관이 나가자 휘안은 한숨을 쉬곤 다시 무장을 갖추기 시작했다.

10분 정도 시간이 걸려 무장을 끝내고 나가 로얀의 안내를 받아 다시 지휘 막사로 가는 휘안과 빅터.

'음? 이 길은 지휘 막사 가는 길이 아닌데?'

길을 잘못 들었을 리는 없고, 휘안은 아마 목적지가 다른 곳이라 생각됐다.

그리고 역시 로얀이 데리고 온 곳은 지휘 막사가 아니라 수도기사단의 막사였다.

'황녀가 있는 곳이군.'

"안으로 들어가시면 됩니다."

“네.”

말이 끝나기가 무섭게 막사를 젖히는 휘안. 하지만 남은 한 손은 검을 잡고 있었다.

느껴졌기 때문이다.

아주 날카로운 예기가.

쉬이익!

흡사 뱀을 연상시키는 날카로운 파공성이 휘안에게 날아들었다.

차앙!

하지만 휘안은 검을 뽑지 않았다. 다만 느꼈다, 등 뒤에서 빅터가 움직이는걸. 그리고 빅터를 믿었다.

결과는 역시.

날카로운 검격을 빅터는 아주 쉽게 막아냈다.

“대단하군. 율리아나의 검은 그렇게 가볍지 않은데.”

휘안은 바로 무릎을 꿇었다.

“알스테르담 제국군 소위 휘안이 제국의 황녀를 뵙습니다.”

눈앞에 그녀가 있었다.

오만하게 다리를 꼬고 앉아 날카로운 눈으로 휘안을 바라보는 엘리자베스 E(Emperor) 알스테르담.

이번 작전의 입안자가 눈에 보였다.

“일어나라.”

“예.”

도도하고, 차가운 목소리가 막사 안을 울렸다.

‘씨발. 진짜 이게 뭔 짓거리야.’

휘안은 이 상황이 전혀 마음에 들지 않았다. 상황으로 보건대, 자신이 이번 기습작전에 어느 부대에 배속될지 딱 느낌이 온 것이다.

수도기사단으로 변복하고 안으로 북부군과 합류한 로즈기사단.

대륙의 50인 중 한 명인 ‘영광의 기사’ 황녀 엘리자베스. 그녀가 이끄는 부대에 선봉으로 서게 된 것이다.

그림처럼 어떤 상황인지 휘안은 바로 눈치챘다.

“상처가 중하다 들었다.”

차갑기만 하고 따뜻함이라고는 눈곱만큼도 없는 톤의 목소리가 휘안에게 떨어졌다.

“괜찮습니다.”

‘그럼 빼주든가.’

하지만 휘안의 대답은 전혀 겉과 속이 달랐다.

누누이 말하지만 군대, 특히나 전면전 시 명령 불복종은 목숨이다. 바로 목숨을 이곳에 놓고 가야 하는 것이다.

즉참당해도 반항도 못할 것이다.

그걸 알기 때문에 휘안이 찍소리도 못하는 것이다. 불공평해도 어쩔 수 없었다.

왜?

전시니까.

전시, 이 한마디면 모든 게 이해가 가능했다.

"그대가 제국을 생각하는 마음이 참으로 기특하다. 황제 폐하를 대신해 내 소위에게 감사하다는 말을 전하고 싶었다."

"말씀만이라도 감사합니다."

휘안은 고개도 들지 않았다.

얼굴을 바라보고 싶지 않았다는 게 더 솔직한 마음일 것이다. 휘안의 기억에 의하면 제국의 황녀 엘리자베스의 미모는 상상을 초월한다고 했다.

워낙에 선조부터 우월한 유전자끼리 만나서다.

하지만 휘안에겐 그것도 전혀 필요없었다.

'얼굴이 내 목숨을 살려줄 것도 아니니까. 하아, 제길.'

일어나긴 했지만 여전히 고개는 숙이고 있는 휘안.

"고개를 들라. 그리 숙이고 있을 위치가 아니다, 소위는."

"예."

들려온 그 말에 휘안은 어쩔 수 없이 고개를 들었다. 그리고 정말 깜짝 놀랐다.

'씨발, 예쁘긴 더럽게 예쁘네.'

진짜 상상을 초월하는 외모였다. 전생에 살던 걸 그룹? 여배우? 진짜 농담이 아니라 이런 미모의 여성을 휘안은 TV로도 본 적이 없다.

'엘프녀? 베이글녀? 동안 종결자? 개소리. 여기 이 여자, 21세기로 던져 놓으면 그딴 개소리들 전부 다 들어가겠다.'

농담이 아니었다. 귀만 안 뾰족하지 예쁘긴 정말 무지막지하게 예뻤다. 옛 시대에 이런 말이 있다.

경국지색(傾國之色).

나라가 기울 만큼 아름다운 미인이라는 뜻이다.

중국 한무제(漢武帝) 때 협률도위(協律都尉:음악을 관장하는 벼슬)로 있던 이연년(李延年)이 지은 다음과 같은 시에서 비롯된 이야기다.

그는 이렇게 읊었다.

—북쪽에 어여쁜 사람이 있어 세상에서 떨어져 홀로 서 있네. 한 번 돌아보면 성을 위태롭게 하고 두 번 돌아보면 나라를 위태롭게 한다. 어찌 경성이 위태로워지고 나라가 위태로워지는 것을 모르리오만 어여쁜 사람은 다시 얻기 어렵도다.

이렇게.

지금 휘안은 그 단어를 절실히 이해하고 있었다.

'혹시 이 여자 때문에 전쟁난 거 아냐?'

속으로 중얼거린 휘안이다. 무심결에 겉으로 알려진 전쟁 발단의 이유 말고 비사를 유추해 냈지만 지금 당장 휘안이 그런 이유를 알 방법은 없었다.

그나마 휘안에게 다행인 것도 있었다.

21세기 대한민국에서, 그것도 군대 안에서 예쁜 여자는 정말 질릴 만큼 TV로 봤다는 것. 걸 그룹이니 여배우니 이런 존재들은 악몽 같은 군 생활의 한 줄기 빛이기에 휘안도 볼 만큼 봤다.

그게 지금 도움이 되고 있었다.

얼굴 표정을 유지할 수 있게 도와준 것이다. 멍청하게 혀를 내민다든가, 멍하니 바라본다든가, 그것도 아니면 더욱 심각하게 침을 질질 흘린다든가 하는 이런 최악의 상황은 면한 것이다.

그리고 그게 또 상황을 좋게 작용시켰다.

"그대는 침착하구나. 보통 나를 보면 잠시 정신을 놓기 일쑤인데, 그대의 침착함에 다시 경의를 표하고 싶구나."

"감사합니다."

이 또한 황녀 엘리자베스에겐 당연한 칭찬이었다.

어? 이놈 봐라? 이런 게 아니다. 순수한 칭찬이었다.

휘안도 그걸 듣고 병신같이 다른 마음을 품진 않았다.

'있는 대로 받아들여. 목이 날아가고 싶지 않다면.'

신분사회에서 소위와 황녀의 러브스토리? 그딴 건 영화에서나 나오는 거다. 소설 속에서나 존재하는 이야기다.

휘안은 멍청하지 않았다.

현실을 제대로 파악하고 있었다.

그리고 엘리자베스의 칭찬도 그녀의 입장에선 당연한 것이었다.

머리 나쁜 여자가 무(武)의 극에 다다랐을 리가 없다. 무언가 하나를 이루고자 한다면 그만한 노력과 지능은 당연히 동반된다.

검이라는 무기로 거의 절대자의 위치에 오른 엘리자베스. 그런 그녀가 멍청할까?

아니다. 전혀 아니다.

그녀는 똑똑했다.

자신들을 바라보는 눈빛만으로도 그 사람의 속마음을 유추해 낼 정도로 똑똑하다. 그게 황녀 엘리자베스다.

그런 엘리자베스가 본 휘안은 분명 처음엔 멍하긴 했다. 살짝 자신의 미모에 동요했다는 뜻이다.

하지만 그걸 금세 추스르고 마음을 가다듬고 평정을 되찾았다.

엘리자베스가 칭찬한 건 바로 그 점이었다.

흔들렸어도 금세 냉정을 찾는 마인드.

"감사할 것 없다. 있는 그대로를 말한 것뿐이니."

"예."

말투에 권위가 아주 잔뜩 들어가 있다.

'황녀라 이거지.'

그 말투가 휘안의 신경을 슬쩍 건드렸으나 경거망동(輕擧妄動)하지 않았다. 괜히 인상 한번 잘못 썼다가는 목이 날아간다.

신분사회이니 그건 아주 쉽게 유추할 수 있었다.

목표, 인생의 목표가 살아서 전역하는 것이니 휘안은 극도로 침착해지려 애썼다.

"이제 인사치레는 그만하고 본론으로 들어가자. 이번에 휘안 소위가 참가하는 기습에 나도 참가한다. 로즈기사단을 수도기사단으로 변장시켜 적진을 쳐 까마귀를 유인, 그리고 섬멸하는 게 주목표다. 여기까진 들었을 것이다."

"예, 총사령관님과 총참모장님께 들었습니다."

"그렇다면 얘기가 빨리 진행돼서 좋군. 귀관은 선봉에 선다. 그것도 우리 로즈기사단을 이끄는 대장으로."

'올 것이 왔군. 최소한 이만큼은 하고 죽어라 이 뜻이겠지? 후후.'

"예."

휘안은 속으로 생각했다, 다음 이야기를.

그리고 그런 휘안의 생각은 기대를 저버리지 않았다.

"최대한 깊숙이 들어가야 한다. 까마귀들을 도발할 수 있을 위치까지. 겉만 슬쩍 친다고 나올 까마귀가 아니다. 적군 총사령관인 '점령자' 챠이도 그 정도로는 꿈쩍도 안 할 것이다."

황녀의 말에 휘안의 얼굴은 침착하다 못해 아예 무표정으로 변했다.

'확실하군. 이 작전에서 내 목숨을 원하고 있어.'

휘안의 생각은 정확했다. 지금 황녀나 길버트 중장, 그리고 참모장인 프리트는 휘안의 목숨을 원하고 있었다.

현재 지난번 전투에서 미친개처럼 날뛰어 이미 그 공포가 어느 정도 적군에게 퍼진 상태. 점령자 챠이에게 이건 목에 걸린 가시와 같다.

왜냐?

전장에서 저런 인재 하나가 정말로 큰 힘을 발휘하기 때문이다. 그래서 더 크기 전에 죽이려고 들 것이다.

'나라도 가장 먼저 죽이려고 하겠지. 킥! 정말 거지같은 상

황이구만.'

휘안은 속으로 자조의 웃음을 흘렸다. 저 명령, 정말 거부하고 싶다. 하지만 방법이 없었다. 방법이.

"까마귀가 날 정도로 맛있는 먹이가 필요하다. 귀관에겐 미안하지만 귀관은 더욱 날뛰어줘야 한다. 적군이 들썩거리고 챠이가 분을 못 참을 정도로."

"이해했습니다. 제 목숨이 필요하신 거군요."

"미안하지만 그렇다."

"……."

너무나 당연하게 그렇다고 답하는 황녀의 말에 일순 어이가 없었지만 휘안은 꾹 참아냈다.

"대신 약속하지. 이번 전투에서 살아남으면 어떤 약속이라도 들어줄 것을."

"……."

휘안은 대답하지 못했다.

어떠한 약속?

그게 다 무슨 소용인가.

'죽으면 다 필요없는 약속인데 말이지. 후후. 이래서 군대는 개좆같아. 진짜 해주는 건 좆도 없으면서 희생만 강요하지. 씨발.'

이래서 휘안이 군대를 싫어했다.

절로 머릿속에서 욕설이 꿈틀거렸다.

하지만 지금 내뱉으면 그나마 살 확률까지 뚝 떨어지니 참아야 했다.

'이래서 출세하라는 거군. 씨발. 산다. 꼭 살아서 다시는 그 딴 명령 내리지 못할 위치에 서주마.'

지금은 분명 이런 생각이 저들 머릿속에 스며들어 있을 것이다.

어차피 눈까지 잃은 애꾸.

전역시키기 전 좀 더 제대로 써먹자.

이런 생각.

그리고 아직 영글지 않았으니 지금이야말로 점령자가 기르는 까마귀를 일망타진하기 위한 미끼로 아주 적절하다고.

휘안의 얼굴이 차갑게 굳었다.

머릿속에 냉수를 확 끼얹은 기분이다.

'이번 기습, 죽을 확률이 못해도 90% 이상이다. 진짜 배수진보다도 더욱 심하군.'

"무엇을 생각하는가?"

"살아남을 방법을 생각 중입니다."

"호오, 그런가? 들을 수 있겠는가?"

"아직 정리 전입니다. 죄송합니다."

황녀의 말을 휘안은 거절했다. 말해줄 필요도 없었고, 대답처럼 아직 계획이 세워지지도 않았다.

"정리된다면 말해다오. 꼭 듣고 싶구나."

"예."

'지랄하고 자빠졌네.'

욕이 절로 나온다. 어차피 자신이야 주변 로즈기사단의 호위 아래 움직일 것이지만 휘안은 아니다.

진짜 기습전이 시작되면 혼자 미친개처럼 날뛰어야 했다.

같이 움직이지만 기습이 시작되고 적을 타격하면 아마 적당한 위치에서 로즈기사단은 퇴군.

그리고 그때쯤이면 휘안은 고립.

딱 봐도 이 사이즈다.

근데 가르쳐 달라니.

'알아서 뭐하게? 떡이라도 주려고? 씨발……'

생각할수록 짜증이 머릿속을 지배했다. 그러다 보니 옆에 서 있는 율리아나에게도 시선이 갔다.

"황녀님, 부탁이 있습니다."

"무언가? 말해보라."

"제가 살아 돌아오면 들어주신다던 그 약속, 지금 써도 되겠습니까?"

"음, 좋다. 말해보아라."

휘안은 잊지 않는 스타일이다.

"제가 지금 이 자리서 어떠한 발언과 갑작스러운 행동을 해도 용서를 받을 수 있겠냐는 부탁입니다. 물론 황녀님에게 위협이 가는 행동은 일체 하지 않겠습니다."

"좋다. 내 입으로 꺼낸 약속, 번복하지 않겠다."

"감사합니다. 그럼 그 말을 하기 전에 하나만 묻겠습니다."

"또 뭔가?"

“제가 막사에 들어올 때 율리아나 경의 공격은 황녀께서 내린 명령이십니까?”

“아니다.”

“감사합니다.”

이걸로 됐다.

휘안은 자리에서 일어났다.

그리고 율리아나에게 시선을 돌렸다.

“야.”

“음? 나 말인가?”

“그래, 너.”

“하아! 감히… 미천한 것이! 운 좋게 소위 자리에 올랐다고 눈에 보이는 게 없는 건가!”

그게 휘안의 가슴에 더욱 불을 질렀다.

“어차피 저녁이면 뒈질지도 모르는 작전에 나간다. 눈에 보이는 게 있겠냐, 너 같으면? 씨발, 똑똑히 들어라. 이 거지같은 년이 어디서 칼을 날리고 지랄이야! 앙?”

“뭐, 뭣이!”

“닥쳐!”

“윗!”

휘안의 걸쭉한 입담에 율리아나가 동요하고 노기를 내비치자 휘안의 천둥 같은 호통이 터졌다.

“네깟 년이 뭔데 날 시험해! 어? 내가 그렇게 우습게 보였어? 왜, 황녀님과 작전을 하는데 비실비실 힘 못 쓰는 병신은 필요도 없었던 거냐? 어디서 시험질이야! 난 이 작전에 목숨을 걸었다! 그리고 보다시피 눈 하나도 병신이야! 근데 시험을 해? 하, 기가 막혀서……. 야!"

"가, 감히… 미천한 것이……."

"미천? 지랄하고 자빠졌네. 누가 미천해? 생명은 다 똑같다, 이 대가리에 똥만 찬 년아. 왜? 네 몸속에 들어 있는 피는 금이라도 함유했냐? 트롤처럼 자가 재생 능력이라도 가졌어? 그것도 아닌데 어디서 귀천을 따져! 꼭 어딜 가나 너같이 대가리에 그딴 개 같은 사상을 처박고 다니는 인간들이 있어. 알아?"

"건방지다!"

챙!

"칼 뽑았냐?"

챠앙!

휘안도 지지 않았다. 그리고 어렸을 적 아버지에게 배운 검로(劍路) 그대로 휘둘렀다. 그래 봤자 사선 베기지만.

하지만 결과는 상상을 초월했다.

스가악!

"이, 이게 도대체……."

"씨발, 일신의 재주를 믿고 너무 지랄 떠는 거 아니다. 인간은 다 똑같아. 알아들어 처먹었냐? 그리고 내가 알기론 소위나 기사나 계급으로 따지면 비슷하거든? 부단장 자리 믿고 까부는 거면 아가리 싸 물고 그냥 찌그러져라. 마지막 경고다, 이건. 다시 한 번 나한테 칼질하면 그땐 나도 목숨 내놓고 네년

모가지 딴다. 알았냐?"

휘안은 검을 검집에 넣고 다시 황녀를 바라봤다. 속이 확 풀려서 얼굴은 조금 풀려 있었다.

"그럼 저는 이만 물러가겠습니다. 지금 발언과 행동은 황녀님께서 약속하셨으니 나중에 어떠한 불이익도 없을 거라고 믿겠습니다. 그럼 편히 쉬시길……."

"어, 어, 그래. 그만 가봐도 좋다."

휘안은 바로 등을 돌려 밖으로 나갔다.

나가자마자 가을이지만 따스한 햇살이 휘안을 비췄다.

"씨발, 개 쌍년, 속이 다 후련하네. 그나저나… 날씨 더럽게 좋구만. 에이, 쌍. 빅터! 밥이나 먹으러 가자!"

"응!"

역시 미친개는 미친개였다.

그 기질이 어디 가겠나.

제4장

수상한 작전의 시작(2)

제국의 군인
Soldier of EMPIRE

시간은 잡지 못한다.

무슨 수를 써서 잡아두려고 해도 시간은 항상 일정한 속도로 아주 잘만 흐른다.

바로 지금처럼.

"빅터, 내가 말한 것 전부 챙겼지?"

"응! 부관님한테 말해서 전부 챙겼어!"

"그거 잘 챙겨와. 오늘 작전에 가장 중요한 몫을 할 물건이니까."

"알았어. 근데 뭐에 쓸 건데?"

"후후, 있어."

빅터의 질문에 휘안은 낮게 웃었다.

지금 가르쳐 줘봤자 빅터는 아마 이해하지 못할 것이다. 그건 뻔했다. 휘안이 보는 빅터는 그렇게 머리가 좋지 못했다.

말로 설명하는 것보다 직접 눈으로 보여주는 게 아마 훨씬 이해가 빨리 될 것이다.

그리고 이해한다 해도 미친놈 보듯 자신을 볼 게 뻔한지라 휘안은 말을 아꼈다.

"슬슬 시간이구나."

휘안은 막사에 천연덕스럽게 누우며 중얼거렸다.

하지만 사실 속은 엄청 떨고 있었다. 긴장을 안 한다면 거짓말이다.

'후우, 준비할 수 있는 건 다 했다. 남은 건 하늘에 맡기는 수밖에.'

정말이다. 휘안은 준비할 수 있는 건 다 준비했다.

까마귀를 도발할 수 있는 방법도 생각했고, 몰고 나올 방법도 생각해 뒀다.

원래 이렇게 머리를 쓰는 건 휘안 스타일이 아니다.

하지만 살려면 어쩔 수 없다.

안 돌아가는 머리라도 필사적으로 굴릴 수밖에.

'그보다 이 녀석은 대체 뭘까?

휘안은 슬쩍 침상 옆에 세워둔 검을 바라봤다.

아침나절에 휘안은 율리아나라는 제국의 12검 중 한 명인 기사의 검을 베어버렸다. 상식적으로 그게 가능할 리가 없다.

'내 실력으로는 터무니없겠지. 그렇다면 이 검이 빅터의 방천극만큼이나 좋다는 소린데…….'

결국 답은 이거 하나였다.

마치 이끌리듯이 끌려가 찾은 휘안의 검.

이름조차 모르는 이 검이 부지불식간이지만 제국 12검 중한 명인 율리아나의 검을 그대로 베어냈다는 것.

휘안의 실력이 아닌 검이 검을 갈랐다는 뜻이 된다.

'하긴, 아무렴 어때. 이걸로 내가 살 확률이 더 높아졌다는게 중요하지.'

휘안은 좋게 생각하기로 했다. 안 그래도 답답한 가슴이다.

죽는다는 끈적끈적한 느낌이 머릿속을 맹렬히 떠돌고 있는상황이다.

그런 상황에 이런 답답한 생각을 할 겨를이 없었다.

'어차피 아직은 모르는 것투성이니까. 일단은 사는 게 중요해. 그래야 의문도 풀 수 있겠지. 지금은 딴생각 말고 살아남는 것만 생각하자.'

속으로 다짐한 휘안은 눈을 감고 조용히 신경을 컨트롤하기시작했다.

워낙에 예민한 휘안이다.

최대한 감정도 조절할 필요가 있었다.

"후우, 후우, 후우……."

*　　*　　*

시간이 도래했다.

휘안은 현재 빅터와 함께 수도기사단의 진지에 와 있었다.

물론 겉이 수도기사단이지 안은 로즈기사단이다.

맹렬한 독가시가 달린 로즈기사단의 본진.

"정말 선봉에 서실 작정입니까?"

"그렇다. 나는 항상 앞에 선다."

"위험하실 수도 있습니다."

"나를 걱정하는가? 이 엘리자베스를?"

"아닙니다."

휘안은 난감했다.

'대체 뭐 볼 게 있다고 선봉에 선다는 거야.'

난감함을 넘어 솔직히 짜증이 왈칵 났다.

엘리자베스는 황녀다. 그런 황녀가 기습조의 선봉에 서겠다고 하는 것이다. 만약 일이 틀어진다면 가장 위험한 건 역시 황녀인 엘리자베스가 된다.

자신이 거대한 미끼가 되어 나간다곤 할지라도 만약 황녀의 정체가 밝혀지면 그 순간 표적은 휘안에서 엘리자베스로 수정될 것이다.

그만큼 위험하단 소리다.

'하지만 내가 살 확률은 단 1%라도 올라가긴 하겠지. 만약 밝혀진다면.'

물론 휘안은 황녀의 정체를 밝힐 생각은 없었다.

만약 그랬다간 살아남는다고 해도 참수를 면치 못할 것이다.

미치지 않은 이상 그런 또라이 짓을 할 휘안이 아니었다. 아무리 살고 싶어도 그렇게까지 해서 살고 싶은 마음도 없었고.

'그리고 제국 12검 중 가장 날카로운 검이니 스스로 잘 챙기겠지.'

사실이다.

엘리자베스 E 알스테르담은 제국의 12검 중 가장 날카로운 검. 너무 날카로워 아주 잠시만 방심해도 심장에 구멍이, 머리에 구멍이 뚫릴 정도로 시린 예기를 품은 무서운 기사다.

휘안 따윈 가볍게 찜 쪄 먹을 수 있을 정도로 검(劍)의 극(極)에 다다른 기사가 바로 엘리자베스 황녀였다.

휘안은 걱정을 떨쳐 냈다.

그리고 사실 누굴 걱정할 처지도 아니었다. 본인 목숨도 이번 작전에서 간당간당한데 누가 누굴 걱정할까.

"그럼 슬슬 출발하겠습니다."

"그러게나. 아무쪼록 건승을 비네."

"…진심입니까?"

"허허, 그렇다네."

이런 불경한 말.

만약 이번 작전에 나가지 않았다면 절대로, 죽었다 깨어나도 하지 않았을 말이다.

말 그대로 미친 질문이었기 때문이다.

하지만 지금은 했다.

어차피 살아 돌아온다는 보장이 없기 때문이다.

이미 작전 명령이 떨어졌을 때 휘안은 천장단애(天障斷崖)에 서 있는 것과 마찬가지였다. 그러다 보니 간덩이가 확 부어올랐다.

물론 대한민국 군 생활 시절 불렸던 미친개의 성정이 남아 있는 것도 단단히 한몫했다.

솔직히 말해서 이제 거의 갈 만큼 갔기에 막나가고 있다고 봐야 했다.

만약 살아 돌아온다면 이 발언이 문제될 수도 있겠지만 이미 12검 중 하나인 율리아나까지 도발한 상태다.

그것도 휘안 본인이 짜증난다고 해서.

이미 배는 떠나 바다로 나가고 있었다.

거기다가 그 배는 조각배.

뒤집히든 목적지에 도착하든 이미 아무것도 알 수 없는 상태였다.

그래서 더 막나갔다.

"하나만 약속하실 수 있겠습니까?"

"뭔가?"

"혹시… 제가 혹시 살아 돌아온다면 다음부턴 이런 작전에 선 좀 빼주십시오."

"허허, 그건 생각해 보겠네."

"……"

휘안은 쓰게 웃었다.

생각해 보겠다는 건 언제든 또 보낼 수 있다는 말이다.

그놈의 지고지순한 명령이라는 이름으로.

'거지같네, 진짜.'

짜증이 왈칵 밀려온다.

황녀가 앞에 있건 지랄이건 얼굴이 확 찌푸려졌다.

그리고 그건 바로 행동으로 나타났다.

"빅터."

"네!"

"가자! 뒈지러!"

"넵, 소위님!"

휘안은 막사를 빠져나갔다.

길버트 중장에게 군례도 올리지 않고. 지금 얼마나 휘안의 머리가 짜증으로 가득한지 보여주는 단적인 예였다.

"허허, 그 사람 참."

길버트 중장이 그런 휘안을 보고 허허롭게 웃었다. 얼굴엔 미소가 한 가득이다.

지금 휘안의 행동이 길버트 중장에게는 거슬리지 않았다는 뜻이다.

"건방진 군인입니다, 황녀님. 감히 저런 언행이라니요."

"길들여지지 않은 야수 같은 남자다. 경은 너무 뭐라 하지 말라. 그만큼 실력 또한 있으니."

"하지만 저런 남자는 위험합니다."

"그렇기에 길들이는 맛이 있지 않겠나."

율리아나의 말에 엘리자베스는 태연스럽게 대답했다.

현재 엘리자베스 황녀는 휘안에게 호감을 가지고 있었다.
물론 개미 콧구멍만큼만. 황녀인 그녀에게 휘안 따위 남자가
눈에 찰 리가 없다.

그리고 그녀가 호감을 보이는 이유는 낮에 있었던 일 때문
이다.

율리아나의 검을 가른 휘안의 실력. 그것 때문에 호감을 보
이고 있었다.

절대 남자로서의 호감이 아니었다.

"저런 부류의 남자는 길들이지 않는 게 좋겠지요. 길들이는
순간 야성이 사라져서 집에서 기르는 개 정도밖에 안 될 테니
까요. 허허."

황녀의 말에 길버트 중장이 조용히 웃으면서 자신의 생각을
말하자 황녀는 고개를 끄덕였다.

길버트 중장의 말도 일리가 있었기 때문이다.

야수는 야수로 남아야 그 진가를 발휘하는 법이다.

그래야 그 본능적인 감으로 적을 물어뜯고 사냥할 수 있는
법이다.

길들인 야수는 그저 애완견이나 다름없다.

주는 대로 먹고 하라는 대로 하는.

"그것도 그렇군. 아무튼 중장이 잘 관리할 거라 믿겠다."

"허허, 그럼요. 뛰어난 사냅니다. 불같은 본성이지만 머릿

속엔 차가운 이성을 동시에 가진 친구지요. 앞으로 제국에 힘이 될 존잽니다. 허허허.”

“중장만 믿겠다.”

“허허. 네, 황녀님.”

황녀는 중장의 대답을 듣곤 자리에서 일어났다. 그리고 천천히 율리아나의 도움을 받아 무장을 걸치기 시작하는 엘리자베스 황녀.

슬슬 출진 시간이 다가오고 있었다.

*   *   *

작전명 ‘까마귀몰이’.

이번 작전에 붙은 이름이다.

작전 개요는 아주 쉽다. 까마귀 유인, 그리고 섬멸이다.

물론 말이 쉽지 아주 어려운 임무였다.

까마귀를 유인하기 위해 북부군의 중앙군 외에 좌군과 우군이 전부 자정을 시작으로 출진했다.

적의 이목을 중앙에서 떼어놓기 위함이다. 물론 이걸로는 힘들다.

적 참모도 결코 만만찮은 인물이기 때문이다.

점령자 챠이.

발바롯사를 대표하는, 아니, 대륙을 대표하는 최고의 책략가 중 한 명이다. 그래서 이쪽에서도 최강의 방패인 길버트 중장이 나선 것이고.

그의 이목을 흐리기 위해 좌군에 수도기사단이, 우군에 북부 중갑보병까지 나섰다.

로즈기사단이 수도기사단으로 위장하고 들어왔다고 했다. 하지만 그건 맞는 말임과 동시에 틀린 말이다.

둘 다 들어왔기 때문이다.

수도기사단은 수송부대에 숨어들어 왔다.

두 번이나 적의 이목을 피하기 위해 신경 썼단 소리다.

그렇게 해서 까마귀를 잡을 덫이 준비가 됐다.

물론 그중 가장 중요한 덫이자 미끼는 바로 휘안이다.

"정지."

앞서 전진하던 휘안이 목적지에 도착하자 손을 들어 정지 신호를 보냈다.

여기가 1차 목적지다. 여기서 반수의 기사단이 멈춘다. 그리고 조용히 끌고 온 기마와 함께 대기한다.

여기서부터 적진까지는 약 3㎞ 정도.

멀다면 먼 거리지만 가깝다면 정말 순식간인 거리다.

"후우……."

휘안은 심호흡을 했다.

이제부터가 중요했다. 곧 있으면 좌우 동시 기습이 시작된다. 그 순간을 노려 이번에 가장 중요한 작전이 시작되는 것이다.

기다리는 1초, 1초가 마치 영겁 같았다. 가을로 넘어가는 계절이라 습한 느낌은 없었지만 그걸 넘어서는 긴장 때문에 온 몸이 땀범벅이었다.

거기다가 다닥다닥 밀착해 웅크리고 있기 때문에 그런 불쾌감은 훨씬 짙었다.

지금 이 순간엔 여자들과 붙어 있다는 설렘 따위는 단 하나도 없었다.

"빅터."

"네?"

"힘 안 들어?"

휘안은 잠깐 여유를 갖기 위해 빅터에게 말을 건넸다. 작전 중 과도한 긴장은 오히려 작전을 망친다.

그걸 아는지 모르는지 불확실한 휘안이지만 지금 이 순간 그는 마음이 가는 대로 행동했다. 어차피 누구 눈치 볼 생각도 없는 휘안이다.

황녀가 바로 옆에 있지만 황녀에겐 눈길도 안 줬다. 이건 본능적인 느낌이지만 휘안은 황녀랑 엮이면 참 골치 아파질 거라 느끼고 있었다.

대체적으로 감이 너무 뛰어난 휘안이라 그 느낌을 그대로 받아 행동했다.

"그냥 괜찮습니다. 조금 움직임이 둔해지긴 했지만 이 정도는 문제없습니다."

"그래? 다행이다. 이제 조금 있으면 작전이 시작될 거야. 그러면 내 옆에서 벗어나지 마. 알았지?"

"네, 알겠습니다!"

"쉿. 너무 큰 소리로 대답하지 말고."

"네."

작게 소곤거리는 휘안의 말에 빅터도 작은 목소리로 답하고는 고개를 끄덕였다.

휘안은 빅터의 대답을 듣곤 고개를 돌리며 옆에 있던 엘리자베스를 살짝 봤다. 그녀는 긴장도 안 하는 모양인지, 아니면 긴장해서인지 눈을 감고 조용히 때를 기다리고 있었다.

그걸 잠시 보던 휘안은 품에서 주머니를 꺼내 그 안에 있는 약을 씹어 삼켰다.

진통제다.

눈을 다친 지 며칠 지나지 않았지만 거의 통증은 느끼지 못하고 있었다.

진통제의 효과가 너무 뛰어났기 때문이다.

'완전 모르핀 저리 가라군. 근데 이거 중독되는 건 아니겠지?'

휘안은 약을 씹어 삼키며 속으로 중얼거렸다.

아무리 생각해도 약효가 너무 좋았다. 세상에 이런 큰 상처를 입었는데 아무런 통증도 못 느끼게 하다니.

만약 다시 예전 세계로 돌아갈 때 가져가면 정말 의료혁명이 일어날지도 모를 정도다.

그리고 부작용도 없는 것 같았다.

지구에서 쓰는 모르핀은 마약을 주성분으로 하기 때문에 잘

못하면 환각작용까지 있다. 중독은 말할 것도 없다.

그런데 이건 그런 게 없었다. 아니, 솔직히 말하면 부작용은 있다.

다만 휘안이 모를 뿐이었다.

그 부작용이 휘안에겐 더없이 좋은 방향으로 작용해서.

'쯥, 아무렴 어때. 안 아프면 장땡이지.'

그렇게 생각한 휘안은 눈을 감았다. 약효가 퍼지면서 전신의 감각이 예리하게 서기 시작했다.

약이 가진 효과였다.

진통제지만 반대로 각성제 효과도 있는 게 휘안이 먹은 약이었다.

안 그래도 예민하고 날카로운 휘안의 감각이 약효까지 받아 점점 더 예민해지기 시작하자 그 감각에 뭔가가 점차 걸리기 시작했다.

'슬슬 때가 오는군.'

노스 평원의 공기가 바뀌기 시작했다. 이건 조금만 감이 좋다면 알 수 있다.

전장의 기운.

그게 광범위하게 퍼지기 시작한 것이다.

처음 시작은 휘안이 있는 중앙을 기준으로 왼쪽 수도기사단과 함께 출발한 좌군이다.

점차 고조되던 열기는 순식간에 과잉으로 넘어서 버렸다.

맞붙은 것이다.

후끈한 열기가 좌군에서 퍼져 나왔다.

워낙 위치가 멀기에 맞붙는 소리는 들려오지 않았다. 하지만 휘안은 알 수 있었다. 지금 시작됐다는걸.

"시작됐군."

"네? 아무 소리도 안 들리는데요?"

휘안의 중얼거림에 빅터가 주변을 둘러보며 말했다. 빅터는 느끼지 못하는 것이다.

하지만 황녀는 달랐다.

"우측도 슬슬 시작하려나 보군. 전장의 기운이 슬슬 올라가는 걸 보니."

"예. 그들은 전진이 목표니까요."

좌군보다 우군이 당연히 느릴 수밖에 없었다. 우군엔 중갑 보병이 포함되어 있었다. 그리고 그건 기습이지만 아예 밀어 버려서 거기에 진지를 세우기로 작정했다.

한쪽엔 기동 타격전이고 한쪽은 밀어내기 전술이었다.

그리고 중앙은 당연히 유인이고.

"10분. 10분 정도 있다가 움직이는 걸로 하는 게 좋겠습니다."

"음, 좋아. 그렇게 하지. 선발 인원은 모두 준비하라."

"예."

휘안의 말에 엘리자베스 황녀가 슬쩍 고개를 돌려 명령하자 아주 작지만 전부 한목소리로 대답을 하곤 모두 최후 점검을 시작했다.

그 모습을 보면서 휘안은 역시 괜히 제국 3대기사단이 아니구나 하는 생각을 했다. 하지만 곧 그 생각도 털어냈다.

이제 자신도 준비해야 했기 때문이다.

시간이 지났다.

10분.

10분이 전부 지난 것이다.

지금쯤이면 양쪽으로 전령이 내달리고 아마 난리도 아닐 것이다.

기습이지만 거의 대대적인 작전이다.

좌군 수도기사단 지휘하에 플러스로 기마대 포함 1만여 병력, 우군 중갑보병, 창병, 궁병까지 해서 거의 3만.

좌우측만 전부 합쳐 4만에 이르는 대병력이다.

아마 거의 전면전 저리 가라인 병력 운영이라 챠이도 바쁠 것이다.

그래서 중앙에 숨통이 트일 것이다.

까마귀가 있으니.

"시작합니다."

휘안은 그렇게 말하고 벌떡 일어났다. 그리고 바로 준비 중이던 기마에 올라탔다. 말을 다루는 법이야 이미 익혀둔 상태였다.

정확히는 철영이 아닌 휘안이 익힌 거지만.

그리고 휘안이 익힌 기마술은 제법 뛰어났다.

순식간에 백 명의 기사가 전부 말 위에 올랐다. 역시 기사들이라 행동이 엄청 빨랐다.

"자, 그럼 까마귀를 끌어들이러 가볼까요? 후후."

약효가 너무 돈 것일까? 어둠에 휩싸인 전방을 바라보는 휘안의 얼굴에는 조금의 공포도 없었다.

전장의 공포가 마치 휘안에겐 약으로 작용한 것 같았다.

더군다나 휘안이 먹은 약이 그런 휘안의 상태를 더욱 고취시켰다.

휘안이 말 옆구리를 발로 차고 고삐를 잡아당기자 흑마가 번개처럼 내달리기 시작했다.

두드드드드!

단 백여 기밖에 안 되는 인원의 돌격이지만 이 정도도 꽤나 멋진 모습을 연출했다.

3㎞, 순식간이었다.

순식간에 3㎞를 좁혀서 적의 본진 입구 쪽으로 내달리는 휘안. 물론 수비 병력은 있었다. 그것도 엄청나게 많이.

"뚫어! 거치적거리는 건 모두 죽이고 뚫어!"

선두에 선 휘안이 거칠게 소리치며 전진하자 금방 발바롯사 병력들이 반응했다.

"적이다! 적습이다!"

"모두 대오를 정비해! 모여! 기병의 돌파는 모이기만 하면 열 수 있다!"

지휘관 급 인물들이 하나둘 나타나며 지휘하기 시작했다. 하지만 휘안은 그런 모습을 보고 가소롭게 웃었다.

"빅터! 뚫어!"

"네! 흐아아앗!"

휘안의 명령을 들은 빅터가 최전방으로 빠져나가서 전진했다. 그리고 휘둘렀다. 300년 전 절대적인 초인이라 불렸던 여무사 '령기' 의 방천화극을.

스가앙!

콰드득!

"으아악!"

"사, 살려줘! 컥!"

"괴, 괴물이다! 아악!"

작전이 시작됐다.

단 한 명이 보여주는 괴물 같은 돌파력.

휘안과 같이 흑마를 탄 빅터는 거침없이 밀집 진형을 뚫기 시작했다.

거침없었다.

그리고 아무도 못 막았다. 단 일인에 의해 군진(軍陣)이 무너지고 있었다. 방패로 막는다? 소용없었다.

빅터의 창은 나무 방패건 철제 방패건 그대로 그 방패를 든 사람과 함께 갈라 버렸다. 아주 깨끗하게.

사선이건 수직이건 그냥 휘두르는 그대로 갈라졌다.

제대로 창술(槍術)을 배우지 않았음에도 빅터가 휘두르는 창은 그 자체로 압도적인 무력을 발휘했다.

피가 튀고 비명이 난무했다.

전쟁터의 피 냄새가 사방을 적시는 것 역시 당연한 수순이
었다.

"으아악!"

"아, 악마다! 악마야! 컥!"

병사들이 공포에 휩싸이기 시작했다.

그 모습을 보면서 휘안은 희열에 찬 미소를 지었다.

이거다.

이걸 원했다.

빅터에게 휘안이 원한 게 바로 이것이었다.

무자비한 무력, 최강의 무력, 그 무엇도 베어버릴 수 있는 무
력, 그 무엇도 갈라 버릴 수 있는 무력.

무력은 곧 방패다.

"빅터! 그대로 뚫어!"

"하아아압!"

휘안이 바짝 뒤를 달려들며 외치자 그 외침에 대답하기라도
하듯 빅터도 큰 기합성을 내며 가속도를 높였다.

완파된 보병들의 소굴로 휘안과 로즈기사단이 들어섰다.

그다음은 학살이었다.

휘안과 로즈기사단이 지나가는 자리에는 오로지 팔다리, 아
니, 시체만이 즐비했다. 일말의 사정도 없이 무자비하게 적병
의 숨을 끊어냈다.

"전열을 가다듬어라! 뚫리면 죽는 거란 말이다! 이 병신들
아!"

"도망가는 자는 내 손으로 죽인다! 모두 멈춰! 어서 막아! 막으란 말이다!"

지휘관 둘이 고래고래 소리치고 있었다.

휘안도 그걸 보고 들었다.

하지만 무시했다. 어차피 다 뚫린 진형이다. 더 이상 가만히 내버려 둬도 아무런 위해도 가해오질 못할 것이다.

첫 번째 군집을 뚫은 휘안은 속도를 멈추지 않았다.

기병의 돌파는 가속도에서 결정된다. 말이 멈추는 상황이 오면 그대로 고립이다. 고립은 곧 죽음을 뜻하고.

절대로 목표 지점에 도착하기 전까진 멈춰선 안 된다.

빅터의 속도가 조금 늦춰지며 휘안의 곁으로 서자 곧 앞에 다시 적의 병력이 보이기 시작했다.

이번엔 제대로 훈련을 받은 부대 같았다.

군집을 이루고 있는 모양새나 풍기는 기운부터가 달랐다.

하지만 휘안은 그대로 속도를 늦추지 않았다.

"모두 제3 진형으로!"

"예!"

옆에서 같이 달리던 엘리자베스 황녀가 소리치자 곧 기사단 진형에 변화가 나타났다.

최전방에 빅터를 두고 그 뒤 좌우로 휘안과 엘리자베스 황녀, 이런 식으로 점차 진형을 넓혀가면서 마치 송곳을 연상시키는 진형을 금세 만들어냈다.

그리고 만들어진 송곳과 방패가 부딪쳤다.

결과는?

압도적이었다.

계속해서 설명하지만 빅터는 그야말로 괴물이었다.

달리는 속도 그대로 가장 앞 열을 단 한 번의 휘두름으로 방패째 갈라 버리고 그대로 점프해 뒤에 병사들의 군집 안으로 떨어져 내리며 짓밟아 버렸다.

콰드득!

인간의 육체가 말에 밟혀 부서지는 소름 돋는 소리가 들렸지만 이미 다들 그런 소리에 신경 쓸 시간이 아니었다.

그리고 빅터가 만들어낸 그 엄청난 광경에 모두가 잠시 정신을 차리기도 전에 휘안과 황녀가 들이닥쳤다.

휘안도 거침이 없었다. 그를 이끌었던 검이 워낙에 좋은지 걸리는 모든 걸 베어냈다. 심지어 적병이 들고 있던 창이나 검 날까지 그대로 베어버렸다.

비록 대륙의 50인 중 거의 끝줄이지만 당당히 한자리를 맡고 있던 율리아나의 검을 그대로 베어낸 검다웠다.

거침없는 돌격. 어렸을 적 해왔던 수련대로 닥치는 대로 베어내고 날아오는 검이나 칼은 방패로 막으면서 그대로 밀고 들어갔다.

그리고 휘안도 휘안이지만 황녀 또한 대단했다.

미세하게 스며든 기운.

일부러 정체를 밝히지 않기 위해 최대한 기운을 자제해 검에 주입한 황녀의 검은 휘안의 검만큼이나 날카로웠다.

한 번 휘두름에 하나의 목숨이 떨어졌다. 두 번은 없었다. 아주 깨끗한 일격으로 적병들에게 죽음을 선사했다.

독이 잔뜩 든 장미. 그런 장미 중의 장미가 뿌려대는 독은 너무나 치명적이었다.

괴물 같은 무력과 무기를 보유한 셋이 선봉에서 미친 듯이 적을 베어내면서 적진 깊숙이 길을 열고 있었다.

"막아! 막아라! 상대는 겨우 백……! 으악!"

병사들을 독려하면서 이끌던 적의 지휘관 하나가 빅터가 내지른 창에 그대로 두 조각이 되어 쓰러졌다.

머리부터 사타구니까지 그대로 일자로.

인간의 뼈는 단단하다. 이렇게 쉽게 잘릴 리가 없다. 원래라면.

하지만 빅터의 괴물 같은 힘과 령기가 사용했다던 방천화극은 인간의 뼈쯤은 종이 자르듯이 잘라 버리고 한 사람의 육체를 반 토막으로 갈랐다.

피가 튀고 살이 튀는 전장.

이런 모습 또한 역시나 당연한 거다.

하지만 병사들은 그렇지 않았다.

너무나 무지막지한 무력 앞에 적병들은 두려움에 휩싸였다.

상식을 파괴하는 괴물이라 느껴진 탓이다.

이런 빅터만 해도 괴물 같이 보여 공포가 느껴지는데 그 뒤를 따르는 휘안이나 엘리자베스까지 거침없이 한 번의 휘두름으로 하나의 목숨을 끊으며 돌격해 들어오자 적병이 할 수 있는 선택은 딱 하나였다.

후퇴.

이건 좋게 말한 거고.

실제로는.

도망.

이것밖에 없었다.

“빅터! 다음으로!”

“네!”

단 백 기의 돌격으로 두 번째 군집까지 꿰뚫은 돌격조의 움직임에 변화가 생겼다.

빅터가 그대로 속도를 조금 늦추며 우측으로, 휘안이 속도를 올리며 좌측으로, 그리고 그런 둘의 뒤로 각각 20여 기씩 따라붙었다.

대신 엘리자베스가 속도를 늦추며 천천히 돌격 속도를 늦췄다.

이제 세 번째.

발바롯사 제국이 자랑하는 최후 방어선이다.

이곳만 뚫으면 발바롯사 제국의 중앙 본진의 남문에 도달할 수 있었다.

하지만 프리트 소장과 길버트 중장의 설명으론 이 부대는 북부의 중갑보병과 마찬가지로 철벽의 방어를 자랑한다고 했다.

하지만 휘안은 생각이 있었다.

지금은 어둠.

어둠을 최대한 이용하는 방법이다.

어차피 남문 입구가 아니라면 불빛은 적다.

이걸 휘안은 이용하기로 했고, 휘안이 말한 내용은 그대로 작전의 일부가 되었다.

약 오백 명의 최후 방어 군집.

원래는 더 있겠지만 지금은 야간 기습에 정신이 없을 것이다. 각자 증원으로 빠져나간 건 자명할 것이다.

"온다! 좌우로 나눠서 모두 돌격에 대비해라!"

"예!"

죽을 만큼 우렁찬 대답이었다.

적국 지휘관의 외침에 일사불란한 함성을 내지르며 투기를 피워 올리는 적병들의 모습을 보면서 휘안은 이를 악물었다.

여기가 최후 고지다.

이곳을 뚫어야 까마귀를 유인할 수 있다.

"모두 돌격!"

휘안은 외침과 함께 그대로 속도를 늦추지 않고 달라붙었다. 하지만 말의 이동 방향이 조금 달랐다.

이건 그대로 부딪치는 게 아닌, 옆으로 비스듬히 선회해서 가로로 훑고 지나가겠다는 소리다.

어둠 속이라 시야를 제대로 확보하지 못한 적국 지휘관이 한 결정적인 패착이었다.

"여, 열댓 기? 이, 이런! 중앙! 중앙을 틀어막아!"

나름 뛰어난 지휘관인지 시야 안으로 들어선 휘안과 그 뒤의 로즈기사단을 본 그는 사태를 파악했다.

하지만 이미 늦었다.

"크크크! 늦었다! 늦었어! 기사단장!"

휘안은 적의 부대와 부딪치지 않고 비스듬히 스쳐 지나갔다. 그리고 말머리를 돌려 뒤로 다시 빠져나갔다.

이건 휘안만이 아닌 휘안 뒤에 있던 기사들, 그리고 빅터의 분대도 마찬가지였다. 그리고 휘안의 외침에 어둠 끝에서 이런 야간 기습전에서는 어울리지 않는 백마가 모습을 보이기 시작했다.

그리고 그 백마는 고속으로 달려 순식간에 중앙 군집 쪽으로 도달했다.

80여 기의 로즈기사단을 이끄는 엘리자베스 황녀였다.

"돌격!"

"그대로 꿰뚫어 버려!"

반말이긴 하지만 지금은 전시.

추궁도 나중에.

거칠 것 없는 휘안이었다.

"아, 안 돼! 막아! 으아아악!"

하지만 그 외침으로 제국의 영광의 기사가 이끄는 기사단을 막을 수 있을 리가 없다.

백 기도 안 되는 기사단의 돌격이었지만 그 파괴력은 상상 이상이었다.

그도 그럴 것이, 그 돌격의 선봉에는 제국에서도 가장 날카로운 검을 가졌다는 '영광의 기사'가 선봉에 섰다.

엘리자베스 E 알스테르담.

로즈기사단의 단장이면서 그녀 스스로 검끝에 기운을 싣는 게 가능한 기사.

콰드득!

그녀의 검은 날카롭기도 하지만, 이 정도 병력의 무기 따윈 그냥 부숴 버릴 파괴력을 담고 있었다.

그리고 그건 그녀가 직접 양성한 로즈기사단 전부 마찬가지였다.

단방이라는 말이 어울렸다.

딱 한 번의 손놀림에 하나의 숨통이 끊어졌다.

"으아악!"

"막아! 막… 컥!"

전열을 정비하려고 소리치는 병사나 하급 간부들은 가장 첫 번째 타깃이 됐다.

자비도 없는 무지막지한 돌격.

검끝에 걸린 무정(無情)이 진형을 그대로 헤집었다.

그리고 설상가상 그 후속타가 터졌다.

스치듯이 지나쳐 간 휘안과 빅터가 그대로 선회해 엘리자베스 황녀의 후미로 따라붙은 것이다.

물론 그냥 따라붙지 않았다.

눈에 걸리는 것, 거슬리는 것, 전열을 가다듬을 낌새를 보이는 모든 자들을 그대로 기동 타격하고 쫓아왔다.

남문 목책이 보였다.

"정지! 정지해!"

휘안이 소리쳤다.

일단 첫 번째 목표는 달성했다.

그대로 적의 중앙을 꿰뚫고 들어온 것이다.

하지만 이게 끝이 아니었다. 이제부터, 이제부터가 진짜 작전이 시작되는 곳이다.

100여 기의 기마가 돌격을 멈췄다.

미친 짓이다.

하지만 애초에 이 모든 게 미친 짓이었다.

조금 더 미친 짓을 하더라도 티도 안 날 것이다.

적어도 휘안의 생각은 그랬다.

휘안이 멈춰 서자 그런 휘안의 뒤로 일사불란하게 정렬하는 로즈기사단. 그리고 빅터와 엘리자베스 황녀는 휘안의 양옆으로 섰다.

원래 엘리자베스 황녀가 그쪽에 설 신분은 아니지만 이건 작전. 공과 사는 확실하게 구분할 줄 아는 황녀라 이런 건 신경 쓰지 않았다.

애초에 황녀는 기사로서의 성향이 훨씬 강했다.

"워워, 잘들 계셨어? 후후후."

거칠게 투레질하는 흑마(黑馬) 위에서 휘안이 싱긋 웃으면서 적에게 인사를 했다. 그러자 주변으로 모여들던 적병들이 그대로 흠칫했다.

생각지도 못한 인사였기 때문이다.

'씨발, 뒈지게 떨리네.'

휘안의 속은 거의 터지기 일보 직전이었다. 그러나 휘안은 하나도 내색하지 않았다. 여기서 그런 티를 냈다간 바로 주변의 병력이 달려들 것이다.

지금 이들이 바로 덤벼들지 않고 서서히 포위망을 형성하는 이유는 딱 두 가지다.

하난 이곳까지 단숨에 돌파한 무력.

그 무력을 감당할 자신이 없어서가 첫 번째다.

그리고 또 하난 바로 현재 기사단의 모습.

느닷없이 돌격을 멈췄다.

그래서 그 점에 의문, 의아함이 생겨 이러지도 저러지도 못하는 살짝 패닉 상태에 빠진 것이다.

철컥.

휘안이 말에서 내렸다.

그리고 손에 든 검을 한차례 휘둘러 묻은 피를 털어냈다.

"쯔, 인사하러 오는 것도 참 쉽지 않네. 그래도 못 올 정도는 아니었어. 음, 좀 더 노력해야겠는데?"

씩 웃으면서 던진 그 말에 적병들의 얼굴에 서서히 분노가 쌓였다. 그들은 알아차린 것이다.

휘안이 지금 도발하고 있음을.

무럭무럭 분노가 쌓여 군기로 변했다.

"아, 인사를 안 했네. 안녕들 하십니까? 알스테르담 제국 북부군 소위 휘안입니다. 아차, 이렇게 말하면 모르려나? 음, 아하? 이렇게 말하면 알겠네. 알스테르담의 미친개 인사드립니다. 후후."

흠칫.

알스테르담의 미친개.

이게 휘안이 딱 한 번 붙은 전면전에서 얻은 별명이다.

운이 좋아 전쟁이라는 특수성에서조차 벗어나 주변에게 공포를 선사한 인물.

모두가 미쳐 날뛰는 그런 공간에서도 유독 특출 나게 미친놈.

"아아, 그렇게 긴장하지 말라고. 오늘은 누구 물어뜯으려고 온 거 아냐. 그냥 인사하러 왔어, 인사."

"닥쳐라!"

휘안의 거침없는 입담에 발바롯사의 간부 하나가 거칠게 소리쳤다. 하지만 딱 그뿐, 덤벼들진 못했다.

요 며칠 발바롯사 진형에 떠도는 소문이 하나 있었다.

—알스테르담에는 미친개가 산다. 한 번 물면 죽을 때까지 놓지 않는다더라. 다른 것은 다 상관없지만 미친개한테만은 찍히지 말자.

이런 소문이 돈다.

사실 현재의 상황이 참 재밌다.

원래 휘안이 했던 행동이 이렇게 큰 소문이 날 리가 없고 파장이 날 리도 없었다. 솔직히 말해서 전쟁터에 휘안 같은 사람이 어디 한둘이겠는가.

하지만 그럼에도 휘안이 소문이 났다.

미친개로.

우연이라면, 운이라면 참 좋은 일이면서도 최악의 일이었다.

물론, 진짜 운은 아니지만.

"아, 쌍! 내가 내 주둥이로 인사하러 왔다는데 네가 왜 지랄이야. 앙? 너, 계급 뭐야! 어디서 좆도 아닌 새끼가 어르신 얘기하는데 끊어? 건방진 새끼가. 누가 그렇게 가르치든? 어르신 얘기하는데 끊으라고? 앙?"

이 정도면 아주 제대로 미친 발언이다.

적진 한복판에서 저렇게 도발을 하다니.

하지만 이게 휘안의 임무였다.

그래서 휘안은 멈추지 못했다.

오히려 더욱 심하게 나가야 했다.

"그러니 넌 찌그러지고. 아, 맞다. 까마귀들 들어왔다며? 나 걔들한테 인사하러 왔거든. 너희 까마귀가 그렇게 무섭다고 소문이 자자하잖아. 우리 쪽도 까마귀라면 아주 덜덜 떨더라? 그래서 인사하러 왔어. 나도 앞으로 내 이름만 들어도 너네 벌벌 떨게 만들 사람이 될 거거든. 그래서 어차피 같은 길을 가는 동지라고 볼 수도 있지 않겠어? 큭큭! 야, 까마귄 어디 있냐? 인사나 좀 하게. 낯짝은 보고 인사해야 할 것 아냐?"

휘안은 그렇게 말하고 철퍼덕 소리가 나도록 자리에 앉았다.

"어이, 빅터. 가지고 온 것 좀 줘봐."

"넵!"

전신을 감싸는 풀 플레이트 메일을 걸친 빅터. 그가 휘안의 말에 움직여 말안장에 달려 있던 주머니를 풀어 휘안에게 가져왔다.

휘안이 준비한 하나.

도발용 아이템이라고 할 수 있는 물품이었다.

쪼르르.

유리로 만들어진 병에서 투명한 액체가 흘렀다.

술.

술이었다.

휘안은 대담하게도 적진 한복판에서 앉아 술을 마실 작정을 한 것이다.

"키야! 맛 좋다! 야, 너 한잔할래?"

"저는 괜찮습니다!"

휘안이 빅터에게 권하자 빅터는 조용하지만 강직한 목소리로 대답하곤 바로 휘안의 뒤로 시립했다. 휘안의 등을 보호하려 하는 것이다.

"쯔쯔, 재미없긴. 음, 혼자 마시긴 좀 그런데. 단장, 단장은 어때? 한잔 안 할래?"

휘안은 빅터를 보며 혀를 차곤 그대로 황녀에게 시선을 돌려 권했다. 그러자 투구 속으로 보이는 황녀의 눈빛이 빛났다.

그녀도 이제야 눈치챈 것이다. 지금 휘안이 왜 이러는지.

지금 이러는 동안에도 휘안의 행동은 중앙 본진 막사의 적군 총사령관 챠이의 귀로 전부 들어가고 있을 것이다.

그래서 이러고 있다. 그들을 도발시키려고.

이른바 격장지계(激將之計)다.

투구 속 황녀의 입가에 미소가 맺혔다.

"좋다. 한잔하도록 하지."

"후후, 잘 생각했다고. 적진 앞에서 마시는 한 잔의 술. 맛나지 않겠어?"

"후후후, 그렇겠군."

좌라라락.

황녀가 투구를 벗었다.

그러자 황녀의 금빛 머릿결이 사방으로 날렸다.

황녀는 범접할 수 없는 위엄 가득 서린 눈빛으로 적병들을 훑었다. 그리곤 조소를 지었다.

그 조소에는 이런 뜻이 담겨 있었다.

'담도 없는 것들.'

그런 황녀의 행동에 휘안도 마주 웃었다. 휘안은 웃었지만 속으로는 정말 대담한 여자라고 생각했다.

그녀는 지금 자신의 정체까지 밝히면서 도발의 질을 더욱 상승시킨 것이다. 왜 이게 도움이 되느냐고?

원래는 이러면 안 되지만 여기까지 오게 되자 휘안도 아예 이판사판이 되었다.

“어, 어……?”

“화, 황녀다! 엘리자베스 황녀!”

“영광의 기사!”

바로 이렇게 되기 때문이다.

지금 상황?

이런 상황이다.

제국에서 가장 아름답다는 ‘제국의 꽃’ 이자 가장 날카로운
검을 지닌 ‘영광의 기사’ 인 엘리자베스 황녀가 미친개와 함께
적진 한복판에서 술잔을 든다.

이건 조롱이었다.

명백한 도발이었고, 적에게 수치를 주고 있었다.

“자자, 건배할까?”

“후후, 선창은 뭐가 좋겠나?”

“음, 글쎄? 음, 뭐가 좋을까? 알아서 선창해 봐.”

역시 미친개는 미친개.

황녀의 정체가 밝혀졌음에도 휘안은 반말을 존댓말로 바꾸
지 않았다.

이건 은연중에 자신의 위치 또한 황녀에게 반말을 해도 되
는 위치라는 것을 강조하기 위함이었다.

맛 좋은 먹이로 보이도록.

“좋아. 음, 이게 좋겠군. 제국의 영광을 위하여!”

“오호? 위하여! 자자, 쭉 들이켜라고! 큭큭!”

팅!

맑은 금속음과 함께 알스테르담 제국을 찬양하는 건배가 적
군의 진지 바로 앞에서 열렸다.

무식하면 용감하다는 말.

이 말은 분명 어떨 땐 맞는 말이긴 하다.

하지만 지금 이런 상황에 휘안에게 쓰일 말은 아니었다.

'담이 좋은 남자군. 후후.'

엘리자베스는 솔직히 이런 휘안의 행동에 어이를 상실할 지
경이긴 했다.

이런 방식의 도발이라니.

이 정도로 도발을 받으면 아무리 냉철한 황녀라도 절대 참
지 못할 게 분명했다.

그리고 슬쩍 황녀가 휘안을 곁눈질로 보니 휘안의 표정은
장난기와 비소가 가득했지만 눈은 침착하게 가라앉아 있었다.

그건 곧 상황을 냉철하게 파악하고 있다는 것.

'후후, 후후후, 인정하지. 이번 작전이 성공한다면 전적으로
당신의 공(功)이라는 것을.'

사실 이번 작전은 황도(皇都)에 있던 엘리자베스 황녀가 직
접 착안한 작전이다. 제국의 첩보부대에 들어온 하나의 기밀
문서가 시작이었다.

까마귀부대가 발바롯사 제국의 남부군으로 합류한다는 소
식을 듣고 착안한 전술. 일주일 밤낮을 참모부와 함께 작전을
짰다.

이 작전에서 가장 중요한 건 역시 까마귀 도발.

하지만 냉철하기 그지없는 '점령자' 챠이가 이끄는 까마귀들을 도발할 방법이 없었다. 그래서 결국 필사적으로 반대하는 참모부의 의견을 물리고 황녀 그 자신이 미끼가 되기로 했다.

하지만 전선에 도착하니 그 작전이 변해 있었다.

도착 하루 전날 벌어진 전투에서 일개 병사가 무명(武名)을 얻어 적진 보병 부대에게 공포가 되어버린 것이다.

사실 길버트 중장과 프리트 소장의 작전 변경 내용을 들으면서도 황녀는 아직 휘안을 믿지 못했다.

하지만 첫 만남에서 율리아나의 검을 베어버린 휘안의 성정과 실력을 보고 인정했다. 단숨에 율리아나의 검을 베어버리는 놀라운 검술, 그건 아무나 못하는 일이다.

솔직히 황녀 본인도 불가능한 일이다.

하지만 휘안은 해냈다. 물론 그 모든 게 검의 힘으로 이루어진 것이지만 황녀는 그걸 모르기에 보고 나서 바로 인정했다.

자신보다 더욱 어울리는 작전 책임자였기 때문이다.

그래서 불평 없이 명령을 따르고 있었다. 이 작전은 개인의 자존심 따윈 모두 버려도 될 정도로 중요한 작전이니까.

자신의 목숨을 버려 동생을 살릴 수 있는.

그리고 그 사실을 확인하는 지금의 상황을 보면 정말 이런 작전에 딱 알맞은 책임자가 휘안이었다.

적어도 황녀가 보기엔.

‘하지만 다음에 볼 기회가 없겠군. 이게 마지막이 될 테
니…….’

순간적으로 씁쓸한 미소가 엘리자베스 황녀의 얼굴에 떠올
랐으나 그것도 다시금 들려온 휘안의 말에 바로 사라졌다.

“한 잔 더 할래? 쯔쯔, 지금쯤 내가 왔다는 소식이 갔을 텐데
아직도 안 나오네. 뭐, 남는 게 시간이니 한잔하자고.”

“후후, 좋지. 한 잔 더 주겠나?”

그렇게 말하며 술병을 들어 올리자 황녀는 거절하지 않고
받았다.

이건 적의 주력을 불러들이는 도발이다.

이런 술 한 잔과 반말에 기분 상해할 때가 아니었다.

‘음? 후후, 슬슬 준비하라는 건가?’

황녀는 보았다.

술을 따라주는 휘안의 눈빛이 자신에게 뭔가 말하고 있다는
것을. 그런 휘안의 눈엔 불안감이 가득 담겼다가 사라졌지만
안타깝게도 황녀는 그걸 보지 못했다.

이렇듯 서로 엇갈린다.

촤라락.

황녀가 술을 마시기 전 머리를 살짝 털자 그 아름다운 금발
이 허공에 챠르르 소리를 내며 수놓았다.

그리고 그 어떤 여자보다도 매혹적인 모습으로 술잔을 비우
는 엘리자베스.

“휘안 소위, 이제 그만 가지. 우리는 이렇듯 기다리고 있는

데 마중도 나오지 않다니, 대접이 별로구나. 이만 가고 다음에 다시 오도록 하지.”

“그럴까? 뭐, 어쩔 수 없지. 그럼 그냥 가도록 하지.”

황녀의 말에 휘안도 술잔을 단숨에 비우곤 자리에서 일어나 엉덩이를 툭툭 털었다.

그 모습이 너무 자연스러워 보여 그 하나로도 도발 그 자체.

주변을 에워싼 발바롯사 병사들의 얼굴이 사정없이 꿈틀거렸다.

그럼에도 덤비지 못하는 건 휘안 뒤에 서 있는 풀 플레이트 메일을 걸친 거구의 빅터, 그리고 어린애도 아는 영광의 검 엘리자베스의 무력 때문이다.

“슬슬 철수하자, 빅터.”

“넵!”

휘안의 단조로운 말에 빅터는 낮지만 역시 우렁차게 대답하곤 말에 올랐다.

“어이, 까마귀들 오면 전하라고! 대접이 형편없어서 그냥 간다고! 아, 술은 놓고 갈 테니까 니들 마셔라! 전쟁터라 술 구하기 하늘의 별 따기보다 힘들잖아? 어때? 고맙지?”

“저, 저……!”

휘안의 말에 기가 막힌 발바롯사 ‘천부장’ 하나가 손가락질을 하며 부들부들 떨었지만 휘안은 피식 웃으며 가뿐히 무시했다.

그 행동은 마치 너 따위가 무슨, 이런 뜻이 담겨 있었다.

그게 휘안이 가기 전 행한 마지막 도발이었다.

"가, 감히… 이노옴……!"

그리고 그 도발은 아주 훌륭하게 먹혔다.

천부장이 달려든 것이다.

"병신, 지랄 떨긴. 빅터!"

"네!"

휘안이 그런 천부장의 행동에 피식 웃곤 빅터를 불렀다. 빅터는 그 부름을 듣고 바로 말머리를 돌려 천부장의 진로를 가로막으며 달렸다.

"흐압!"

슈가악!

그리고 그걸로 끝이었다.

단 한 번의 내려치기.

천부장은 그런 빅터의 창을 막았지만 정확하게 창과 함께 반 토막이 났다.

정말 눈으로 보고도 믿을 수 없는 무력.

괴물 같은 힘의 빅터였다.

애초에 빅터의 실력을 알아보지 못한 것은 제 책임이니 죽어도 뭐라 할 말 없었다.

이곳은 실력이 없으면 죽어야 하는 전장이니까.

휘안은 웃었다.

"미친 새끼들아, 이제 간다니까 덤벼드냐? 건방 떨기는……. 헛짓거리 하지 말고 봐줄 때 그냥 콕 찌그러져 있어!

알았냐?”

나지막하게 모두를 조롱하는 말투를 내던진 휘안이 돌아섰다.

“에휴, 졸리다. 가서 발 닦고 자자. 빅터, 길 열어.”

“네!”

이번에도 휘안은 빅터에게 부탁했다.

빅터가 휘안의 명령을 듣고 선두에 서서 천천히 나아가자 발바롯사 병사들이 전부 흠칫했다.

그들은 봤다.

단 한 번의 내려치기에 자신들의 천부장이 반 토막이 났다는 걸.

겁 대가리 없이 명령도 없는데 저 앞길을 막고 싶은 생각은 전혀 없었다.

그랬다간 천부장의 뒤를 따르는 건 자신들이 될 게 분명하니까.

“큭, 끝까지 병신들이군. 아, 빅터, 후딱 열어! 빨리 가서 발 닦고 자게!”

그런 그들의 행동에 휘안의 얼굴에 짜증이 확 서렸다.

이번에는 말보다 행동.

빅터가 말의 옆구리를 걷어차자 빅터가 탄 말이 급속도로 전진하기 시작했다.

그리고 그 뒤를 따르면서 휘안이 엘리자베스의 옆으로 붙으며 아주 작은 목소리로 소곤거렸다.

“황녀님.”

“음?”

“지금부터 작전은 취소합니다.”

“뭐?”

엘리자베스는 전혀 예상치 못한 휘안의 말에 고개를 돌려 바라봤다. 황녀의 시선이 향한 곳은 휘안.

황녀가 보는 휘안은 담담해 보이지만 입술이 살짝 말려 있고, 눈빛으로 무언가를 계속 말하고 있었다.

“음…….”

엘리자베스는 그런 휘안의 눈빛에 주변을 슬쩍 살폈다. 하지만 걸리는 건 없었다. 그녀의 감각에 특별한 무언가가 걸리는 게 없다는 소리다.

하지만 그런 엘리자베스 황녀의 감각과는 반대로 휘안은 느끼고 있었다. 오히려 초인보다 더욱 날카로운 육감이 계속해서 경고하고 있었다.

‘씨발, 제발, 제발 아니길…….’

휘안은 겉으로는 평정을 가장하면서 속으로는 빌고 또 빌었다.

시작은 휘안이 막 술을 따서 황녀에게 권했을 때였다.

이 세상으로 넘어오기 전, 대한민국에 있을 때도 유독 날카로웠던 휘안. 그 때문에 군 생활도 엄청 고생했었다.

그 정도로 휘안의 신경은 예민하고 날카롭다.

그런데 이곳으로 오면서 그게 더 심해졌다. 자다가 아주 작은, 진짜 아주 미세한 소음에도 깰 정도로 날카로워진 휘안이다.

그건 위험 본능이라고 해도 좋고 그냥 쓸데없이 날카롭다고 해도 좋다.

거기다가 설상가상으로 휘안이 먹었던 진통제.

정말 놀랍게도 칼로 베인 상처를 아예 느끼지 못하게 할 정도로 약효가 엄청난 그 진통제의 효과 중 하나인 각성(覺醒) 효과까지 합쳐지자 휘안은 지금 정말 농담이 아니라 저 멀리 풀벌레 소리까지 들을 정도로 각성해 버린 상태였다.

이건 휘안에게 엄청난 복이지만 반대로 해가 되기도 했다.

왜?

그런 휘안의 감각에 걸려드는 것.

휘안을 미치도록 불안하게 만드는 것.

까악까악.

저 멀리서 들려오는 까마귀 울음소리다.

아니, 사방에서 들려오는 까마귀 울음소리다.

전방, 좌, 우.

그 모든 곳에서 들려오는.

그 암울하고 불길한 소리가.

애초에 휘안은 잘못 생각했다. 아니, 휘안뿐만이 아닌 총사령관 길버트 중장도, 총참모장 프리트 소장도, 이 작전의 최초 착안자인 엘리자베스 황녀도.

너무 무시했다.

점령자(占領者) 차이를.

까악까악!

‘씨발, 포위됐어.’

육감이 날린 경고는 현실이 되었다.

피비린내 나는 ‘정치’ 전투의 시작이었다.

제5장
까마귀 날자 목 떨어진다

제국의 군인
Soldier of EMPIRE

휘안은 왜 까마귀부대가 전장의 공포로 군림하는지 깨달았
다.
아직 맞붙지도 않았는데 전신으로 아주 짜릿짜릿하게 느껴
지고 있었다.
애초에 챠이는 알고 있었다. 좌우는 기습하면서 전방은 기
습을 하지 않는 이유, 그리고 소수의 병력으로 쳐들어온 이유
도.
최초 기마 돌파를 감행할 때부터 그걸 전령으로 듣자마자
깨달은 것이다.
까아악! 까아악!
불길한 까마귀 울음소리가 점차 가까워지고 있었다.

이건 누가 잘못한 게 아니다.

휘안이 생각하기에도 이 작전은 좋았다.

전술, 전력에 분명 휘안은 문외한이긴 해도 이 정도의 작전이 성공하면 그 성공으로 인해 돌아오는 이득은 정말 엄청날 것이다.

그리고 그걸 알기에 길버트 중장도, 프리트 소장도 이 작전을 허락한 것일 것이다.

물론 다른 이유도 있다.

바로 엘리자베스 황녀.

제국 12검 중 가장 날카로운 검.

걷는 것과 동시에 목검을 손에 쥔 여자.

20세가 딱 넘었을 때 검에 기운을 싣는 게 가능해진 여자.

그래서 대륙의 50인 중 당당히 한자리를 차지한 여자.

그냥 쉽게 말하면 무력으론 이미 정점을 찍은 여자란 소리다.

그래서 허락된 거다.

엘리자베스가 직접 출진하는 거니까.

그래서 제국의 황제의 인가까지 받고 떨어진 작전이다.

여기까지가 휘안이 아는 '전부'라 당연히 좋은 작전이라 생각했다.

하지만 너무 얕봤다.

적군(敵軍)의 총사령관을.

적군 총사령관도 진군 저지자와 같은 대륙의 50인이고, 병법이 하늘에 닿았다고 세인들이 말하는 인물인 것을.

전면이 뚫렸다.

기사단이 탄력을 받고 앞으로 쭉쭉 치고 나가기 시작하자 휘안이 소리쳤다.

"모두… 본진까지 달려! 뒤도 돌아보지 마! 무조건 달려!"

휘안의 외침에 기사단 전원이 의아한 표정을 지었다. 작전과는 전혀 동떨어진 명령을 휘안이 내린 탓이다.

그리고 그런 기사단의 행동은 곧바로 짜증을 불러일으켰다.

"씨발! 달리라고! 다 뒈지고 싶어!"

휘안이 다시 한 번 소리쳤다. 그리고 후미로 빠지기 시작했다. 하지만 로즈기사단의 행동은 변하지 않았다.

오히려 단장인 엘리자베스의 눈치를 봤다.

결국 휘안이 폭발했다.

"이 병신 같은 년들이! 도망가라고! 씨발! 이래선 다 죽는단 말이야!"

휘안의 폭발 안에는 절박함이 깃들었다.

로즈기사단도 그제야 사태 파악이 됐다.

아니, 정확하게는 휘안의 외침 때문이 아니었다.

슈가가가각!

어둠 속을 가로질러 평원을 달리는 로즈기사단의 후미로 무언가가 날아왔다.

이 소리와 청각은 초면인데도 진절머리 날 정도로 듣기 싫었다. 그리고 그 소리를 내는 물체는 정확히 엘리자베스 황녀를 노렸다.

이미 질주하기 시작해 한 치 앞도 보기 힘든 이 상황에 이런 날카로운 기습은 목줄을 뜯기 딱 좋다.

하지만 상대는 엘리자베스.

겨우 이따위 화살로 제압될 여자가 아니었다.

"감히……!"

까강!

그녀의 손이 휘둘러지면서 은빛 궤적이 어둠을 갈랐다.

그리고 정확하게 자신에게 날아오는 화살을 튕겨냈다.

하지만 이건 시작.

슈가가가각!

쉬아아아악!

쉬에에에엑!

천차만별의 소음을 내면서 어둠을 꿰뚫고 '뱀' 들이 날아들었다.

아니, 정확하게 말하자면 화살이다. 까마귀들이 쏘아 보낸.

"큭!"

"저, 적이… 컥!"

까가가가강!

두 명의 기사단원이 쓰러지자 그제야 정신을 차린 로즈기사단이 손에 쥔 검으로 화살을 튕겨내기 시작했다.

참으로 신기한 건 지금 로즈기사단은 질주 중이다.

그것도 전혀 느리지 않은 속도로. 근데 화살은 정확히 직선을 그리며 로즈기사단에게 날아들었다.

이건 진짜 어중간한 실력으론 가능한 일이 아니다.

그리고 보이지 않는 화살은 진정 그 무엇보다도 무섭다. 거기다가 마치 뱀 같은 소음을 동반한 화살은 그 자체로 악마요, 공포였다.

하지만 이 여자들도 절대로 만만한 여자들이 아니었다.

제국의 전체 기사단 중 당당히 세 번째 서열을 차지하고 있는 로즈기사단이다. 단장으론 엘리자베스를 두고, 부단장으로는 대륙 50인 중 한 명인 '제비 검' 율리아나까지 둔.

결코 실력이 낮지 않았다.

처음 까마귀 공격이 시작되고 단둘이 목숨을 잃었다.

하지만 다른 기사단원은 아니었다. 어둠이라도 이 여자들에게는 큰 문제가 안 된다. 안력으로 막는 게 아닌, 철저한 감으로 인한 방어로 화살을 튕겨냈다.

이미 이런 훈련은 예전에도 받았고 지금도 받고 있기 때문이다.

그러나 연습과 실전은 다른 법.

거기다가 지금은 사격을 가하는 적이 까마귀다. 까마귀.

제국에겐 악몽이라고도 불리는 발바롯사의 까마귀부대.

집요한 사격이 이어졌다. 그리고 둘이서 하나를 노리는 연수합격은 정말로 무서웠다.

처음 사격이 심장을 노린다면, 그 뒤로 약간의 격차를 두고 바로 뒤를 따라가는 화살은 정말로 막기 힘들었다.

“크으윽!”

“으윽!”

터텅!

화살은 로즈기사단의 갑옷을 꿰뚫지는 못했다.

하지만 화살에 담긴 힘은 그대로 기사단원의 몸을 날려 버렸다.

미쳤다고 볼 수밖에 없는 엄청난 파괴력이다. 특수한 주술 처리를 한 까마귀들의 궁은 일반 궁이 가지는 파괴력을 넘어섰다.

괜히 악몽이라고 불리는 게 아닌 것이다.

“달려! 뒤도 돌아보지 마! 지금 완전히 포위됐으니까 무조건 본진까지 달려!”

슈가각!

슈아악!

휘안이 미치도록 외치는 게 짜증났는지 두 발의 화살이 가장 후미에 위치한 휘안에게 날아들었다.

하지만 휘안은 자신에게 날아오는 화살을 전부 피해냈다.

거의 기예에 가까운 몸놀림으로.

‘씨발, 진짜 원 주인의 승마술(乘馬術)이 뛰어나다는 걸 감사해야겠군.’

순전히 운에 가까웠다.

하지만 휘안은 속으로 아주 잠시지만 원 주인에게 감사를 했다.

대한민국에서의 철영은 승마술 따윈 전혀 모른다. 하지만 이 몸의 주인인 휘안은 승마술이 아주 좋았다.

그게 지금 도움이 되고 있었다.

까악까악!

까마귀가 다시 울었다.

그리고 불길함이 더욱 강렬하게 진동했다.

두드드드드!

까마귀부대가 움직이기 시작한 것이다.

슈아아악!

'씨발! 씨발! 씨발……! 작작 좀 해라!'

휘안은 온몸을 뒤흔들 정도로 강렬한 불길함을 느꼈다. 그리고 그건 하늘에서부터 느껴졌다.

곡사(曲射).

일제히 움직이기 시작한 까마귀부대 일천여 병력이 하늘에 대고 곡사를 날린 것이다. 로즈기사단의 질주 방향을 정확히 재고.

"이런 썅! 하늘! 모두 조심해!"

휘안은 목이 찢어져라 경고를 날렸다.

콰과과곽!

비처럼 내렸다.

화살이 진짜 비처럼 내렸다.

천 명이 날린 세 발씩의 화살은 허공에서 삼천 방울의 비가 되어 내렸다.

끈적끈적한 죽음의 기운을 담고서.

까가가강!

"아악!"

"아흑!"

비명은 둘.

하지만 화살의 재앙에 당한 기사단원은 약 20여 명.

직사(直射)와 곡사(曲射).

단 두 번의 공격으로 벌써 20여 명이 떨어졌다.

단 두 번의 공격에.

하지만 결코 이게 끝이 아니다.

겨우 이 정도 공격으로 까마귀가 악몽으로 불릴 리가 없다.

적어도 휘안의 생각은 그랬다.

슈아아아악!

슈가가가각!

"이 개새끼들이! 집에 간다잖아! 씨발 놈들아!"

소리치는 것 자체가 위치를 노출시키지만 이미 까마귀들은 소리에 연연하는 부대가 아니니 상관없었다.

이번엔 직사와 곡사의 연수합격.

진정 미친 기마궁술이다. 천여 기가 좌우, 후미에서 달려들며 오백 기는 하늘로 끊임없이 쏘아대고 남은 오백 기는 직사로 사격을 가해왔다.

공중, 좌, 우에서 질주하는 기사단의 목줄을 뜯으려 다시 화살이 날아들었다.

"아아악!"

처절한 비명이 밤하늘에 울려 퍼지고, 진절머리 나게 아름다운 혈화(血華)가 밤하늘을 수놓기 시작했다.

"하늘! 그리고 좌우 뒤! 집중 사격이다!"

계속해서 말했다, 휘안은 감이 참 좋다고. 그런 휘안이 외쳤다.

어둠을 뚫고 처절하게 외치는 휘안 때문에 로즈기사단은 전부 이를 악물었다.

현재 위치는 두 번째 군집을 박살 냈던 곳.

좀 더, 좀 더 가야 했다.

그래야 사백여 명의 남은 로즈기사단과 제비검 율리아나가 기다리고 있는 곳이 나온다. 대략 거리는 3㎞ 정도.

하지만 달리는 사람들에겐 3㎞가 아닌 30㎞처럼 느껴졌다.

1초가 100초처럼 느껴지고, 1분이 100분처럼 느껴지는 도망자의 심정.

현재가 딱 그런 심정이었다.

"모두 힘을 내라! 얼마 남지 않았다!"

따다다다당!

로즈기사단의 검격(劍擊)이 날아오는 화살들을 마구 튕겨내기 시작했다.

만약 평상시에 봤다면 정말 깜짝 놀랄 정도로 뛰어난 검술이라 생각했겠지만 지금은 아니었다.

저건 발버둥이다.

“으악……!”

“컥!”

또다시 기사단 몇 기가 화살을 튕겨내지 못하고 얻어맞기 시작했다.

천여 기가 쏘아내는 화살은 결코 쉽게 튕겨낼 수 없었다.

‘무슨 화살이 이렇게 강해!’

속으로 아주 비명을 있는 대로 질렀다.

화살 한 발 한 발에 실린 힘이 결코 가볍지 않았다.

평범한 남자라면 화살을 튕겨내자마자 뒤로 날려갈 정도였다. 그나마 휘안의 육체가 각성된 상태기에 어느 정도 버티고 있었다.

그리고 최초의 화살을 피해낸 휘안은 그 화살에 담긴 위력에 이를 갈았고, 다음부턴 육체 전체에 날카롭게 서 있는 감으로 모조리 피해냈다.

허리를 젖히고, 다시 숙였다가 비틀고, 비틀어서 숙이고.

이런 여러 가지 방법을 써서 날아오는 화살을 모두 피했다.

물론 그래 봤자 채 네다섯 발밖엔 안 됐다.

애초에 휘안이 목표가 아닌 것이다.

까마귀들의 공격은 오로지 로즈기사단에게 집중됐다.

두드드드드!

어둠 속에서 들리는 기마대의 말발굽 소리.

하지만 저건 아군이 아니었다.

아니, 따지면 아군 것도 있긴 하다. 이제 겨우 70여 기가 된 로즈기사단원의 질주 소리.

그러나 그보다 많은 부분을 차지하는 게 로즈기사단이 아닌 까마귀들의 말발굽 소리다.

사사사사삭!

풀 스치는 소리까지 너무나 휘안의 귀에 잘 들렸다. 하긴, 이 정도면 누구나 들을 만했다.

천여 기가 달리는데 이런 소리가 안 날 수가 없다.

구름이 걷히면서 달빛이 평원 전체를 비쳤다.

"젠장!"

슈가가각.

슈아아악.

또다시 시작됐다.

"또! 또 온다! 모두 대비해!"

이번에도 휘안은 사격이 시작되자마자 느꼈다. 그 날카로운 소리.

마치 뱀이 수풀을 기어가는 소리가 미치도록 날카로워진 휘안의 귀에 걸린 것이다.

그리고 휘안은 이번에도 그 귀에 걸린 감각에 바로 아군에게 경고를 했다.

따다다당!

장관이었다.

그 무수히 많은 화살을 거의 빛살이라는 표현이 어울릴 검술로 팅겨내는 로즈기사단원.

허공에 은빛 궤적이 무수히 많게 피어났다.

전부가 로즈기사단원들이 펼쳐 내는 검광(劍光)이었다.

달빛과 함께 만들어낸 검의 빛.

휘안은 아직도 위험한 상황이지만 솔직히 감탄했다. 이곳의 기사들이라는 존재들은 진짜 검도(劍道)의 고수였다.

책에서 보던 이상한 설정이 아닌, 실제로 육체의 끝까지 다다른 근력과 날카롭게 벼려진 기감으로 펼쳐 내는 검술.

진심으로 감탄이 나올 만했다.

상황만 이렇지 않았다면.

잔여 병력 합류까지 약 1.5㎞.

몇 번의 사격을 맞고 달렸는데 아직도 합류 지점까진 반밖에 못 왔다.

"힘내라! 곧 합류 지점이다! 그 이후 반격한다!"

'저 멍청한 황녀가 진짜!'

휘안은 황녀의 외침에 속으로 짜증을 와락 일으켰다.

현재 상황에서 격려라고 한 말이 겨우 고작 저따위다.

'딱 봐도 몰라? 상대가 안 되잖아! 애초에 로즈기사단원으로 까마귀를 잡기에는 무리였다고! 그리고 그렇게 외치면 저 까마귀들이 다 듣잖아! 아, 진짜 멍청한 년이!'

우리 다음 행동은 이러이러해요 하고 광고를 하고 있는 황녀였다.

나름 병력을 격려한다고 한 행동 같지만 절대로 어울리는 행동이 아니었다. 아니, 똑 까놓고 말하면 저런 발언은 아예 해서는 안 된다.

왜?

이쪽의 다음 행동을 다 알려주고 있으니까.

황녀에겐 그래야 하는 이유가 있었지만 휘안은 모르기에 짜증이 났다.

그 순간이었다.

심장을 옥죄어오는 심각한 불길함.

최초 까마귀들이 주변을 포위할 때 느껴지던 그 강렬한 불길함을 두 배 이상으로 뛰어넘은, 마치 수렁 같은 불길함.

‘뭐야, 이건.’

달리던 와중에 휘안은 이를 덜덜 떨었다.

‘이, 이거……!’

콰과과과곽!

어둠을 꿰뚫는 단말마.

무언가 심각하게 좋지 못한 게 발사됐다.

“조, 조심……!”

하지만 이번에는 휘안이 늦었다.

퍽!

표적이 된 한 단원의 뒤통수를 그대로 뚫어버린 한 발의 화살.

느끼고 자시고 할 시간도 없이 그대로 하나의 생명 불을 흩어버렸다.

심각할 정도로 강렬한 강격(強擊)이었다.

정신이 번쩍 들었다.

이게 까마귀들의 진짜 강함이다.

만약 모든 까마귀가 이 정도의 강격을 사용하다면 엘리자베스 황녀나 빅터 빼곤 모조리 땅바닥으로 떨어지리라.

휘안도 물론 죽는다.

쾌가가가각!

다시 어둠을 찢어발기는 비명이 들렸다.

“또 온다! 막지 마! 피해!”

저건 방법이 딱 하나다.

피하는 것.

회피(回避).

이것밖엔 방법이 없었다.

저 정도의 파괴력이라면 막는 순간 뒤로 날려 버릴 게 뻔했다.

까강!

“으윽!”

쾌드득!

역시 휘안의 예상대로였다. 한 발의 화살을 막은 단원이 있었다. 그리고 결과는 휘안의 예상대로였다.

검의 면(面)으로 빗겨내는 순간 화살에 담긴 힘이 그대로 단원을 뒤로 날려 버려 낙마시킨 것이다.

이 정도의 속도로 달리는 기마에서 낙마하면 뒤는 없다.

풀 플레이트 메일을 아무리 마도공학으로 가볍게 했다고 해도 어느 정도 무게는 나간다. 대략 마도공학의 시술을 받은 갑옷의 무게는 10㎏ 정도.

그런 갑옷을 입고 낙마한다면?

죽는다.

그게 답이다.

절대 10㎏가 가볍다고 생각하지 말라.

"막지 마! 피하라고!"

후방에서 계속해서 소리치는 휘안.

얼굴도 모른다. 일면식도 없다.

그렇다고 전우애가 느껴지는 것도 아니었다.

하지만 그래도 외쳐야 했다.

전우(戰友)까진 아니어도 그래도 이름 모를 동료 정도는 되니까.

하지만 그런 휘안의 외침이 무색해질 정도로 화살은 무시무시했다.

딱 30여 발이 날아들었다.

그리고 결과는 엘리자베스와 빅터를 노렸던 10여 발의 불발 빼곤 모조리 명중.

또다시 20여 기가 낙마하거나 갑옷조차 꿰뚫는 강격에 목숨을 잃었다.

이제 남은 기사단원은 50여 기.

겨우 3㎞를 달려오면서 반수가 죽었다.

그것도 딱 네 번의 공격에.

사사사사삭.

불길함이 가라앉았다.

그들이 공격을 멈추었다는 뜻.

그들은 정확하게 알고 있었다.

이곳이 합류 포인트라는 것을.

"황녀님!"

"괜찮으십니까?"

율리아나와 다른 기사단원의 목소리를 들은 휘안의 얼굴에 짜증이 확 서렸다.

'젠장! 이게 괜찮아 보여?'

단 3㎞를 뚫고 나오는데 반수가 죽었다. 그 공격이 너무 집요하고 치명적이라 반격은 꿈도 못 꿨다.

오직 앞만 보고 달렸다.

살려고.

휘안은 고개를 돌렸다.

그리고 눈으로 보았다.

저 어둠 속 멀리 천여 기의 까마귀가 말을 멈추고 길게 포진하는 것을.

마치 그건 이렇게 말하는 것 같았다.

네놈 인사는 잘 받았으니 우리의 인사는 어땠냐고.

실패.

실패다.

원래 작전은 까마귀를 더 끌어들여야 했다.

그러나 까마귀들은 이미 눈치챘다는 듯이 합류 지점이 가까
워. 오자 공격을 멈추고 그 자리에 멈춰 섰다.

그리고 조용히 서서 이쪽을 주시하고 있었다.

단 네 번의 공격으로 기사단원의 반수 이상을 죽인 괴물 같
은 무력.

천 명이 백 명 중 오십을 죽였으면 좀 적은 게 아닌가 생각
하는 사람도 있겠지만 절대 아니었다.

지금은 자정이 넘은 시간이다. 이미 사위가 검게 물든 지 한
참이나 지났다는 소리다.

근데 저들은 활로 잘 보이지도 않는 어둠 속에서 50여 기를
격추시켰다.

더욱 놀라운 건 화살 한 발 한 발이 빗나가지 않았다.

전부 정확하게 질주하는 아군에게 쏘아져 왔다.

어둠 속에서 질주하는 말을 탄 기사들을 향해 사격을 한다.

거기다가 상대도 말을 타며 쫓아오는 상태로. 이런데도 뭔
가 느껴지는 게 없다면 그건 병신이다.

오히려 이건 로즈기사단을 칭찬해도 될 정도다.

저러한 공격에서 반수나 살아남았으니까.

'잘못된 작전이야.'

휘안은 멈춰 서서 까마귀를 노려보며 속으로 생각했다.

지금 살아남은 건 정말 천운이다.

만약 천운이 아니라면 자비다. 자비.

만약 시작부터 마지막 공격처럼 무시무시한 공격을 가했다

면 여기서 휘안 자신은 물론 엘리자베스 황녀까지 죽었을 것
이다.

그 공격은 몇 번이고 버틸 수 있는 공격이 아니었다.

'몇 번이나 피하고 막을 수 있을까? 세 번? 네 번?

휘안은 아무리 냉정하게 생각해 봐도 네 번 이상은 힘들었
다.

이건 약한 소리를 하는 게 아닌, 휘안의 냉정한 성격으로 사
태를 정확히 파악하고 생각한 것이다.

휘안은 고개를 돌려 황녀를 바라봤다.

어느새 황녀도 말머리를 돌려 가장 후미에 있던 휘안의 곁
으로 왔다.

"휘안 소위."

"네."

황녀의 목소리가 너무나 차갑다.

덩달아 그런 황녀의 목소리를 들은 휘안은 대답은 했지만
속으로는 인상을 잔뜩 썼다.

'돌격할 생각이야. 자존심에 타격을 입었어.'

휘안의 짐작은 정확했다.

대륙의 50인 중 일인이면서, 그 존재 하나로 일인군단 소리
를 듣는 황녀가 꽁지가 빠지게 도망쳐야 했다.

그게 황녀의 자존심에 심각한 타격을 입혔다.

"이대로 저들에게 돌격하면 이길 가능성이 얼마나 될 것 같
은가?"

"음……."

휘안은 쉽게 대답하지 못했다.

애초에 이건 잘못된 작전이다.

시작부터 '점령자'를 너무 얕봤다.

까마귀들을 너무 무시했다.

악몽으로 불린다면 악몽으로 불리는 이유가 있는 것이다.

이유 없는 원인은 없다.

그들이 불길한 까마귀라고 불렸으면 그 정도의 무훈(武勳)을 세운 건 당연한 것인데 그걸 얕봤다.

하지만 그럼에도 승산이 있다 판단한 이유가 바로 엘리자베스 황녀와 율리아나 경.

이 일인군단 급 여자들이 두 명이나 있기에 이 작전이 허가가 난 것이다.

그러나 역부족.

이게 휘안의 생각이었다.

"이기기 힘들 겁니다."

"그렇게 생각하는 이유는?"

휘안의 대답에 황녀는 바로 되물었고, 휘안도 바로 대답했다.

단호한 목소리로.

"저들이 까마귀이기 때문입니다. 애초에 이 작전, 시작점부터 잘못됐습니다. 기습은 저들의 주력 전술입니다. 그걸 격파하려고 한 저희의 잘못입니다."

"후후, 귀관의 생각은 그렇단 말이지."

휘안의 대답에 황녀는 낮게 웃었다.

하지만 그 웃음이 얼음장 같은 게 결코 수긍하는 말투는 아니었다.

"귀관에게 묻겠다."

"네."

"제국 황녀의 자존심이, '영광의 기사(Glory knight)' 의 자존심이 얼마나 굳세고 중요한지 아는가?"

"……."

휘안은 대답하지 못했다.

절로 불경한 대답이 나갈 뻔했기 때문이다.

"대답하라. 귀관은 아는가?"

지극히 절제된 음성. 그 차가운 분노가 휘안에게 그대로 전해졌다. 하지만 할 말은 해야 했다.

아니면 다 죽으니까.

"돌격하면 황녀님과 몇몇을 제외한 나머지는 다 죽습니다. 저들은 자존심으로 맞붙을 상대가 아닙니다. 지금도 봐준 겁니다. 저희의 인사에 저들도 인사로 받은 것뿐입니다. 냉정하게 상황을 보셔야 합니다."

"후후, 하하하! 로즈기사단은 들어라!"

"네!"

휘안의 말에 황녀는 오히려 기사단에게 물었다.

그리고 하나의 목소리로 터져 나오는 대답. 군기가 제대로 든 모습이지만 휘안의 안색은 좋지 못했다.

"죽는 게 두려운가!"

"아닙니다!"

"저들이 무서운가!"

"아닙니다!"

"이대로 돌아가야 하겠는가!"

"아닙니다!"

단장이 묻고 단원이 대답한다.

이미 뜻은 하나.

'제길…….'

이걸로 결정 난 거다.

황녀의 의지는 못 막는다.

그녀의 정신 가득 찬 프라이드에 난 상처는 까마귀의 피로 씻어줘야 아물 것이다. 물론 그게 아닌데 휘안은 그럴 거라 생각했다.

"감히! 감히 저들이 나를! 그리고 너희를 우롱했다!"

스멀스멀 군기(軍氣)가, 집단의 예기(銳氣)가 피어오르기 시작했다.

"모조리! 모조리 참한다! 돌격!"

"네! 하아!"

황녀의 돌격과 함께 450여 기의 로즈기사단이 바람처럼 내달렸다.

막는 모든 것을 갈가리 찢을 날카로운 가시를 품고서.

“빌어먹을……”

“휘안, 어떡해, 이제?”

휘안의 옆으로 피 칠을 한 빅터가 다가오며 물었다.

하지만 이미 답은 정해졌다.

“가야지. 빅터, 지금부터 명령 변경이야. 나 말고 황녀님의 안전을 최우선으로 해. 우리가 살아도 황녀님이 죽으면 우린 살아 돌아가도 죽어야 돼. 내 말 알아들었지?”

“응.”

“가자!”

휘안이 달리기 시작했다.

불로 뛰어드는 불나방이 되어.

그리고 휘안은 처음으로 현재의 작전을 의심했다.

‘왜 굳이 죽으러 뛰어들지? 겨우 자존심 때문에?

죽으러 뛰어드는 황녀 엘리자베스 또한 같이.

*　　*　　*

약 1km 정도 거리에 서 있던 까마귀들이 서서히 움직이기 시작했다. 세 갈래로 찢어져 흩어지는 까마귀들.

황녀는 그중 좌측의 까마귀를 목표로 잡았다.

슈가가각!

까마귀의 공격이 시작됐다. 하지만 이번에는 로즈기사단도 만만치 않았다. 단장인 엘리자베스 황녀와 부단장인 율리아나

경을 중심으로 약 열 명의 조장이 날아오는 화살을 튕겨내기 시작했다.

이렇게 어둠이 짙은데도 조금의 당황함도 없이 손에 든 검을 휘둘러 화살을 튕겨내는 기사들. 물론 그들만으로 전부 화살을 튕겨낸 건 아니었다.

로즈기사단원 하나하나가 모두 뛰어난 기사다. 단장과 부단장만 뛰어나다고 제국 세 번째의 기사단으로 불릴 리가 없다.

일개 단원의 무력도 상당했다.

따다다다당!

날아오던 화살이 모두 떨어지고 사방으로 비산했다.

"선회!"

그리고 엘리자베스는 머리가 근육으로만 뭉친 단장이 아니었다. 쫓기는 좌측 까마귀를 구하기 위해 선회하던 중앙 까마귀로 부드럽게 말머리를 돌렸다.

좌군을 치는 척하면서 중앙 쪽과 맞부딪쳐 부숴 버리겠다는 뜻이다.

그런 엘리자베스의 용병술에 잠시 중군의 까마귀들이 주춤했다.

그리고 그 잠시의 주춤은 그대로 독을 품은 장미와 맞붙는 결과를 초래했다.

로즈기사단.

과연 로즈기사단이라는 소리가 나올 정도로 그 무력은 대단했다.

엘리자베스의 검이 뒤로 후퇴하던 중군 까마귀의 후미를 잡았다. 그리고 차가운 분노로 휩싸인 검이 어둠을 갈랐다.

서걱.

날카로운 일격.

너무나 깔끔한 그 공격은 적의 목을 단방에 날려 버렸다.

허공으로 피가 솟구치며 비산했는데도 엘리자베스는 피하지 않았다. 오히려 줄기줄기 예기를 뿌리며 추격에 열을 올렸다.

그 뜨거운 피를 그대로 맞은 엘리자베스가 노스 평원이 떠나가도록 외쳤다.

"모조리! 모조리 도륙해라!"

날듯이 달려들어 무자비한 검을 뿌리는 엘리자베스 황녀의 뒤로 450여 기의 로즈기사단이 그대로 따라붙었다.

그리고 결국은 따라잡았다.

뒤이어선 학살극이 시작되나 싶었다.

하지만 아니었다.

멍청히 뒤를 내주고 도륙당해 줄 까마귀들도 아니었다.

왜?

이들은 중군이니까.

좌, 우군이 점차 격차를 좁히며 달려들고 있었으니까.

슈아아악!

예의 그 화살 소리가 또다시 어둠을 찢으며 기사단의 후미로 날아들었다. 하지만 멍하니 당하고 있을 기사단도 아니다.

"율리아나!"

"네! 1, 3, 5대는 나를 따르라!"

척하면 착이란 말이 있다.

황녀의 외침에 율리아나는 손발 오그라드는 '나를 따르라!'
라고 외치곤 그대로 말안장에 부착된 방패를 재빨리 들어 허
리를 뒤로 젖혔다.

따다다당!

방패째 날려 버릴 힘이 담긴 화살이지만 방패에 특수한 처
리라도 한 모양인지 화살은 모두 방패에 부딪치자마자 그대로
금속음만 내며 모두 빗겨 나갔다.

'그냥 온 건 아니라는 거지.'

길버트 중장이나 프리트 소장도 멍청이가 아니었다.

최대한 준비를 하고 보냈다. 다만 휘안이 먼저 나갔기에 제
대로 듣지 못했을 뿐.

그리고 이 방패를 처음 쓰지 않은 이유는 만약 이 방패를 쓰
면 까마귀가 도발에 응하지 않을지도 몰라서였다.

화살을 무력화시키는 방패.

그렇다면 까마귀는 그냥 까마귀가 된다.

이도저도 아닌 까마귀가.

그래서 유인이 끝난 지금의 시점에서야 방패를 사용하고 있
었다. 이젠 어차피 끌어들였으니 보여줘도 상관없다 이거다.

하지만 그건 휘안에게 또 다른 짜증이 됐다.

'작전을 위해서라면 몇 명의 목숨쯤은… 상관없다는 거지?

전쟁.

전쟁이란 이름의 악마는 사람의 목숨을 얼마나 종잇장처럼 가치없게 생각하는 걸까.

질주하는 휘안의 머릿속에 불현듯 일어난 화두였지만 상황은 그런 화두를 계속해서 이어나가게 만들어주지 않았다.

상황은 급박하게 돌아가고 있었다.

황녀의 명령을 받은 율리아나가 약 200여 기의 기사단을 이끌고 속도를 조금 늦추더니 바로 선회를 시작했다.

목표는 로즈기사단의 후미를 쫓던 까마귀 좌군이다.

그걸 본 까마귀들이 바로 옆으로 회피 기동을 시도했다.

전면으로 부딪치면 까마귀들은 그냥 죽는다.

까마귀들은 근접 전투가 아닌 원거리 전투에 특화된 부대이기 때문이다.

"흥! 어딜……!"

그러나 율리아나도 만만치 않았다.

곧바로 달리던 상태에서 옆으로 쫓아 달렸다. 절대로 놓치지 않겠다는 의지가 한가득.

두드드드드!

천여 기가 넘는 기마의 말발굽 소리가 노스 평원 중앙을 사정없이 울렸다. 지축이 흔들리는 느낌.

바로 이런 느낌이다.

"빅터! 황녀님을 보좌해!"

"네! 이랴!"

휘안은 저 앞에서 달리던 빅터에게 소리치곤 그대로 좌군을 향해 달렸다. 어차피 지금 전투는 휘안이나 빅터가 하는 게 아니었다.

처음에야 유인 및 도발 때문에 휘안이 맡았지만 까마귀가 나온 이상 전투 지휘는 황녀가 전부 가져갔다.

너무나 자연스럽고 당연하게.

그래서 휘안은 좀 생각할 겨를이 생겼다.

그 예민한 감으로 좀 더 냉정하게 상황을 파악할 수 있는 여건이 만들어진 것이다.

"이상해……."

휘안은 느끼고 있었다.

이거 무언가 이상하다고.

날카로운 감각엔 끊임없이 무언가 경고가 날아들었다. 그게 육감이든 칠감이든 휘안은 그 경고를 받아들이고 있었다.

"으득! 애초에 내가 모르는 게 있어."

사실 따지고 보면 전부 이상하고 우습다.

처음엔 당연하다 생각했는데 그게 아니었다.

하나 의심이 드니 작전 전체에 의심이 들기 시작했다.

점령자 챠이는 다 알고 있었다는 듯이 행동했다. 휘안이 최초 돌격을 감행했을 때부터 너무나 쉬웠다.

아니, 마치 스펀지로 만들어진 벽을 뚫는 기분이었다.

물론 빅터의 무력은 상당했다. 솔직히 말해 빅터 정도라면 대륙 50인엔 못 들어도 그에 준하는 위치엔 설 것이다.

예를 들면 예비 초인이라든가.

그래서 그게 당연하다 생각했다.

종잇장 가르듯이 적을 베고 진입하는 게 당연하다 생각했다.

"그래도 너무 허술했어."

최초 돌격에서 격파한 군집(群集)은 딱 세 부대.

근데 이게 과연 전부일까?

중앙이다.

중앙 본진이란 말이다.

근데 이렇게 허술할까?

휘안이 본 알스테르담 중군은 지독하게 방어적이었다.

군데군데 요소마다 각 병력이 배치되어 있었고, 그건 목책 밖도 마찬가지였다. 그런데 지금 발바롯사 제국의 본진을 보니 그게 없었다.

왜?

자신있어서?

아니다.

뭐가 아니냐고?

"유인……."

턱이 덜덜 떨렸다.

휘안은 자신의 생각이 틀리기만을 바랐다. 점령자 챠이는 노리고 있었다, 자신들이 기습을 해주기를.

애초에 제국 첩보부에서 보내온 정보.

발바롯사 중앙군으로 까마귀가 들어간다.

자, 그럼 여기서 하나.

첩보부대는 알스테르담 제국만 있을까?

"초원여우……. 젠장."

맞다.

발바롯사 제국의 첩보부대 이름이 초원여우다.

애초에 점령자에게 들어간 거다.

로즈기사단이 수도기사단으로 변복하고 알스테르담 북부군으로 들어왔다는 사실을. 점령자 챠이는 그 모든 걸 초원여우에게 보고받아 알고 있었다.

"으으……."

휘안은 말을 타고 쫓아 붙는 와중인데도 덜덜 떨었다.

괜히 병법이 하늘에 닿았다는 점령자가 아니었다. 괜히 알스테르담 정벌 총사령관을 맡은 게 아니었다.

이건 지략과 지략의 싸움.

누가 더 강하냐, 어떤 패가 더 강하냐.

애초에 이런 싸움이 아니었다.

어떤 패를 어떻게 사용할 것이냐.

이게 원래 싸움이었다.

"그대로 꿰뚫는다! 돌격!"

그리고 그 순간,

펑.

아주 미약한, 정말 화살을 쏠 때 나는 아주 평범한 소리만 동반하고 무언가가 빛살 같은 속도로 날아들었다.

그건 검은색 무광택의 촉과 화살대를 사용한 화살.

하지만 그 무엇보다도 예리하고 날카로운 화살.

모든 소음을 잡아먹은 악의의 화살 한 발이 날아들었다.

퍽.

그리고 그 화살은 율리아나의 심장을 그대로 관통했다.

“어……?”

뒤에서 쫓던 휘안은 그 광경을 보며 멍청한 소리를 냈다. 그러면서 저도 모르게 말의 속도를 늦췄다.

불안감의 정체.

바로 이거, 이게 바로 그 정체였나 보다.

대륙 50인은 분명히 초인이다.

인간의 한계를, 그 끝을 돌파한 사람들.

그래서 그들은 초인(超人)이라고 불린다.

그게 무력(武力), 지략(智略), 용병술(用兵術), 정치(政治), 그 무엇이든 상관없었다. 어떤 것이든 한 분야의 끝을 넘은 사람들을 초인이라 불렀다.

하지만 초인도 사람이다.

그 말은 죽을 정도의 부상을 입으면 죽는다는 소리다.

그리고 무력으로 초인의 자리에 오른 자라 하더라도 그 격차는 존재한다. 그것도 극명할 정도로 확실하게.

로즈기사단의 돌격이 멈췄다.

이 순식간에 벌어진 사태에 순간 공황상태에 빠진 것이다.

로즈기사단에서 단장인 황녀 엘리자베스와 부단장인 율리아나 경은 언제나 존경의 대상이자 넘어야 할 산과도 같은 존재였다.

우상이자 선생님이며 라이벌이란 소리다.

하지만 그런 사람이 죽었다.

반응조차 해보지 못하고.

겨우 화살 따위에게.

겨우 활 따위에게.

"…부단장님?"

"이, 이게……."

그녀들은 지금 전쟁 중이란 사실도 잊었다. 전투 중이란 사실도 잊었다.

속도를 늦춘 후 천천히 다시 돌아 바닥에 떨어져 심장에서 피를 줄줄 흘리는 율리아나에게 다가갔다.

단발에 사망.

이미 혼은 육체에서 떠났다. 그래 보였다. 적어도 휘안의 눈과 기사단의 눈엔.

낙마해 엉망이 된 그녀의 '시체'를 보며 로즈기사단 200여 명의 여자는 모두 멍한 상태가 됐다.

그 순간 휘안의 머리가 번뜩였다.

이대로 있으면…….

"정신 차려! 모두 다시 돌아와!"

"……."

“…….”

전쟁이란 마물이다. 사람의 육신과 영혼을 잡아먹는 마물.

그 마물에 한 여자가, 초인이라 불리던 여자의 육신과 영혼을 잡아먹어 버리자 돌아온 건 전장에 내려온 침묵.

미친 짓.

그야말로 병신 짓이다.

이건 죽여달라고 떼를 쓰는 것과 다름없었다.

“정신 차리라고! 다 죽고 싶어!”

휘안이 소리쳤다.

제발 좀 정신 차리라고.

쉽게 생각해 보자.

우상이 죽었다.

절대로 죽어선 안 되는 우상이 죽었다.

그 무력이 정점에 달했다고 판단되어 사람들이 ‘초인’이라는 영광스런 호칭을 달아준 사람이 죽었다.

자신들을 가르쳐 준 스승이 죽었다.

너라면 쉽게 빠져나오겠어?

아니. 아닐 것이다. 아마…….

“죽는다고! 이 병신 같은……!”

휘안은 말을 끝맺지 못했다.

전장은 냉정하고 무자비하다.

슈가가가각!

약 1분 정도 고인에게 추모하는 시간을 준 까마귀들이 재공격 감행. 하지만 이건 도발이다.

　누가 뭐라고 해도 이 여자들은 기사다. 그것도 제국의 수많은 기사단 중 세 번째에 드는 기사단의 기사들.

　“…….”

　“…….”

　따다다다당!

　말 위에 서서 날아오는 화살을 그저 휘두르는 것만으로도 죄다 튕겨내는 여자들. 그 손에 들린 검은 현란하고 아름다운 궤적을 그리며 어둠 속에서 이빨을 들이미는 화살을 모조리 튕겨냈다.

　‘위험하다, 이건.’

　휘안은 침을 꿀꺽 삼켰다.

　그 자리서 화살을 튕겨내는 200여 명의 기사들을 보며 휘안에게 든 생각은 안 죽어서 다행이다, 이런 생각이 아닌 현재 기사들의 정신 상태가 위험하다 판단했다.

　그리고 빌어먹게도 휘안의 생각은 진짜 무슨 예언자도 아닌데 너무나 잘 맞아떨어졌다.

　“부단장님이 죽었다.”

　“…….”

　“지옥 끝까지 쫓아가더라도 원수를 죽인다. 시체는 나중에. 혹여 수습 못한다면 같이 초원에 묻힌다.”

　“…….”

　가장 맏언니인 걸까, 아니면 가장 짬 좀 되는 기사인 걸까,

그것도 아니라면 실력이 가장 뛰어난 여자인 걸까.

휘안에겐 현재 어둠이라 보이지 않지만 화살을 모조리 튕겨 내고 한차례 공백이 생기자 투구를 벗어 옆구리에 낀 갈색머리 여기사가 가슴에 검을 든 손을 올리고 바닥에 떨어져 미동도 없는 율리아나에게 기사의 예를 올렸다.

그리고 다시 집어쓴 투구.

멀리 떨어져 있는 휘안에게도 느껴질 정도의 광기와 투기가 넘실거리기 시작했다.

지독한 분노.

이성을 잃은 분노가 아닌, 이성이 전부 살아 있는 시리도록 차가운 분노.

"가자. 모조리 죽인다."

굉장히 딱딱하고 거친 말투를 내뱉은 여자가 선두에게 까마귀 쪽으로 기수를 향하게 했다. 그리고 천천히 달리기 시작했다.

온몸에 광기와 분노를 뒤집어쓴 여자들의 질주.

여자라고 우습게 보나?

쉬아아아악!

슈가가가각!

터엉!

질주가 시작되자 역시 이차 공격의 재발.

그러나 소용없었다.

특수 처리된 방패를 전면으로 내세워 돌격을 감행하는 로즈기사단에게 더 이상 '평범한' 화살 공격은 통하지 않았다.

하지만 그렇다고 방법이 없는 것은 아니다.

방패의 크기는 세로 가로 합쳐 딱 전면부만 막을 수 있는 타워실드 형. 그중 앞면의 중앙 부분이 조금씩 나오는 형상이기에 빗겨내는 것으로도 화살은 막을 수 있을 터.

그러나 어디까지 그건 사람에게만 해당된다.

말.

말은 어쩔 건데?

기동성을 최고로 살리기 위해 로즈기사단의 새하얀 말에는 마갑을 입히지 않았다.

그리고 삼차 공격은 당연히 말을 노리고 날아들었다.

눈에 보이지도 않는 화살이 말을 노리기 시작하면 그때부턴 또다시 답이 없어진다. 그러나 어느 공격이든 완벽한 건 없다.

그건 불변의 진리.

"산개……!"

순식간에 200여 기의 기마가 사방팔방으로 뛰쳐나가기 시작했다. 물론 피해는 있었다. 전면에 서서 달리던 기사단 20여 명이 낙마했다.

전에도 말했지만 거의 최고 속도로 달리는 말에서 낙마한다면? 살까, 죽을까? 산다고 해도 그게 산 것이라고 말할 수 있을까?

정답은 그럼 하나다.

90%가 죽고 10%가 산다고 해도 그건 죽은 것이다.

분노와 광기로 점철된 비산돌격(飛散突擊)이 까마귀의 좌군을 뚫었다.

그리고 딱 꿰뚫는 그 시점에 휘안은 율리아나의 시신을 내려다보고 있었다.

"…전쟁은 참혹하다더니……. 후후."

안쓰럽다?

아니다.

불쌍하다?

그것도 아니다.

그럼?

아는 사람이 죽어 슬퍼서?

그것도 아니다.

"먼저 가서 심심하겠다? 걱정 마라. 너 뒤따라가겠다는 년들이 저기 저렇게 쌓였다. 저 중에 못해도 반수 이상은 너랑 길동무를 하겠지. 그러니 먼저 요단강 건너지 말고 뱃사공한테 좀 기다려 달라 해라. 일행 올 거라고."

휘안은 말에서 내렸다.

그리고 처참해진 그녀의 육체를 바로 세워 눕히고, 얼굴은 묻은 피와 먼지를 대충 닦았다. 그래 봐야 흉측하지만.

이건 최소한의 예의다.

아니, 어쩌면 막말을 쏟아부은 것에 대한 작은 사과였다.

"그래도 최대한 살려볼게. 해줄 말이 이것밖에 없네."

마음에 담아두었던 말을 쏟아내는 게 아닌, 갑작스러운 변덕으로 생긴 행동이다. 휘안은 스스로 인지하고 있었다.

이 기습전 자체가 철혈의 벽 길버트 중장과 점령자 챠이가 거의 짜고 치는 판이라는 것을.

그리고 황녀는 까마귀를 잡아먹기 위해 스스로 희생하는 길을 원했다는 것을.

물론 이것 또한 휘안이 모르는 '정치'가 얽혀 있는 것이지만.

휘안이 여태 무사한 이유.

그게 과연 휘안이 뛰어나서일까?

운이 좋아서?

화살이 알아서 날아오다 '앗! 이 사람은 피해야지!' 이런 생각을 해서?

웃기는 소리.

개소리다.

휘안은 먹이다.

점령자 챠이의 마지막 먹이.

황녀보다도 나중에 먹힐 먹이가 바로 휘안이었다.

"웃차! 몇 명이나 살아 돌아가려나."

이미 평원 전체에서 전투가 벌어지고 있지만 휘안의 주변만 고요하다.

풀벌레 우는 소리 하나 없이.

"달빛이 참……."

맑다.

말 위에 다시 올라타 중얼거리는 휘안의 음성은 그저 씁쓸
하기만 했다.
"……."
그리고 그렇게 떠나간 휘안은 아주 작게 꿈틀거리는 율리아
나의 모습을 보지 못했다

＊　　＊　　＊

"모조리 죽여!"
피를 뒤집어쓴 황녀의 모습은 그야말로 무시무시했다.
제국의 꽃이라고 불릴 정도로 아름다운 여자가 피 칠을 한
채 겨우 쫓아 들어간 까마귀의 중군을 그대로 박살 내고 있었
다.
그리고 그 뒤를 따르는 로즈기사단.
이 여자들 또한 마찬가지였다.
기사라고 다 같은 기사가 아니다.
기사단이라고 다 같은 기사단이 아니다.
이건 당연한 거다.
누누이 말했다.
제국 삼대기사단이라고.
제국에서 가장 날카로운 관통력을 가진 기사단이라고.
까마귀에게 로즈기사단은 천적이다.
그럼 천적이 뜻하는 의미는 뭘까?

간단하게 설명하자면 먹이사슬의 상위에 존재하는 걸 천적
이라 그런다. 기습으로 인해 로즈기사단에게 피해는 줬지만
이렇게 따라잡히면 정말 곤란했다.

왜?

까마귀는 근접 전투에서는 아예 젬병이었기 때문이다.

"컥!"

"으아악!"

도망가는 까마귀들의 입에서 드디어 비명이 흐르기 시작했
다.

팔, 다리, 걸리는 모든 걸 잘라내는 엘리자베스의 검.

자존심에 상처를 입은 엘리자베스는 그야말로 야수이고 야
차였다.

아름다운 얼굴 속에 숨은 또 다른 이면.

아니, 어쩌면 이게 본성일지도 몰랐다.

흉신악살?

그 사람을 지금 엘리자베스 앞에 던져 놓으면 오금을 지리
고 도망칠지도 몰랐다.

뿜어내는 살기와 광기는 정말 상상을 초월했다.

사람들은 때때로 자존심을 우습게 안다.

그깟 자존심이야 뭐, 이렇게 생각하는 사람도 많다.

하지만 알아야 한다.

사람마다 전부 다르지만, 프라이드가 강한 사람일수록 한번
프라이드에 금이 가면 진심으로 무섭다.

왜?

프라이드 자체가 그 사람을 지탱하기 때문이다.

지탱하는 축이 무너지려고 하면 또 어떻게 될까?

아아, 이제 난 끝났어.

이러고 체념할까?

그건 패자들이나 하는 짓이고.

영광의 기사가 하는 방법은 하나다.

회복.

그 회복은 어떻게 할까?

당연히 이것도 하나다. 자존심에 금을 낸 상대를 박살 낸다. 혹은 죽인다.

바로 지금처럼.

이미 대륙에선 스피드로 가장 이름 높은 품종의 말을 전투마로 쓰는 로즈기사단이다. 순수 종과의 교배로 태어난 말의 그 속도는 그 어느 말과 비교할 바가 못 됐다.

그와 반대로 까마귀들의 말은 속도는 최고로 좋지 못했다. 기습을 주로 하고 도주도 오랫동안 해야 하는 게 까마귀들의 특성이기에 지구력이 좋은 말을 항상 타고 다녔다.

그게 지금 나타나고 있었다.

단시간의 속도는 로즈기사단의 백마가 단연 앞섰다.

콰과과곽!

슈가가가각!

어둠 속을 정확히 가르며 화살들이 날아들었지만 이미 방패를 꺼내 집어 든 로즈기사단에겐 무용지물이었다.

　"터텅!

　"타다다당!

　족히 천여 발이 날아왔지만 그 화살에 당한 인원은 거의 손에 꼽았다. 그것도 직접 당한 게 아니라 말이 당했기에 당한 것이다.

　20여 기 낙마.

　그러나 그에 아랑곳하지 않았다.

　"파고들어 난전으로 끌고 가라! 그럼 사격은 더 이상 못한다!"

　엘리자베스 황녀의 외침에 더욱 가속도를 올리는 로즈기사단.

　올린 속도 그대로 강격(强擊).

　결과는 대상이 된 자의 죽음.

　"후퇴! 본진으로 선회하라!"

　드디어 다급해졌는지 선두에서 다른 명령이 나왔다. 이건 전황(戰況:전쟁의 실제 상황)이 그들에게 불리하다는 걸 인지했고, 인정했다는 뜻이다.

　그러나 당한 게 있는 황녀고 로즈기사단이다.

　절대로 이대로 놓아줄 수 없는 의지를 표명했다.

　"끝까지 쫓는다! 지옥 끝까지라도 쫓아서 모조리 죽인다!"

　푸른 불꽃이 타오르는 느낌이 들 정도의 외침이다. 하지만 황녀의 마음에 전혀 다른 감정이 날아들었다.

마치 나비처럼, 아니면 벌처럼.

'무엇이냐, 이 기분은. 분명히 승기는 우리가 잡았건만…….'

그때였다.

황녀의 가슴 한쪽이 쿡쿡거리면서 욱신거리기 시작한 것은.

검을 다루는 기사들은 당연히 몸 컨디션에 민감하다. 그건 당연한 버릇이다.

그래서 모든 기사들은 아주 작은 신체 변화에도 민감하게 반응하고 바로바로 알아차렸다.

황녀도 마찬가지다.

오히려 정점을 찍었으니 남들보다 더욱 민감했다.

거기다가 그녀는 여자. 생물학적으로, 과학적으로 밝혀지진 않았지만 사람들은 말한다. 여자의 직감은 너무나 무섭다고.

하지만 그 순간에도 황녀의 손은 태어나 지금까지 단련해온 대로 검을 휘두르고 있었다. 한 번의 휘두름에 하나의 목숨이 떨어진다.

그리고 피를 맞는다. 짙은 피 냄새를 맡았다.

이 일련의 동작의 반복. 하지만 기계의 똑같은 반복이 아닌, 스스로의 의지로 이 동작을 반복하는 황녀.

"아악!"

"모두 본진으로! 컥……!"

기사단의 검은 무정하고, 황녀의 검은 더욱 무정했다.

무자비한 손속이 펼쳐질 때마다 하나의 목숨이 사정없이 떨어져 나갔다.

쫓고 쫓기는 추격전.

우군에서 선회 중인 까마귀들은 이러지도 저러지도 못했다.

이미 중앙이 난전으로 들어섰기에 화살을 격발했다가는 아군까지 맞을 위험이 있기 때문이다.

그리고 이걸 노리고 황녀가 그렇게 집요하게 달라붙은 것이다.

일단 따라잡기만 하면 화살 공격은 더 이상 날아오지 않을 테니까.

중앙의 400기에 가깝던 까마귀들이 결국 100기까지 줄어들었다. 한동안 이어진 난전에 벌써 300기나 줄어든 것이다.

이미 한차례 당했기 때문인지 로즈기사단은 그만큼이나 무서웠다.

이를 악물고 눈에 광기를 띤 채 사정없이 검을 날렸다.

'으음……'

그러나 그 순간에도 황녀의 가슴은 답답했다.

무언가 바늘로 콕콕 찌르는 느낌.

아니면 심장에 가시가 박힌 느낌.

결코 현재로선 알 수 없는 이상한 감각에 사로잡혔다. 하지만 그렇다 해도 이렇게 있을 수는 없었다.

지금은 작전 중.

그녀는 냉정해져야 했다.

“선회!”

발바롯사 제국의 남문 진지가 가까워지자 엘리자베스는 다시 명령을 내렸다. 이번 목표는 우군. 뒤쪽으로 빠져 중앙으로 치고 들어가는 까마귀 우군이 목표였다.

순식간에 기수를 돌린 로즈기사단이 또다시 바람처럼 내달렸다.

그렇게 달리는 와중에 엘리자베스는 율리아나가 간 쪽을 잠시 바라봤다. 물론 봐봤자 어둠밖에 보이는 건 없지만.

‘율리아나……. 잘하리라 믿겠다.’

믿긴.

그녀는 이미 차디찬 바닥에 누워 있다.

이런 사실을 절대 알 리가 없는 엘리자베스 황녀는 속으로 율리아나의 무훈을 빌었다. 하지만 그건 잠시.

지금은 전투 중이다.

“그대로 따라붙는다! 목표는 까마귀 우군 부대다!”

“네!”

선두에서 달리는 엘리자베스의 외침에 뒤에서 한목소리의 대답이 나왔다. 이미 그녀들이 입었던 갑옷은 피로 흥건했다.

바람처럼 내달리는 기마의 속도에 순식간에 격차가 좁혀졌다.

“관통하라!”

그렇게 격차가 좁혀져 다시 한 번 외침이 나왔을 때.

"크하하! 기다렸다! 기다렸어! 이 순간을 기다렸다! 이 더러운 년들아!"

슈아아앙!

순간 광소가 들리며 수풀이 움찔했다.

그리고 곧바로 천 명 정도의 적병이 나타났다.

또한 파공성을 울리며 바람처럼 질주하는 로즈기사단에게 무언가가 날아들었다.

저 광소(狂笑).

딱 생각나는 부대가 있다.

첫날 휘안이 겪었던 전투에서 중앙을 잘랐던 부대.

바로 도끼부대다.

거의 광인(狂人)에 가까운 두 명의 대장이 이끄는 살인병사들.

어둠을 가르면서 무수히 많은 손도끼가 로즈기사단에게 날아들었다.

"감히! 표적을 바꾼다! 적 보병을 관통! 본진으로 귀환한다!"

엘리자베스는 멍청하지 않았다. 저들이 나타난 순간 바로 작전을 수정했다. 저 정도의 인원이 나타난 이상 더 이상 전투는 그저 요단강을 향해 달려가는 지름길일 뿐이다.

그래서 곧바로 회군 명령을 내렸다.

이 이상은 피해만 볼 뿐이니까.

그리고 지금도 입고 있었다.

도끼의 목표가 사람이 아닌 기마인 탓이다.

피이이이이이이……!

기사들 중 하나가 무언가를 쏘아 올리자 평원 전체에 날카로운 피리 소리가 가득 울려 퍼졌다.

퇴각 신호인 것이다.

하지만 퇴각할 땐 하더라도.

“큭!”

“아아악!”

도끼에 맞고 쓰러지는 기마 때문에 허공을 날아 바닥에 낙마한 기사단이 약 50여 명. 바로 옆 전면부에 있던 인원은 거의 전부가 당했다.

물론 엘리자베스는 무사했다.

도망치는 까마귀들을 내버려 두고 엘리자베스가 이젠 200기도 채 안 남은 기사단을 이끌고 그대로 도끼병단에 달려들었다.

어차피 넓게 포진해 있어 돌아가려면 저 포진을 뚫고 나가야 했다.

그곳밖엔 돌아갈 길이 없었다.

괜히 돌아가려 했다간 선회를 마친 까마귀가 재추격해 올 수도 있었다.

그렇게 되면 고립된다.

아무리 날고 기는 로즈기사단이라도 이렇게 싸이면 이길 수 없다.

전쟁은, 전투는 숫자가 비슷해야 한다.

물론 엄청 뛰어난 지휘관과 소수지만 막강한 병력, 그리고 적은 멍청한 지휘관에 다수의 병력이라면 결과는 예측하기 힘들지도 모른다.

그러나 지금은 아니다.

거의 비슷한 전력.

거의 비슷한 파괴력.

근데 수적으로 절대 불리하다면?

당연히 방법은 하나다.

퇴각(退却).

혹은?

도주(逃走).

엘리자베스 황녀는 멍청하지 않기에 당연한 방법을 골랐다.

"크하하! 어딜! 어딜! 날려라, 날려! 이마빡에 도끼 자국을 찍어주라고! 으하하하하!"

"죽이자! 죽여! 모조리 죽여! 크하하!"

거의 이성을 잃었다는 표현이 맞을 것 같았다.

하지만 이성을 잃어서 더욱 무서웠다.

슈아아아앙!

무시무시한 소리를 내며 두 개의 손도끼가 엘리자베스 황녀에게 날아들었다.

"흥! 어딜! 어림없다!"

따당!

상체를 노리고 날아들었기에 엘리자베스 황녀는 어렵지 않게 도끼를 튕겨냈다. 그리고 그 순간이었다.

오싹한 기분이 든 것은.

찌릿찌릿.

짜릿한 감각이 전신을 뒤흔들었다.

"황녀님!"

뒤쪽에서부터 빅터가 바람처럼 내달렸다. 빅터도 무언가 느낀 것이다. 하지만 엘리자베스 황녀는 더 정확히 느끼고 있었다.

오감(五感)과 육감(六感).

그 전부를 사용해서.

핑.

악의를 진득하게 품은 한 발의 화살이 엘리자베스 황녀에게 날아들었다.

"하압!"

그녀의 검이 푸르스름한 빛을 품었고, 곧 어둠 속에 푸른 궤적을 그었다.

콰아앙……!

그러나 역부족이었을까.

"컥……!"

"황녀님!"

엘리자베스 황녀가 피를 토하며 허공을 날았다.

말에서 튕겨 나간 황녀는 공중에서 억지로 몸을 비틀었다.

분명 율리아나를 한 방에 죽일 공격이긴 했다. 하지만 율리아나보단 상위 차원의 무력을 지닌 엘리자베스를 죽이긴 역부족이었다.

그 증거로 엘리자베스는 피를 뿜을 정도로 충격을 입었지만 공중에서 어떻게든 균형을 잡으려 하고 있었다.

"그대로 달려라!"

그 와중에도 황녀는 명령을 내렸다.

돌발 상황에 빠졌어도 그대로 돌진하라는 명령. 만약 여기서 멈춘다면 그대로 전멸이라는 걸 잘 알기 때문이었다.

하지만 낙마라는 건 그렇게 가벼운 일이 아니었다.

어디 하나 다치지 않고는 넘어갈 수 없단 소리다.

꽈드득!

꽈직!

"크으!"

최대한 몸을 틀어 균형을 잡았지만 그래도 거의 쾌속(快速)이란 단어가 맞을 정도로 달리던 말에서 떨어진 충격은 컸다.

그 결정적인 예로 무언가 박살 나는 소리가 들렸다.

"황녀님! 괜찮으십니까!"

빅터가 급히 말을 멈추고는 황녀에게 다가오며 물었다.

"크으… 괜찮다……."

"하지만……."

"괜찮다 하지 않는가! 으윽!"

빅터가 그래도 재차 묻자 짜증을 확 내는 엘리자베스 황녀.

부상도 부상이지만 자신을 날려 버린 공격에 또다시 금이 갔다.

이미 한 번 깨진 자존심에.

"으음……."

자리에서 일어나려 하는 황녀지만 생각보다 그게 쉽지 않았다.

부상이 생각보다 만만치 않았다.

'쇄골, 발목, 그리고 갈비뼈인가…….'

엘리자베스는 자신의 부상을 정확히 짚어냈다. 스스로 몸을 돌보는 게 기사의 기본 요소이다 보니 황녀의 진단은 빨랐다.

하지만 그런다고 부상이 낫는 건 아니다.

"제가 일으켜 드리겠습니다."

"으윽……."

빅터의 말에 황녀는 대답하지 않았다.

다만 미약한 신음을 흘릴 뿐.

그러나 거절하지도 않았다.

현재 상황이 이러고 있을 틈이 없기 때문이다.

빅터는 얼른 황녀가 말에 오르는 걸 도왔다. 그리고 자신은 그 뒤로 탔다. 황녀의 부상이 만만치 않다는 건 순박한 빅터라 하더라도 알 수 있었다.

그랬기에 뒤에 태우는 것보다 앞에 태워 보호하는 게 낫다 생각했기 때문이다.

‘휘안······.’

빅터는 속으로 휘안을 생각했다.

자신에게 황녀의 안전을 부탁하고 어딘가로 달려간 휘안.

불현듯 걱정이 든 것이다.

빅터가 아는 휘안은 강한 사람이 아니다.

약한 사람이다.

다만 머리 회전이 기가 막히게 빠르다. 불같이 보이지만 빅터는 휘안을 잘 파악하고 있었다.

머리 회전은 좋지만 일신(一身)의 무력은 거의 제로에 가까운 사람이 휘안이다.

그래서 걱정이 됐다.

“이랴!”

하지만 그 생각도 곧 접어야 했다.

이러고 있을 틈이 없다.

이곳은 전장(戰場).

넋 놓고 있다간 죽는다.

바로 로즈기사단의 뒤를 따라 달렸다.

로즈기사단과 도끼투척병과의 거리가 급속도로 가까워졌다.

“크하하핫! 온다! 와! 도망가라! 꽁무니 빠지게 도망치라고, 이 개새끼들아! 크하하!”

“도망가! 후딱 째라고! 키하핫!”

두 명의 대장이 마치 광인처럼 웃으며 명령을 내리고는 바로 뒤로 내달리기 시작했다. 맞붙으면 죽는다는 것.

저 둘이 미쳤어도 기본적인 건 알고 있었다.

으하하하하!

천여 명이 내는 웃음소리가 노스 평원을 흔들었다. 미쳤다고 하더니 정말 그 짝이라고 생각했다.

그래서, 그래서 의심을 안 했다. 원래 저들이 저렇게 미친놈처럼 행동한다는 걸 잘 알고 있어서 의심을 안 했다.

수풀을 통과할 때였다.

"으히히히히!"

"온다! 왔어! 크히히!"

촤라라락!

순간 시꺼먼 줄이 수풀 밑에서 확 끌려올라 왔다. 그 높이는 정확히 말의 무릎을 넘어 허벅지 부근.

그냥 돌진하면 선두 기사단은 무너진다.

"하압!"

그러나 로즈기사단의 선두는 그걸 그대로 뛰어넘었다. 저것도 못 넘으면서 어떻게 기사라고 할 수 있을까..

선두의 10여 기가 뛰어넘자 그 뒤도 일제히 따라 줄을 넘기 시작했다.

"던져! 던져서 모두 죽여! 크하하!"

어느새 멈춰 선 도끼투척병들이 그대로 뒤돌아서 다시 일제히 도끼를 날리기 시작했다. 그리고 그게 끝이 아니었다.

슈가가가각!

까마귀 우군이 다시 선회해선 그 자리서 바로 일제히 사격을 시작했다. 줄을 넘느라고 생긴 잠깐의 공백에 받은 일제 사격은 절대 피하기 쉽지 않았다.

콰과곽!

"아악!"

"크윽!"

말의 체공 시간이 길다면 길고 짧다면 짧지만 그사이를 노린 투척과 사격은 그 숨통을 물어뜯기에 충분했다.

순식간에 40여 기에 가까운 기사단이 낙마했다. 그리고 바닥에 깔린 말과 기사단원 때문에 어쩔 수 없이 기마 돌격은 멈출 수밖에 없었다.

"으음……"

그 모습을 보며 엘리자베스 황녀가 침음성을 발했다. 밤이라고는 하나 이미 어둠에 시야가 적응했기에 사물의 인지가 어느 정도 가능했다.

거기다가 휘안이 중얼거렸던 것처럼 구름에 가려진 달도 나와 있기에 한층 시야 확보에 도움이 됐다.

그러나 그런 시야 사이로 엘리자베스 황녀에게 보이는 건 자신이 손수 단련시킨 제자들과 같은 기사단원의 낙마, 부상, 그리고 죽음.

이런 광경만이 눈에 보였다.

그게 엘리자베스 황녀의 가슴에 깊은 상처를 만들어내고 있었다.

침음성은 그래서 생긴 고통 때문에 나온 단말마다.

"돌아서 가겠습니다!"

빅터가 말을 돌렸다.

이대로 들이미는 건 죽자는 짓이다.

아무리 머리가 좋지 않은 빅터라도 그건 알았다.

줄과 까마귀, 그리고 전면의 도끼병들을 피해 좌측으로 길게 내달리는 빅터.

"뭐 하는 짓인가!"

"……."

하지만 황녀는 이 행동을 좋게 보지 않았다.

아니, 못했다.

저건 저들을 내버려 두고 자기만 피하자는 것과 다름없다.

쉽게 말해 비겁자의 행동인 것이다.

그러나 이건 엘리자베스 황녀의 입장이고 빅터의 입장은 달랐다. 아니, 대다수의 입장이 빅터와 같을 것이다.

누가 일부러 적진에 말을 들이밀겠는가.

그곳이 무덤이 될 자리가 분명한 곳에.

"하사! 어서 돌리지 못하겠는가! 빅터 하사!"

"죄송합니다!"

"내려다오! 나를 내려다오! 저들을 두고 갈 순 없다! 그러니 제발 나를 내려다오!"

현재 둘의 모습은 좀 에로틱하다.

왜냐고?

빅터가 강하기로 둘째가라면 서러운 황녀의 몸을 구속하고 있기 때문이다.

물론 이건 사정을 모르는 사람에게만 그렇게 보일 것이다.

실상은 다르다.

"빅터 하사! 명령이다! 나를 내려라! 어서!"

황녀의 말이 강압적으로 변했다. 빅터는 곤란에 빠졌다. 사실 빅터의 머릿속에 명령 우선권자는 휘안이다.

아주 잠깐이지만 빅터는 거의 휘안에게 매료됐다 할 정도로 푹 빠졌다. 물론 그건 위험한 애정은 아니다.

바로 자신의 재주를 알아주는 '주군'을 만난 느낌과 비슷했다. 그래서 잘 알지도 못하는 황녀보다는 휘안의 말이 우선순위가 된 것이다.

휘안이 빅터의 안전을 부탁한 이유도 빅터의 성향을 제대로 꿰차고 있었기 때문이다.

"내려라! 어서! 어서 나를 내려달란 말이다!"

"…죄송합니다."

빅터는 결국 명령에 불복종했다.

너무 뻔히 보인다.

지금 황녀를 내려주면 집중 타격을 받고 있는 로즈기사단에게 달려갈 것이다. 자존심 때문에, 동료애 때문에.

그렇게 되면 결과가 예상되지 않는가.

낙마로 세 군데의 뼈가 부러진 황녀인데.

가야 했지만 가지 못했기에 이 작전에서 가장 중요한 무언가가 '틀어' 졌다.

이히히히힝!

말의 거친 투레질이 곳곳에서 울렸다.

줄을 넘을 때 받은 일제 공격으로 로즈기사단의 돌격이 결국 멈췄다.

멈추자마자 그녀들이 택한 방법은 바로 말에서 내리는 거였다. 그녀들은 기사단이다. 기사란 검을 익힌 사람들을 기사라 부른다.

이미 돌격이 멈추게 되면 그 돌파력은 바로 100에서 0으로 떨어진다. 다시 달리려고 해도 그럴 겨를이 없다. 사방에 말들이 쓰러져 있고 지형마저 그다지 좋지 않았다.

제대로 유인책에 걸려든 것이다.

"크하하! 됐다! 됐어! 죄다 죽여 버려! 사로잡아도 좋다! 잡은 놈한텐 잡은 년을 선물로 주마! 크하하하하하!"

"으흐흐! 쫀득쫀득 그 속살 맛은 어떨까나? 필히 맛나겠지? 으히, 으히히히히!"

가장 먼저 도망치던 광인대장 둘이 어느새 최전방에 서서 달려들고 있었다. 그 광경을 보며 로즈기사단은 바로 자세를 바로잡았다.

천여 명의 도끼병이 달려들었다.

접근전이 되면 도끼병이 되고, 원거리전이 되면 도끼투척병이 되는 참 전천후 부대다. 거기다가 어중간하지도 않았다.

"단장님……."

선두에 선 여인이 저 멀리 빅터의 말에 앉혀 내달리고 있는
엘리자베스 황녀를 눈으로 좇았다.

딱 보면 도망가는 걸로 보인다.

하지만 기사단원들은 결코 서운해하지 않았다.

이미 황녀가 낙마했을 때 큰 부상을 입은 걸 알기 때문이다.
그 누구도 달리던 말에서 낙마하면 멀쩡할 수 없다.

그건 초인이라도 마찬가지다.

그랬기에 빅터가 저렇게 엘리자베스 황녀를 강제로 데리고
가는 걸 서운한 마음 없이 바라봤다. 아니, 오히려 감사했다.

외침도 들었다.

황녀가 자신을 내려달라는 그 외침을.

그랬기에 서운한 마음도 없다.

척!

처적!

검을 가슴에 대고 기사의 예(禮)를 표하는 동작은 멋지기까
지 하다.

하지만 이렇게 예를 올리는 것도 이젠 마지막.

두 번 다시 못할 거라 예를 올린 모든 기사는 직감했다.

1,000대 100.

그리고 주변엔 까마귀들까지 서성이고 있다.

누가 봐도 이제 끝난 싸움이다.

"죽여! 모두 죽여 버려! 으하하하!"

"내 거다! 내 거야! 으히히히!"

선두에 두 광인이 소리치는 게 들려왔다. 그 소리를 들으며 기사단원의 얼굴이 싸늘하게 굳었다.

"이곳이 죽을 자리군."

"그러게 말이에요. 휴우, 리나 언니. 아, 이제 언니라고 불러도 되죠? 어차피 죽을 마당인데."

"하하, 그럼. 선배고 뭐고 이젠 아무 소용 없지. 그동안 고생했다, 앤."

"호호, 언니도요. 언닌 너무 남자 같아서 조금 힘들었어요. 그거 알아요? 언니 속옷 전부 구멍 난 거?"

"그깟 게 뭐 그리 대수라고. 걸치기만 하면 되는 거지."

"아니라고요! 여자는 속옷이 가장 중요해요!"

"왜 그렇지?"

"그, 그런 게 있어요! 어쨌든 속옷 좀 바꾸세요!"

"살아난다면 생각해 보지. 후우, 단장님은 무사히 퇴각하실 것 같고, 부단장님이 걱정되는군. 아, 나도 남 걱정할 처지가 아니지. 준비들 됐나?"

어딘가 처연한 얘기들을 꺼내놓는 가장 선두의 여인 둘. 현재로선 가장 고참이면서 나이까지 가장 많은 리나와 앤이었다.

"으하하하! 여자다! 여자야! 크하하하하!"

"여자! 여자……! 으히히히히!"

가까이 도착해 투구를 벗은 로즈기사단을 알아보곤 미친 듯이 웃어젖히며 달려드는 광인대장들.

“저 오른쪽 개새끼 내 거다.”

“네. 그럼 왼쪽 씹새끼는 제 거예요.”

“하하, 그래. 그럼… 무훈을!”

“네! 로즈기사단! 돌격!”

백여 명의 로즈기사단이 앤의 외침에 총알처럼 자리를 박차고 달려나갔다. 1,000 대 100. 누가 봐도 극명한 인원 차이.

물론 이 정도는 돌파가 가능하지만…….

슈가가가각!

“커헉!”

“아악……!”

까마귀들 때문에 그것마저 불가능했다.

그렇게 최후의 일인까지 항전.

결과는…….

전쟁이 끝난 후 이 자리엔 107개의 검이 꽂힌 장미의 무덤이 생긴다.

*　　*　　*

휘안은 정신없이 말을 달렸다.

“빌어먹을…….”

느낌상 맡아지는 피 냄새로 미루어 벌써 피해가 상당히 속출한 걸로 보였다.

하지만 아무리 봐도 유리한 것 같지가 않다.

율리아나라는 걸출한 기사의 빈자리는 사실 아무나 메우기 힘들다. 엘리자베스도 그랬지만 율리아나 자체도 상당히 통솔력이 뛰어난 인물이었기 때문이다.

"뭐였지, 그건?"

어둠을 가르며 질주하는 와중에 휘안은 중얼거렸다.

대륙의 50인이라는 율리아나를 반응조차 하지 못하게 하고 죽인 단 한 발의 화살. 아무리 봐도 그건 상식적으로 이해가 불가능했다.

이곳의 지식으로, 정보로도 대륙 50인이라는 이름값은 무거웠다.

가진바 재능의 정점을 찍은 사람들이 대륙에선 초인이라고 불리고, 율리아나 E 테일 경은 그중에 검으로 초인에 오른 여자였다.

격차가 존재한다고 해도 이미 기운을 검에 싣는 게 가능해진 여자라 그 기감조차 상당히 민감할 터였다.

평범한 화살로는 그런 위력을 보일 수 없으니 화살에 기운을 실어서 쏘았다는 소리가 되는데, 휘안이 가진 정보로는 그 정도의 능력을 보일 초인은 없었다.

쉽게 말해 궁술(弓術)로 정점을 찍은 인물은 없다는 소리다.

"혹시 활이 아닌 건가."

그렇게 중얼거려 봤지만 역시나 아직은 알 수 없었다.

도대체가 알 수 없는 것투성이다.

정보력의 한계에 도달한 것이다.

“윽……!”

휘안은 고삐를 잡았던 손을 떼 눈을 감쌌다. 작전이 시작된 지 한참이 지나 진통제의 효과가 점차 끝나가고 있었다.

휘안은 급히 품에서 가죽주머니를 꺼내고 말 속도를 잠시 줄인 다음 약을 꺼내 씹어 삼켰다.

“휴우…….”

바로 약효가 도는 건 아니지만 잠시 후면 약효가 올라올 것이다. 그리고 신경을 미치도록 예민하게 하는 각성 효과도 같이.

휘안은 모르지만 이건 전쟁을 대비해 만들어진 마도공학 약품이었다. 진짜 죽은 게 아니라면 통증을 죽이고 다시 전투에 참여할 수 있게 만들려고.

잔인한 짓이지만 이건 제국의 수뇌부 중 일부만 알고 있었다.

물론 이러한 사실을 휘안은 모른다.

알 리가 없다.

“아…….”

천천히 달리다 보니 주변 전경이 눈에 들어온다.

새하얗게 빛나야 하는 백색 갑주가 이미 흙과 피로 범벅이 되어버린 모습. 팔다리가 꺾여서는 안 될 각도로 꺾여 있는 모습.

그리고 일단 생기(生氣)가 하나도 없는 모습.

이미 죽은 시체다.

로즈기사단의 시체가 벌써 곳곳에 눈에 보이고 있었다.

도대체 얼마나 빠른 추격전을 벌이는 건지 소리는 들리지만 아무리 달려도 보이지가 않았다.

두드드드드드!

소리는 들리나 형체가 안 보인다. 그리고 소리가 너무 분산되어 들렸다.

"어느 쪽이냐."

결국 휘안은 말을 멈춰 세웠다. 이렇게 달려서는 조우조차 하지 못할 것 같은 느낌이 들었기 때문이다.

이 넓은 평원에.

이렇게 거대한 전장에.

휘안 홀로 동떨어져 있었다. 참으로 아이러니한 현실이다. 무슨 도주병도 아닌데 이렇게 혼자 있다니.

거기다가 나름 작전의 중요 포인트를 맡았던 인물인데 아무도 거들떠보지 않고 있다니. 물론 이 모든 게 '점령자'의 소행이지만 휘안은 전혀 알지 못했다.

다만 현재의 이 상황이 이상하고, 진군 저지자와 점령자의 책략끼리 서로 맞붙었다고만 느끼고 있었다.

"빌어먹을……. 개자식이 대체 뭘 꾸미는 거야."

짜증난 휘안이 결국 그렇게 소리쳐 봤지만 결코 아무것도 알아낼 수가 없었다. 휘안의 감각은 예민하고 상황을 어느 정도 유추해 내는 게 가능한 머리를 지녔지만 전부를 알 지략을 가지고 있진 못했다.

“알아내야 해. 이렇게 돌아가면 분명히…… 까드득!”

혼자 중얼거리다 만 휘안의 이가 결국 소름 끼치는 소리를 내며 갈렸다. 지금 휘안의 기분은 결코 좋지 못했다.

“아주 장기판의 졸로 안다 이거지. 개자식들, 다 부숴주마. 내 깡그리 부숴주고 엉망진창으로 만들어주마.”

말은 이렇게 하지만 사실 방법은 없었다.

그저 무력해진 자신과 현재의 위치에 분통을 터뜨리면 패배자가 될 것 같아서 내뱉은 말에 불과했다.

탕……!

타다다다당……!

순간 어딘가에서 콩 볶는 소리가 들려오며 평원 전체를 울리기 시작했다. 휘안은 이 소리에 급히 주변을 둘러봤다.

그리고 번개같이 제국 알스테르담이 보유한 마도병기(魔道兵器)가 휘안의 머릿속을 스쳐 지나갔다.

“마도 라이플……!”

저 격렬한 소리는 분명 총소리다.

그것도 라이플 소총을 연사로 놓고 당기는 소리.

그리고 그건 한두 정을 쏘아대는 게 아니었다.

이 정도 소리면 거의…….

“못해도 500, 아니, 그 이상이다.”

마도 라이플 부대가 전장에 참여한 것이다. 그리고 곧바로 저 라이플 부대가 목표로 잡은 부대를 대략 감 잡을 수 있었다.

"아까 전에 느꼈던 그 광기, 전에 봤던 그 미친 부대겠지. 목표는 그 개 잡종들이야."

휘안의 감은 좀 전에 엘리자베스 황녀가 쫓아간 쪽에서 느껴지던 광기를 포착했다. 아니, 포착하기보단 온몸으로 그 광기를 느꼈다는 게 옳다.

유독 예민한 사람이 있다. 그런 사람들은 아주 작은 변화에도 민감하고 바로 알아차린다. 휘안이 그랬다.

마도 의학으로 만들어진 약을 먹고 더욱 예민해졌다.

그 광기를 못 느꼈을 리가 없다.

이미 한 번 느껴보기까지 했는데.

그리고 그렇게 소리를 질러대는데 못 들을 리가 없다.

근데 알아맞히긴 했는데 화가 난다.

그것도 천불이.

"이 개자식이… 끝까지 이렇게 나오겠다 이거지."

누구에게 가는 분노일까.

당연히 길버트 중장, 그에게 가는 분노다.

이런 패를 들고 있었으면서 일언반구 말도 없었다. 말 그대로 장기판의 졸로 자신을 썼단 소리다. 아니, 솔직히 졸은 아니었다.

말이다. 휘안의 쓰임은 말이었다.

엘리자베스 황녀와 율리아나 경은 차로 쓸 생각이었을 것이다.

그렇다면 라이플 부대는 포다.

공간을 격해서 쏘아대는 공성병기.

목숨과 목숨이 오고 가는 전장.

물론 이런 곳에서 작전은 정말로 중요하다.

누가 더 잘 짜느냐, 더 알맞게 자신의 수를 움직이느냐, 누가 더 잘 움직여 상대방의 병사를 따먹느냐.

전장에선 이게 당연히 제일 중요하다.

안다.

잘 아는데,

그래도 열 받는다.

"까드득! 길버트 이 개새끼야!"

목표가 정해진 분노가 일어나자 미친개가 살아나기 시작했다. 냉정했던 휘안은 점차 한쪽으로 빠져 버렸다. 그리고 생각했다.

도대체 얼마만큼이나 냉정해야 이런 작전을 짤 수 있는 건지. 정말 진심으로 궁금했다.

최초 방패도 그랬다.

그것만 처음부터 썼으면 까마귀들의 화살 공격에서 훨씬 많은 사람이 살아남을 수 있었다. 하지만 그러지 않았다.

유인, 도발이 안 먹힌다는 이유로.

그리고 지금, 지금에서야 나선 라이플 부대도 그렇다.

도대체 무얼 노리고 이제야 나타나서 저렇게 사격을 할까.

애당초 까마귀들을 노렸으면 될 텐데.

진심으로 궁금했고, 분노가 일었다.

따당……!

따다다당……!

진심으로 소리조차 지구에서 쓰던 라이플과 흡사했다.

번갯불에 콩 튀기는 소리가 나고, 그 뒤를 따르는 건 당연히 비명성이다. 노스 평원이 뒤집어져라 비명이 울렸다.

하지만 휘안은 분노가 이글거리는 눈으로 그곳을 바라보다 다시 시선을 겨우 거뒀다. 현재 중요한 곳은 저쪽이 아니다.

남은 200여 기가 돌진한 곳.

까마귀 좌군을 박살 내기 위해 돌진한 남은 로즈기사단을 찾는 게 먼저였다.

"빌어먹을……."

휘안은 천천히 소리를 느꼈다.

지금까지는 소리를 따라갔다면, 지금부턴 좀 다른 방식으로 움직일 생각이었다.

어떻게든 멈추고 본진으로 복귀할 생각이었다.

더 이상은 무의미하다.

물론 이건 휘안의 생각이다.

휘안은 소리를 따라, 그리고 남겨진 흔적을 따라 말을 달렸다. 그러자 점차 시신들이 많이 보이기 시작했다.

처음에는 로즈기사단의 시신이 많이 보이더니 계속 말을 몰고 나갈수록 까마귀의 시신도 많아지기 시작했다.

팔다리가 잘린 건 기본 중의 기본이었다.

"빌어먹을……."

아주 조건반사적으로 신경질이 나왔다.

대한민국에서 살다 와 대체 브라운관 빼고는 이런 영상을 어디서 구경했을까.

차라리 정신줄 안 놓고 버티는 게 용했다. 하기야 그럴 수밖에 없었다. 이건 영화도 드라마도 아닌 현실이니까.

정신줄 놓는 순간 죽어 나자빠질 수도 있는 현실이니까.

역겨워도, 구토가 나올 지경이어도 참아야 했다.

조용했다.

사위가 이젠 조용했다.

마치 전투가 끝난 것처럼.

노스 평원이라고 전부 평원이 아니다.

지형의 높낮이가 있어 절벽 같은 곳도 분명히 존재했다.

휘안이 말을 몰아 도착한 곳은 노스 평원에 몇 개 없는 막다른 골목이었다.

"용케… 이곳으로 밀어붙였군."

까마귀도 바보는 아니니까 이곳으로 안 오려고 했을 것이다. 하지만 이곳으로 왔다. 이유는 간단하다.

로즈기사단이 기를 쓰며 퇴각로를 차단한 채 산개로 밀어붙여 결국 밀어 넣기에 성공한 것이다.

접근전이 펼쳐지면 절대로 죽는다.

그게 까마귀들의 최대 약점이다.

그걸 이용해 그 갈색머리의 여기사는 200, 그걸 쪼개고 쪼개 병력을 나눈 다음 이곳으로 몰아넣었다.

“…….”

그리고 펼쳐진 광경에 휘안은 할 말을 잃었다.

300 가까이 되는 시신이 바닥에 아무렇게나 깔려 있었다.

좌군 까마귀 전멸.

모조리 섬멸하는 데 결국 성공한 것이다.

그리고 남은 로즈기사단은 겨우 10여 명.

추격전을 펼치면서 까마귀들의 화살에 접근하면서 결국 다
죽은 것이다. 악착같이 밀어붙여 결국 최후의 한 명까지 섬멸
하는 데 성공한 것이다.

“허억! 허억!”

기사단원들의 거친 숨소리가 다가가면 갈수록 더욱 선명하
게 들려왔다.

협곡에 밀어 넣고 남은 기사단원은 겨우 50여 명 정도. 그
50여 명으로 260여 명의 까마귀를 전부 도륙한 것이다.

그러는 와중에 40명 정도의 기사가 죽었고, 남은 건 10여 명
이 전부였다.

칼을 바닥에 꽂고 겨우 몸을 지탱하고 있는 자들이 태반이
었다. 궁지에 몰린 까마귀들의 마지막 반항이 거셌는지 이쪽
의 기사들도 정상적인 기사가 하나도 없었다.

“괜찮나?”

휘안이 다가가서 갈색머리 기사에게 물었다.

“헉헉! 휘, 휘안 소위인가……. 우린 괜찮다. 그저 조금 지쳤
을 뿐이다.”

"후우, 결국은 다 죽였군. 그래, 이제 속이 시원해?"

"헉헉! 하, 하하하! 당연한 말이다. 우린 우리 스승의 원수를 갚았다. 어찌 시원하지 않을 수가 있겠나. 후우, 후우⋯⋯."

휘안의 물음에 대답하면서도 갈색머리의 기사는 호흡을 진정시키고 있었다. 그리고 그 기사는 호흡이 안정되자 휘안에게 물었다.

"단장님께서 가신 곳은?"

"몰라. 나는 갈라졌을 때부터 이쪽으로 왔으니까."

"안전하셔야 할 텐데⋯⋯. 그럼 이만 가지. 부단장님의 시신을 수습하러."

"그러지."

둘은 서로에게 당연하다는 듯이 반말을 썼다.

어차피 기사나 소위나 거기서 거기다. 군부와 기사단원은 서로 계열이 다르다. 기사단은 전원 황실 소속이고, 휘안은 말 그대로 군부 소속이다.

대한민국 군대에서 타 부대의 장병에게 아저씨 하는 것과 같은 맥락이다.

"인사나 하지. 나는 로즈기사단 1번조 셀레⋯⋯."

"⋯⋯!"

퍽!

"컥⋯⋯!"

율리아나를 죽인 화살이 다시 날아들었다.

이번에는 핑 하는 소리조차 느낄 수 없었다. 순간 전신에 소름이 오싹 돋는 무언가를 느껴 경고를 했지만 이미 그조차 늦었다.

휘안이 소리친 건 화살이 막 이름을 밝히는 기사의 명치를 꿰뚫고 뒤쪽으로 쭉 날려 버리고 나서였다.

척!

차앙!

급히 기사 넷이 자세를 잡고 방패를 전면으로 세웠다. 날아오는 화살을 막겠다는 행동이다. 하지만 소용없었다.

피잉!

"크억……!"

날아온 화살은 별 소음도 내지 않고 방패까지 관통하고 방패를 든 기사를 꼬치 꿰듯 뚫어버렸다.

그리고 그걸로도 모자라 그대로 방패째 뒤로 날려 버렸다.

기를 머금은 화살의 무시무시한 관통력이었다.

피잉! 피잉!

핑! 피잉! 피잉!

한 발의 소리에 하나의 목숨이 꺾였다. 진정 인정사정없었다. 육안으로 확인조차 불가능한 속도로 날아와 방패건 뭐건 그대로 뚫어버렸다.

순식간에 일곱의 목숨이 꺼졌다.

가장 안쪽으로 움직인 휘안은 급히 바닥에 누워 있던 기사 한 명을 등 뒤로 숨긴 다음 물러났다. 허벅지에 화살이 박혀 제대로 거동조차 불가능한 기사.

왜 그랬는지 모르지만 일단 휘안은 그 여기사를 등 뒤로 돌
려 보호했다.
피잉! 피이잉!
핑……!
열 발.
끝.
남은 로즈기사단원 일인만 남기고 전멸.
그야말로 완벽한 사신이다.
정체조차 알 수 없는.

제6장
작전(作戰)의 본질(本質)

제국의 군인
Soldier of EMPIRE

"이, 이게… 대체 무슨……."

휘안은 현재의 상황이 너무나 갑작스럽게 벌어져 머리가 현
실을 따라가지 못했다. 멍하니 지켜보자니 너무나 상황이 소
름 돋았다.

머리가 상황을 쫓아가지 못하는 현실. 너무나 비현실적이
다.

그렇게 벌벌 떨고 있는데 전방이 흔들렸다.

따가닥. 따가닥.

말발굽 소리다.

그것도 한두 기가 아니었다.

"애송이, 네놈이 진군 저지자가 작업한 놈이구나."

그 목소리가 날아든 건 어둠 속에서 한 떼의 인마가 나타난 직후였다.

애송이?

작업?

뭔가 이상한 단어들이 들렸지만 휘안은 그걸 신경 쓸 겨를이 없었다. 대체 어느새 나타난 건지 넓게 포위망을 만들어놓고 천천히 다가오고 있었다.

그러나 목소리가 하도 또렷하게 들리는 바람에 휘안은 잔뜩 긴장했다.

대충 육안으로 확인이 가능한 숫자는 약 오십 정도.

창!

휘안은 반사적으로 칼을 빼 들었다.

물론 칼을 든다고 휘안이 할 수 있는 일은 거의 없다. 순수 실력으로 지금까지 살아남은 것도 아니다.

"누구냐, 니들?"

휘안은 낮게 으르렁거렸다.

경계는 당연한 거고, 휘안의 날카로운 신경조차 이들이 들어서는 걸 알아차리지 못했다. 물론 이들이 따로 어떠한 기세를 풍기지 않았기 때문이다.

휘안은 공기의 변화, 기세의 변화에 민감한 것이지 다른 전부를 알고 있는 건 아니다.

"애송이 주제에 주둥이가 거칠구나. 쯔쯔, 오래 살긴 힘들겠어."

일단 들려오는 목소리에는 한가함, 그리고 권태로움이 가득
했다. 진심으로 이곳 전장에서 들을 수 없어야 정상인 목소리
톤이었다.

"누구냐고 물었다."

"네놈이 알아서 유추해 보려무나. 진군 저지자가 직접 작업
한 놈이 그것도 모르면 쓰겠나?"

까드득!

휘안의 물음에 말 위에 앉은, 그러니까 얼굴로 봐선 약 60줄
에 들어선 할아버지 같은 인상의 중년 남자가 손을 휘휘 내저
으며 대답했다.

그리고 그건 휘안에게 짜증을 불러일으켰다.

'빌어먹을……. 결국 여기서 죽는구나.'

휘안은 상황을 정확히 파악했다.

현재 적의 병력은 대충 봐도 50기 이상. 그 50여 명의 기병
은 까마귀는 아닌 듯 보였다. 일단 복장이 달랐고 무장 중에
활이 없었다.

아마 저 중년 남자의 개인 친위대거나, 아니면 휘안이 모르
는 다른 부대인 것 같았다. 하지만 분명 좀 전에 날아든 건 화
살이었다.

그렇다면 그 무시무시한 화살을 쏘아대던 사람이 분명 저
어둠 속에 있을 것이다. 그 사람 하나만 나서도 휘안은 죽는
다.

이건 절대로 변하지 않을 진실이다.

반대로 휘안 쪽의 병력은?

등 뒤에 부상을 입은 여기사 한 명, 그리고 휘안.

겨우 둘이 전부다.

아니, 여기사는 부상을 입은 상태에 기절까지 했으니 전력에서 제외. 남은 건 휘안 혼자다.

달려들면 죽는다.

상황이 이렇게 변하니 오히려 마음이 편해진다.

그렇게 살아남으려고 발악했지만 역시 전쟁은 쉬운 게 아니었다. 다 끝난 줄 알았던 마지막에 포위당했다.

무릎 꿇고 빈다면 살 수 있을까?

휘안은 그런 생각은 버렸다. 살고 싶지만, 미친개지만 마지막 자존심은 있었다. 물론 자존심이 밥 먹여주는 건 아니지만.

남자의 무릎은 비싸다.

특히 휘안의 무릎은 더.

"쳇. 엘리자베스 황녀, 돌아가자고 했더니… 결국은 이렇게 됐구만. 아, 진짜 내 인생, 왜 이러냐."

휘안은 나직한 탄식을 뱉었다.

돌아가자고 했을 때 돌아갔으면 이런 일은 없었을 텐데. 그렇게 말을 안 듣더니 결국 이렇게 되어버렸다.

"하하, 미친개치곤 포기가 상당히 빠르군. 애송아, 정녕 여기서 포기하려느냐?"

"왜, 내가 미친개라서 네 발바닥이라도 핥을 줄 알았냐? 개새끼처럼 꼬리 살랑살랑 흔들면서?"

"그럴 줄 알았지. 삶에 대한 욕구가 높은 놈이라면. 하지만 애송이 네놈은 아닌가 보구나. 그리 쉽게 목숨을 포기하는 걸 보니."

중년 남자의 말에 휘안은 인상을 팍 썼다.

신경을 살살 긁고 있다. 물론 휘안도 알아차렸다. 참 웃기게도 이런 상황만 오면 냉정해지는 휘안이었다.

"내 목숨이야 내가 알아서 하는 거고, 네놈 정체가 뭐냐고. 죽는 마당에 그거나 좀 알고 가자."

"애송이 주제에 당돌하구나. 그래, 그러니 진군 저지자가 작업을 했겠지. 하하! 당돌한 놈을 주웠어, 진군 저지자가."

"씨발, 내가 돌이냐, 줍게? 아, 말해줄 생각 없어? 그럼 길게 끌지 말고 후딱 덤벼. 내가 싸움은 좆도 못해도 한두 놈 정도는 같이 데려갈 자신은 있거든."

허세였다.

덤벼들면 휘안은 5분도 버티기 힘들 것이라.

휘안의 말에 중년 남자가 피식 웃었다. 그리곤 손을 척 드니 앞의 전열이 아닌 그 뒤쪽, 그러니까 휘안의 시야 밖에서 무언가가 날아들었다.

슈아아아악!

"씨발……."

화살이었다.

이들이 전부인 줄 알았는데 그도 아닌 것 같았다. 어둠을 뚫고 날아온 약 20여 발의 화살이 휘안 주변으로 사정없이 꽂혔다.

아마도 남은 까마귀들이 있는 것 같았다. 만약 이 스무 발의 화살을 한 명이 쏘아 보냈다면 진심으로 그 사람은 인간을 뛰어넘은 초인일 것이다.

"건방진 애송아, 내가 좋은 마음먹고 있을 때 잘해라. 사람을 자극하는 건 그 사람을 봐가면서 하는 법이다. 밑도 끝도 없이 자극하는 게 아니야."

"하아, 이젠 적에게 훈계(訓戒)까지 듣고, 미치겠구만. 그래, 원하는 게 뭐야? 죽일 거였으면 벌써 죽였을 테고……. 근데 살려뒀으니 내게 원하는 게 있다는 소리겠지?"

"원하는 거라니, 내가 애송이 네놈에게 원할 게 뭐가 있을까. 그저 지나가는 돌만도 못한 놈에게 말이야."

그 말에 휘안의 자존심이 쩍 하는 소리를 내며 금이 가버렸다. 하지만 반박할 수 없는 게 현재 너무도 불리했다.

딱 봐도 저 남자는 높은 위치에 있다.

하는 행동 하나하나에 여유와 위엄이 보였다. 저렇게 건방진 말을 하는데도 그게 하나도 건방져 보이지 않았다.

적인 휘안에게조차.

"씨발, 그럼 왜 살려둔 건데? 그냥 덤벼, 개새끼야!"

"그저 궁금했을 뿐이다. 진군 저지자가 작업한 놈이 어떤 놈인지 말이다. 이 나이 되어서도 호기심은 버리지 못하겠더군. 하하하!"

여유롭게 말하고 여유롭게 웃는다.

아주 작정하고 휘안의 속을 박박 긁고 있다.

속으로 화가 올라오고 있지만 휘안은 그래도 할 말은 했다.

"작업? 무슨 작업을 말하는 거지? 길버트 중장이 직접 작업을 했다니? 아, 이 정도는 말해줄 수 있겠지?"

휘안의 물음에 남자가 피식 웃었다.

그리곤 입가에 묘한 미소를 짓고는 천천히 휘안에게 말했다.

"좋아, 말해주지. 애송아, 전쟁터에서 사람 몇 죽인다고 미친개라는 별명이 붙을 것 같으냐?"

"뭐?"

남자의 말에 휘안은 인상을 와락 썼다.

무언가 이거 쉽게 지나쳐서는 안 되는 말을 하는 것 같았다.

"아둔한 놈. 잘 들어라. 이곳은 전쟁터다. 몇만의, 많게는 몇십만이 붙는 전쟁터란 말이다. 그런 전장에서 네놈 목숨은 그저 몇만 중의 하나, 몇십만 중의 하나다. 반대로 네놈이 죽인 병사도 그 몇만 중의 하나둘이고. 근데 겨우 몇 놈 해치웠다고 네놈을 두려워하겠느냔 말이다."

"……."

휘안은 남자의 말에 대답하지 못했다. 너무나 정확한, 그리고 완벽한 정설(定說)이기 때문이다.

맞다.

전장에서 사람 몇 죽인다고 미친개로 불린다는 게 사실상 불가능하다. 어차피 다른 병사들도 똑같이, 아니면 더 많이 죽이기 때문이다.

근데 휘안은 그렇게 불렸다.

휘안이 발광을 해서?

물론 그것도 가능하긴 하다. 하지만, 하지만 말이다.

그래 봤자 겨우 아주 적은 소수다.

"그런데도 네놈은 미친개라고 불리며 우리 제국군의 두려운 존재로 서서히 자리 잡아갔다. 그것도 너무나 단시간에. 이건 상식적으로 불가능하다. 네놈이 우리 흑오(黑烏)부대도 아닌데 그런 공포의 대상으로 설 이유가 전혀 없다는 말이다. 그럼 왜일까? 네놈이 그렇게 자리 잡은 이유."

"…씨발."

휘안은 어느 정도 눈치챘다.

작업.

길버트 중장의 작업.

머리가 나쁘지 않다면 이 정도로도 알아들어야 한다. 그리고 휘안은 알아듣고 있었다.

길버트 중장이 모략을 부린 것이다. 유언비어를 퍼뜨려서. 사람이 많은 만큼 소문은 금방 퍼져 나간다. 대충 20, 30명에게만 뿌리면 그 소문은 금방 입에서 입을 타고 순식간에 퍼질 것이다.

설마 발바롯사 제국군에 알스테르담에서 보낸 첩자가 없을 거라는 순진한 생각은 버려야 한다.

길버트 중장은 전투가 끝난 직후 전투 보고서를 본 다음 바로 첩자를 풀었다.

"아마 길버트 중장이 노렸겠지. 후후. 애송아, 너는 오늘 전투가 왜 벌어졌는지 아느냐? 싸우면서 이상한 건 없어 보이더냐?"

"제대로 놀아났구나. 네놈에게, 그리고 길버트 중장에게. 하, 하하하! 하하하하하! 이런 개새끼들이……!"

남자의 말에 휘안은 대답하지 않았다. 다만 억누르던 화를 확 폭발시켰다. 짜증나도 이렇게 짜증나는 새끼가 있나.

애초에 미친개를 만든 사람 자체가 길버트 중장이었다. 왜 그랬는지 이유는 모르지만 아주 조금 전과가 있는 휘안을 미친개로 만들어 작전에 투입시켰다.

"이제야 그림이 좀 보이느냐?"

"그래! 씨발! 너무 잘 보인다! 너 이 개새끼! 애들한테 명령 내렸지? 나는 죽이지 말라고?"

"그렇다. 감히 내 작전에 끼어든 놈을 보고 싶었기 때문이지. 아, 물론 이것도 아주 개인적인 호기심이다. 네까짓 것, 마음만 먹으면 언제든 죽일 수 있다."

"그래, 쌍! 고맙다, 새끼야!"

휘안도 느끼고 있었다.

최초의 공격. 솔직히 돌파할 때 잠깐과 도발하고 도망칠 때 처음 이후 휘안이 받은 공격은 전무했다.

만약 까마귀들이 진짜 집요하게 노렸다면 휘안은 벌써 화살

꼬치가 되어 이 노스 평원 어딘가에 처박혀 있어야 한다.

그렇게 짐승 밥으로 변했어야 했다.

하지만 그렇게 되지 않았다.

그리고 휘안은 이 눈앞의 사내가 누군지 슬슬 짐작이 갔다.

하지만 그런 건 아무래도 상관없었다.

현재 아주 제대로 물먹은 자신이 중요할 뿐이었다.

"좋아. 뒈지더라도 아주 다 물어보고 뒈지련다. 이 작전, 애초부터 전부 짠 거지?"

휘안은 자리에 털썩 주저앉았다. 그러면서도 등 뒤의 여기사를 의식해 최대한 노출이 안 되게 했다.

이미 기절한 상태이니 여기사 스스로 자신을 지킬 방법은 아예 없었다.

여자를 보호하는 본능. 웃기게도 대한민국에서 자라서 여자는 보호해야 한다는 현대식의 암적인 강박관념 때문에 나온 행동이다.

'제길…… . 이딴 사상은 없어져야 돼.'

속으로 잠깐 중얼거린 휘안은 다시 남자를 응시했다.

"그래, 제대로 짚었구나. 맞다. 이건 서로 합의하에 벌인 작전이다. 물론 암묵적인 합의지. 나나 진군 저지자 정도쯤 되면 들어오는 정보로 웬만한 그림은 전부 그려지게 마련이지."

"지랄하네. 아주 멋지세요. 칭찬해 달라는 거냐?"

"내가 너 같은 애송이에게 칭찬받아 뭐 할까. 너는 궁금해 하고 있다. 그래서 나는 풀어주고 있다. 받는 건 너다, 애송이."

휘안의 말에 남자는 진짜 어이없다는 표정을 짓더니 피식 웃었다. 그야말로 비웃음의 정석이었다.

하지만 휘안은 그 비웃음은 신경 껐다.

"그래, 대가는 서로 뭘 받는 거지? 이쪽은 받는 게 없는데? 반대로 네놈들은 대륙 50인 중 한 명의 목숨과 500 기사의 목숨을 가져갔어. 그건 곧 군의 사기 상승을 가져갔다는 게 되겠지. 서로 짠 거라면 왜 이쪽엔 이득이 없지?"

"있다."

휘안의 말에 남자는 바로 대답했다.

그리고 그 말은 휘안의 인상을 또 찡그려지게 만들었다.

있다고 하긴 하는데 휘안이 보기엔 없다.

그러나 의문은 곧 남자의 다음 말로 풀렸다.

"있긴 개뿔이……."

"너희 군이 아닌 황궁(皇宮)에 있는 인물에게."

"…뭐?"

남자의 말에 휘안의 인상이 기괴하게 일그러졌다.

이건 또 무슨 개소린가.

휘안의 얼굴이 일그러지자 남자가 다시금 말을 이었다.

"우리가 받은 건 초인 하나의 목숨, 그리고 제국 삼대기사단 전원의 목숨이다. 아니, 원래는 황녀의 목숨까지 가져가야 했지. 하지만 놓쳤다.”

“…….”

휘안은 일단 안도했다.

황녀가 죽으면 휘안 본인에게도 안 좋았다. 하지만 이건 휘안의 생각이 정확한 게 아니었다.

엘리자베스 황녀를 구함으로써 휘안 본인에겐 더욱 먹구름이 드리워질 것이다.

물론 휘안은 아직 이러한 사실을 몰랐다.

“그 거구의 기사, 내가 쳐놓은 포위를 그대로 뚫고 달리더군. 가로막는 건 전부 부수고 베어버리면서 말이야. 사실 이 작전에서 내가 신경 쓰지 못했던 유일한 자였다.”

“…….”

이번에도 휘안은 대답하지 못했다.

다만 살아 돌아갔을 빅터는 정말 다행이라고 생각했다. 따지고 보면 자신의 생존을 위해 괜히 애먼 사람을 진실로 위험한 곳에 끌어들였으니까.

“원래 황녀는 죽었어야 했다. 이곳은 황녀의 무덤이었고, 황녀도 알고 들어왔다. 스스로 생을 다할 장소가 이곳이란 걸 알고도 왔다는 소리다.”

“그건 또 무슨 개소리야?”

“이 작전이 어떻게 돌아갈지 전부 알면서도 왔다는 소리다. 그녀 자신이 버리는 카드가 되는 걸 스스로 선택했다는 말이다.”

“…….”

빌어먹을!

제기랄!

속으로 별별 욕이 끓어올랐다.

도망쳐 나와 율리아나와 조우했을 당시, 자존심에 금이 갔다며 재차 돌격하던 황녀의 모습이 떠올랐다.

“그 쌍년이… 끝까지…….”

“황녀에게 일개 군관이 쌍년이라……. 하하!”

이번만큼은 남자도 조금 유쾌했는지 진실로 재미있다는 웃음을 흘렸다. 하지만 휘안은 유쾌하지 못했다.

간단하다.

죽을 줄 알면서도, 아니, 정확하게 말하면 죽으러 뛰어들었다는 소리다. 그런데 휘안은 그것도 모르고 황녀만큼은 보호하라고 빅터에게 명령을 내렸다.

그리고 황녀만 살았다.

로즈기사단 율리아나 부단장을 포함해 500명이 전부 이 노스 평원에서 시체가 되어 차가운 밤이슬을 맞고 있는데 저 혼자 살아남았다는 것이다.

그게 휘안을 열 받게 했다.

그것도 극도로.

“뒈지려면 저 혼자 뒈질 것이지 왜 죄 없는 다른 사람까지 끌어들여!”

온몸을 잠식하는 분노.

애초에 제국에, 황실에, 군부에 충성심이 제로인 휘안이다
보니 그 입에서 나오는 말은 단 하나의 필터도 거치지 않고 직
설적으로 쏟아졌다.

"사람 목숨이 장난이야? 아아악! 씨발! 대체 어떻게 돼먹은
세상이야!"

소름이 돋을 정도다.

대체 무슨 거래가 오갔기에 사람 목숨 오백을 십 원짜리 버
리듯이 버릴 수 있는지 휘안의 마인드로는 도저히 이해가 불
가능했다.

한계 이상 뻗친 열.

"진정해라, 애송아. 아직 내 말 안 끝……."

"닥쳐! 씨발! 개새끼야! 너도 똑같아! 너도 작당한 놈이잖
아!"

"애송아, 그 아가리 다물어라. 죽고 싶지 않으면."

남자의 말을 휘안이 끊어버리고 욕을 했더니 바로 남자에게
서 반응이 왔다. 하지만 그런다고 쫄 휘안도 아니었다.

"죽여? 죽인다고? 왜 살려뒀는데? 어차피 네놈 새끼 호기심
만 채우면 나도 죽일 거잖아! 아냐? 니들은 사람 목숨 가지고
장난치는 놈들이잖아! 안 그래? 근데 뭘 자비로운 척이야, 씨
발 놈아!"

"이곳은 전장이다."

남자의 말은 많은 의미를 함축하고 있었다.

하지만 그 말은 들은 휘안은 콧방귀만 뀌었다.

"지랄하네. 여기 전장인 거 누가 몰라? 왜, 전장이니까 당연하다고 말하려고 했냐? 야, 이 더러운 새끼야! 전장이란 한마디면 다 용서가 되냐? 그 말 하나면 다 해결돼? 헛소리하지 마라! 응?"

"……."

이번 말에는 남자가 대답하지 못했다.

사실 휘안의 이런 생각은 당연하다.

21세기 지구는 목숨을 소중히 여기고 존엄하게 여긴다. 특히나 대한민국은 어느 부분에서는 그게 좀 정도가 심했다.

인권이니 뭐니 하면서.

그런 대한민국에서 태어나고 살아온 휘안에게 이곳의 사상은, 이곳의 이념은, 이곳의 방법은 전혀 이해가 가질 않았다.

"그래, 다 좋다. 다 좋다 이거야. 책략? 모략? 다 이해해. 살기 위해선, 이기기 위해선 뭐든지 하는 게 전쟁이겠지. 그거 뭐라 할 생각은 없어. 그런데 스스로 자기합리화는 시키지 마. 어떻게 말해도 니들은 사람 목숨 가지고 병정놀이나 하는 쓰레기 같은 새끼들이야. 알아?"

"……."

"알아들었냐고, 이 씨발, 개좆같은 새끼야!"

휘안의 분노가 평원을 쩌렁쩌렁하게 울렸다.

"하아, 하아……."

순간 너무 열을 냈는지 휘안은 머리가 핑그르르 도는 걸 느

껐다. 더욱이 눈에서도 통증이 오기 시작했다.

악을 썼더니 상처가 터지고, 결국 다시 피까지 흘렀다.

하지만 휘안은 신경도 쓰지 않았다.

어차피 왼쪽 눈깔은 치료 불가다.

외눈깔로 살아야 할 운명인 것이다.

이놈에 거지같은 세상은 소설책과는 다르게 마법도, 신관도 없기에 고칠 방법은 다치던 그때부터 아예 없었다.

"신선한 생각이군. 그래, 이제 좀 진정이 됐나?"

"진정은 개뿔, 더 짜증난다. 대체 왜 안 죽이고 이러냐? 진짜 그냥 호기심 때문이냐? 아니면 한순간의 변덕?"

"쯧, 그걸 내가 말할 필요가 있나? 너 같은 애송이한테? 중요한 건 그게 아니지. 내가 네 목줄을 잡고 있다는 것. 생살여탈권을 쥔 사람에게 너무 건방지군."

남자의 말에 휘안은 피식 웃었다.

"개소리하네. 생살여탈권? 그게 뭐 어쨌는데? 길버트 그 새끼가 날 미친개로 만들었지만 난 원래 미친개였어. 뒈지는 걸 무서워할 것 같아? 애초에 사람 잘못 골랐다. 솔직히 말해보시지? 당신도 나한테 원하는 거 있잖아. 아니면 높은 위치에 계신 분께서 예까지 올 리가 있나. 안 그래?"

"호오……."

"안 죽이고 이런저런 사실을 말해주는 것도 그래. 내가 맞혀 봐? 내가 돌아가서 한바탕 휘저어주길 원하지? 이 개 같은 새끼들아, 내 목숨이 장난이야? '다 죽어버려!' 하면서. 그렇지?

내 말이 틀려?”

휘안의 말에 남자도 재미있다는 표정을 지었다.

“머리가 잘 돌아가는군. 아예 애송이는 아니었다는 거지? 하긴, 진군 저지자가 직접 작업한 놈이니 평범한 놈은 아니겠지. 그래, 한번 정답을 말해보겠나?”

“정답이고 자시고, 그걸 내가 왜 말해야 돼? 아까부터 자꾸 우월한 척, 잘난 척하면서 사람 무시하는데, 나 그렇게 쉬운 놈 아니다. 그리고 돌아간다고 해서 내가 산목숨일 것 같아? 작전은 실패. 나갔던 오백여 명의 기사단은 전멸. 거기다가 초인까지 하나 죽었지. 근데 웃기는 게 뭔 줄 알아? 이번 작전의 대장이 나야. 왜 내가 대장을 해야 했는지, 지금 상황을 보니 딱 그림이 그려지지 않아? 그런데도 내게 원하는 게 있나?”

이제야 제대로 된 대화의 판이 만들어졌다.

휘안의 말처럼 이번 작전의 대장은 휘안이었다. 그게 분명 겉으로만 보이는 것이지만 책임은 져야 한다.

대장이 작전에 나가 부하를 전부 잃고 복귀했다.

휘안이 군법은 잘 몰라 확실치는 않지만 ‘수고했네’ 하면서 어깨 두드리는 정도로 끝나진 않을 것이다.

이번 ‘까마귀 몰이’ 작전의 대장은 엘리자베스 황녀가 아닌 휘안 본인이니까.

“큭, 진군 저지자가 작정을 했구만. 좋아, 좋아. 그럼 다른 얘기를 해보지. 너는 내게 쓸모가 있어야 한다. 그래야 네 목숨이 붙어 있을 테니까. 자, 내가 널 살려야 하는 이유는?"

"없어. 해주고 싶지도 하고 싶지도 않아. 내가 호구로 보여? 왜 이 새끼나 저 새끼나 날 이용 못해 안달이야! 그리고 너, 병신이냐? 여기서 하는 구두 약속. 그걸 믿을 수 있겠어? 너 돈 거 아냐? 대가리 안 돌아가?"

"그래서 날 설득하라는 거다. 난 지금도 고민이다. 널 죽여야 할지 말아야 할지. 널 죽여야 좋을까, 아니면 살려놓아야 나에게 이득이 될까 그걸 고민 중이다. 어디 한번 발악해 봐라."

애초에 서로의 생각이 너무 달랐다.

그리고 입장 차이도 달랐다.

"하나 궁금한 게 생겼어. 대체 여기까지 왜 나왔지? 고작 날 만나러 왔나?"

"그래. 너 하나 만나러 나왔지. 황녀는 죽어야 했다. 그런데 너란 놈이 튀어나온 거야. 그리고 진군 저지자가 작업한 놈이라는 걸 알고 조금 흥미가 생겼다. 그래서 널 살려둔 거다."

"좋아, 그럼 하나만 더. 엘리자베스 황녀가 여기 온 이유, 황궁에 사는 어떤 시발 놈과의 밀약(密約) 때문인가?"

"맞다. 누구인지 말해줄 수 없겠지. 얘길 들어보니 어느 정도 생각은 선 것 같군. 나야 네놈이 해도 그만, 안 해도 그만이다. 자, 이제 내가 원하는 얘길 해봐라."

휘안은 피가 뚝뚝 흐르는 얼굴을 들어 남자를 노려봤다.

빌어먹을.

제기랄.

속으로 오만가지 욕설이 마구 나타났다 사라졌다. 하려면 할 수도 있다. 하지만 웃긴 게, 그렇게 지랄 발광을 떨어놓고 잘하면 살려준다고 하니까 마음이 혹했다. 참으로 치졸할 정도로 정조 없는 마음이다.

하지만 이게 사람 마음, 사람의 욕구다.

그리고 그중 가장 큰 비중을 차지하는 생존 욕구가 바로 현재 휘안을 지배하고 있었다.

그러나 당당하게, 전혀 비굴하지 않게.

그게 휘안의 마지막 자존심이었다.

"좋아, 그 개새끼, 내가 죽여줄게. 내가 아예 뒤집어주지. 씨발, 사람 목숨 개같이 아는 새끼는 개새끼처럼 처맞고, 뒈져 봐야 정신 차리지."

휘안은 낮게, 그리고 음울하게 중얼거렸다.

그리고 이건 휘안의 본심이었다. 사실 이 작전에 끌려온 거, 황궁에 사는 어느 개새끼 때문이다.

그 개새끼가 이런 약속만 안 했어도 진군 저지자가 휘안을 작업할 이유도 없었고, 휘안이 또 이렇게 살 확률이 거의 제로에 가까운 작전에 투입될 일도 없었을 것이다.

"좋아, 만족스러운 대답이군. 하하하! 얼마나 잘하는지 지켜보겠다."

"됐냐? 그럼 꺼져, 개자식아! 집에 가게."

"알아서 가라. 하지만 그 뒤의 기사는 놓고 가라. 우린 정확히 로즈기사단 500명의 목숨이 필요하니까.”

의외의 발언이었다.

그리고 그건 휘안을 동요하게 만들었다.

“왜 그러지? 살려주는 건 너 하나다. 그 기사까지 살려주겠다고 하진 않았다. 그리고 난 적을 놔줄 만큼 그렇게 자비로운 사람도 아니다.”

“지랄하네. 내 부하야. 닥치고 그냥 가.”

“장난하나? 갑옷의 장미 문양을 봤거늘…….”

“내가 지금 거뒀다고! 내 부하야!”

휘안은 악을 썼다.

말도 안 되는 말이지만 휘안은 그래도 우겼다.

기절한 여자 하나 지키지 못하는 사람이 되고 싶은 생각은 없었다. 물론 이 여자가 상태만 멀쩡하다면 휘안 따윈 그냥 손 하나로도 제압할 실력을 가진 기사였지만 그래도 생물학적으론 보호받아 마땅한 여자다.

아무리 신분이 기사라도 휘안에게 그건 변함이 없었다.

그러기 위해 지금까지 등 뒤로 보호하고 있었던 것이다.

한 명, 이 한 명이라도 살리려고.

결론적으로 여자는 살렸다.

다만 여자를 살린 대가가 좀 컸다.

“치사한 새끼…….”

휘안은 피가 뚝뚝 떨어지는 옆구리를 부여잡으며 욕지거리를 내뱉었다.

남자는 그냥 가지 않았다.

절대로 비키지 않겠다는 휘안을 묵묵히 보더니 손을 들어 한곳을 가리켰다. 위치는 휘안의 육체, 그중 옆구리다.

그리고 예의 그 핑 소리와 함께 화살 한 발이 날아들어 휘안의 옆구리에 깊이 꽂혔다.

"저 기사의 목숨을 지불했다고 생각하도록."

그 말을 끝으로 남자는 말머리를 돌려 다시 어둠 속으로 사라졌다.

남자가 사라지자 휘안은 전신의 긴장이 확 풀리는 걸 느꼈다. 그리고 긴장이 풀리자 찾아오는 건?

"으윽!"

끔찍한 고통이다.

어찌나 깊게 파고들었는지 촉은 이미 살 속으로 파고들어 갔고, 보이는 건 깃과 화살대뿐이다.

손으로 조심스럽게 화살대를 잡자마자 치밀어 오르는 끔찍한 통증.

"진짜 난 왜 이 모양이냐."

절로 입에서 쓴소리가 나왔다.

이곳으로 떨어지자마자 왼쪽 눈을 잃었는데, 이젠 몸뚱이에 구멍까지 생겼다.

짜증이 안 나려야 안 날 수가 없다.

"아으으으……!"

절로 턱이 덜덜 떨렸다.

죽음에서 벗어났다는 긴장감에서 빠져나오기도 전에 이젠 이 한 발의 화살 때문에 다시 저승 문턱으로 가는 티켓을 발부받은 느낌이다.

이래저래 정말 되는 게 하나도 없다고 생각했다.

탁.

그때 휘안의 손을 누군가가 잡았다. 고개를 돌려보니 여태 휘안이 보호한 기절했던 여기사다.

그 여기사가 이제야 정신을 차리고 휘안을 보고 있었다.

휘안이 바라보자 바로 고개를 절레절레 젓는 여기사.

"뽑지 마. 출혈이 심해지면 위험해."

"말은 할 줄 아네? 난 암 말도 안 하기에 벙어린 줄 알았지. 큭큭."

휘안은 쓸데없는 농담을 던졌다. 여기사가 기절해 있던 걸 뻔히 알고 있었으면서.

그러나 반응은 오지 않았다.

조심스럽게 휘안의 상처를 살펴보는 여기사. 잠시 살펴보던 기사가 휘안을 올려다보며 다시 말했다.

"괜찮아. 위험한 부위는 아냐."

"괜찮기는, 뒤지게 아픈데 이게 괜찮아 보이냐?"

"……."

휘안은 여자의 말에 바로 반박했다.

아닌 게 아니라 진짜 아팠다. 언제 휘안이 이런 상처를 입어봤을까. 솔직히 말해 칼로 살짝만 베여도 아프던 곳이 대한민국이다.

고통에 익숙하지 않았기 때문이다.

휘안도 그랬다. 군대에서 험하게 구르긴 했지만 이런 상처를 입어봤을 리가 없다. 그러니 당연히 아팠다.

"젠장! 하필 이럴 때는 약도 없냐."

휘안은 품에서 가죽주머니를 꺼내 탈탈 털어보다가 또 짜증을 냈다. 진짜 되는 일이 하나도 없다.

눈에 입은 통증도 죽여주는 약이니 당연히 효과가 있을 거라 생각하고 약을 찾았지만 없었다.

"하아, 진짜… 되는 게 하나도 없다."

휘안은 옆구리에 화살을 박은 채 자리에서 일어났다. 사실 여기서 이러고 있을 시간이 없었다.

가야 한다.

가야지 산다.

가서 제대로 된 치료를 받아야 살 수 있을 것이다.

이런 생각이 휘안의 머릿속을 지배했다.

"일어나. 부축해 줄게. 씨발, 돌아가긴 해야지."

휘안이 옆구리를 부여잡고 다른 한 손을 내밀자 여기사는 그걸 거절하지 않고 잡고 일어났다. 하지만 여기사도 부상자다.

허벅지를 꿰뚫린.

"큭! 가기 전에 쇼크사해도 전혀 이상하지 않겠네."

그래도 주둥이는 살아가지고 할 말은 다 하는 휘안이었다.

하긴, 이러니 미친개란 소리를 듣는 걸지도 모른다.

"가자……."

"……."

휘안은 이를 악물고 아직 어둠 속에 가려 보이지도 않는 알스테르담 제국 진지 쪽으로 발걸음을 옮겼다.

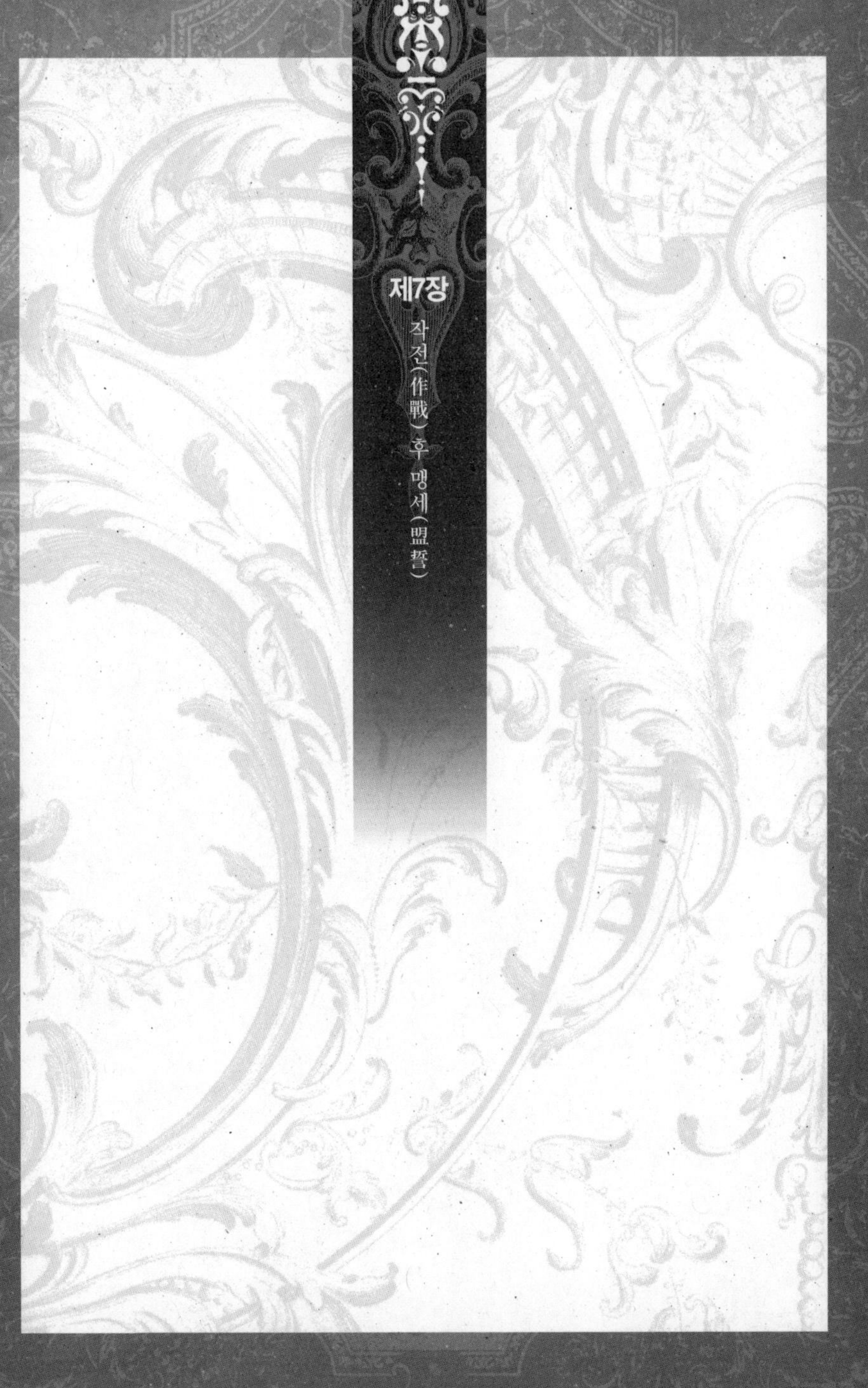

제7장
작전(作戰) 후 맹세(盟誓)

제국의 군인
Soldier of EMPIRE

　진지에 겨우 도착한 휘안이 가장 먼저 향한 곳은 역시 의무
대였다. 새벽부터 자는 의무장교와 간호사를 깨워 부랴부랴
상처 치료를 받기 시작한 휘안.

　다행히 여기사의 말처럼 위험한 곳에 박히지는 않았는지 정
말로 살 속에만 박혔다. 근육도 피했고, 장기는 전부 피해 박혔
다.

　거기다가 촉이 일반적인 촉이 아닌, 송곳 같은 모양을 유지
한 촉이라 어딘가에 걸리지도 않았다.

　물론 그걸 뽑았을 때 휘안은 정말 눈을 까뒤집고 기절할 뻔
했다. 농담이 아니라 그 정도의 고통을 느낀 것이다.

　눈도 다친 놈이 겨우 이 정도 상처에 엄살이냐고 할 수도 있

겠지만 베이건 뚫리건 아프긴 매한가지다.

"휘안! 휘안! 괜찮아?"

"괜찮아 보이냐?"

휘안이 도착했다는 소식을 들은 빅터가 의무대 막사를 찢어질 듯 젖히고 들어섰다. 그리고 예의 그 순박한 얼굴로 휘안에게 몸 상태를 물었다.

하지만 휘안은 이미 탈진한 표정으로 빅터의 말에 신경질적으로 대답했다.

"상처가 깊진 않네요. 다행히 장기는 전부 피해 갔는지 며칠 요양하면 움직일 수 있을 거예요."

복부 쪽에 붕대를 다 감은 간호장교가 휘안에게 말했다. 하지만 휘안은 그 말에 대답할 겨를이 없었다.

이미 피도 많이 흘렸고 끔찍한 통증과 싸우느라 아예 기절 직전까지 정신이 몰렸기 때문이다.

"저번에 눈 다쳤을 때 먹었던 약이에요. 통증은 확실하게 잡아주니까 아프면 알아서 먹고요. 그만 가보세요. 그리고 그만 좀 오세요. 올 때마다 이렇게 다쳐 오면 어떡해요!"

"쌍! 누군 다치고 싶어 다칩니까?"

"조심 좀 하라고요!"

"아아, 귀 안 먹었어요. 그러니 조용히 좀 합시다."

새벽이라 그런지 조금 신경질적인 간호장교의 말에 휘안은 귀찮다는 듯이 대답하곤 천천히 자리에서 일어났다. 그리곤 한쪽의 다른 간호장교에게 치료를 받고 있는 여기사를 한번 힐끔 바라본 후 천천히 걸음을 옮겼다.

막사를 나온 휘안이 빅터에게 물었다.

"황녀님은?"

"많이 다치셨어. 생명에는 지장이 없지만… 한동안 꼼짝도 못하실 거래."

"킥! 씨발, 살긴 살았구만."

휘안은 빅터의 말에 짜증 가득한 음색으로 거친 언사를 쏟아냈다. 그런 휘안을 잠시 보던 빅터가 다시금 입을 열었다.

"맞다. 지금 전부 지휘부에서 휘안을 기다리고 있어. 빨리 가보자."

"끝까지……. 그래, 가자."

사선에서 살아남았다. 이번에도 결코 가볍지 않은 부상을 입고 겨우 살아 돌아왔다. 그런데 이 쌍놈의 지휘부는 와볼 생각도 않고 막사에서 기다리고 있다.

정말 휘안을 끝까지 자극하고 있었다.

이런데도 멀쩡하면 그건 인간이 아닌 성자다.

천천히 걷는 휘안의 얼굴은 진심으로 싸늘히 굳어 있었다.

작전은 끝났다.

로즈기사단은 전멸했고, 딱 비슷한 숫자의 까마귀만 잡았다. 거기에 덤으로 도끼부대 천 명의 목숨까지.

그리고 귀환한 사람은 전부 넷. 휘안, 빅터, 엘리자베스 황녀, 그리고 아직 이름도 모르는 여기사. 이렇게 넷이 전부다.

처참하다.

이보다 더 처참할 수가 없다.

사람 목숨으로 따진다면 알스테르담 제국에서 더욱 많은 이득을 봤지만 이번 작전은 그게 중요한 게 아니니 실패다.

하지만 휘안의 작전은 아직 끝나지 않았다.

"어? 휘안, 어디 가? 그쪽 아닌데……."

"……."

빅터가 말했지만 휘안은 듣는 척도 하지 않았다. 지휘 막사? 전황 보고? 개뿔! 어차피 다 알고 있을 것이다.

엉덩이는 더럽게 무거워서 보고를 받아야 직성이 풀리는 거지같은 새끼들과는 단 1초도 얼굴을 마주하기 싫었다.

'개새끼들……. 죽으러 내몰 때는 언제고 돌아왔는데 코빼기도 안 비친다 이거지?

속으론 짜증이 올라왔지만 휘안의 입매는 부드러운 호선을 그렸다.

비웃고 있는 것이다.

"휘안, 거기 아닌데……. 막사는 저쪽으로 가야 하는데……."

"시끄러! 닥치고 따라와, 빅터."

"응……."

참 이상하다.

이상하게 빅터는 휘안 앞에만 서면 찍소리도 못했다. 대체 왜 그런지는 모르지만 빅터는 이상할 정도로 휘안의 말을 잘들었다.

하지만 이 또한 좋은 반응이니 휘안은 문제 삼지 않았다.

그리고 당장은 그런 게 중요한 게 아니었다.

지휘부 막사를 지나 예전 엘리자베스 황녀를 만났던 곳으로 가니 주변을 겹겹이 에워싸고 있는 병사들이 보였다.

아마 황녀가 다쳤기 때문에 보초를 세운 것 같았다.

"…빅터, 가서 전해. 내가 돌아왔다고."

"응……."

휘안의 말에 빅터는 그 거구의 몸을 성큼성큼 움직여 책임자로 보이는 사람에게 다가가서 휘안의 말을 전달했다.

그러자 곧 그 책임자는 황녀의 막사 앞으로 가서 빅터가 전해달란 말을 알렸고, 곧 들어가도 좋다는 허가를 받았다.

제지가 풀리자 휘안은 거칠 것 없이 황녀의 막사로 들어갔다.

들어가자마자 보이는 건 침대에 힘없이 누워 있는 황녀의 모습이었다.

"……."

"왔는가, 소위……."

인기척에 휘안을 돌아본 황녀의 입에서 힘없는 한마디가 흘러나왔다.

초인의 반열에 오른 여자가 저러고 있으니 참 꼴이 가관이다. 덩달아 측은지심(惻隱之心)이 들 법도 했지만 안타깝게도 휘안에게 생긴 감정은 분노였다.

"안타깝겠습니다."

"음, 그게 무슨……."

휘안의 말에 황녀가 다시 대답했지만 휘안은 도중에 그 말을 잘랐다.

"혼자 살아 계시니 말입니다."

"……."

자신만 죽으면 되지 기사단 전원을 죽음으로 몰아넣은 황녀에게 휘안은 도저히 분노를 숨길 수 없었다.

"이거 어떡합니까? 가서 뒈졌어야 하는데… 살아 계시니 말입니다? 그래, 참 안타까워서 죽겠지 말입니다."

"…말조심하라, 소위."

"말조심?"

휘안의 말에 황녀의 안 그래도 창백한 얼굴이 아예 백지장으로 변했다. 그리고 다시금 힘이 하나도 없는 목소리로 휘안에게 경고를 줬다. 하지만 그 경고는 휘안에게 씨알도 먹히지 않았다.

"말조심이라고 했습니까? 참 지랄하십니다. 네?"

"무엄하다."

"뭐가 무엄합니까? 사실을 사실대로 말해도 무엄합니까?"

휘안은 지금 할 말을 하고 있지만 그래도 많이 참고 있는 것이다. 왜 그러냐면 상대가 황녀이기 때문이다.

황족과 일개 군인.

이 격차가 너무 큰 신분끼리의 대화에서 휘안 따위가 황녀에게 저런 식으로 말한다는 건 이미 죽여달라는 소리였다.

　그래서 차마 막말은 하지 못하고 있었다. 미친개가 성정을 죽이고 대화에 임하는 게 이 정도란 소리다.

　만약 눈앞의 여자의 신분이 황녀만 아니었어도 칼 들고 날뛰었을 거다.

　물론 믿는 구석도 있었다.

　"가서 혼자 뒈지시지 그랬습니까?"

　"……."

　"가서! 혼자 뒈지시지 왜 애먼 목숨을 끌고 가서 다 죽게 만든 겁니까!"

　휘안은 막사가 떠나가도록 소리치지 않았다.

　지극히 절제된 분노, 낮게 으르렁거리는 분노, 끓어오르는 화를 겨우 참아내고 있어 꽉 쥔 주먹이 부들부들 떨렸다.

　하지만 그래도 쉽지 않았다.

　"어떻게 알았나?"

　황녀의 말에 휘안은 차가운 눈으로 황녀를 노려봤다.

　"제가 어떻게 알았는지… 그게 중요합니까, 아니면 지금 저 평원에서 차가운 시체가 되어 누워 있는 사람들이 중요합니까?"

　"……."

　이번에도 황녀는 휘안의 말에 대답하지 못했다.

　차라리 뭔가 속 시원하게 대답해 줬으면 하는 휘안이다. 그래야 이유를 알고, 자신의 분노를 죽일 수 있기 때문이다.

　"왜입니까? 왜, 왜 죽을 줄 알면서도 작전에 나간 겁니까?"

“소위는… 이미 알고 있는 것 같은데, 아닌가?”

“짐작은 하고 있습니다. 하지만… 본인의 입으로 듣고 싶습니다.”

“……”

“말해주십시오. 왜 이 빌어먹을 작전에 죽을 줄 알면서도 출전한 건지.”

“하아!”

휘안의 말에 결국 황녀의 입에서 무거운 한숨이 흘러나왔다. 그 한숨이 어찌나 무겁던지 막사 안의 공기가 콱 짓눌리는 것 같았다.

하지만 그럼에도 꼭 들어야겠다는 휘안의 의지는 꺾이지 않았다.

“……”

“……”

황녀는 꾹 다문 입술을 열지 않았다. 그리고 휘안도 보채지 않았다. 다만 물러서지 않았다. 그래서 휘안이 말했다.

“어떤 개새끼 때문인지… 말해주십시오.”

“감히……”

“자꾸 감히 감히 하는데… 황녀께선 그리 잘나 오백의 생목숨을 평원에 짐승 밥으로 던졌습니까?”

“……”

“제게 중요한 건 하납니다. 어떤 개자식의 수작질에 제가 병신 졸병처럼 움직였다는 것. 그 사태의 원인을 알고 싶습니다.

그리고… 내 눈앞에서 죽어간 수많은 생명! 덧없이 사라져 간 불꽃! 꼭 복수할 겁니다! 그러니 말해주십시오.”

“하아……!”

휘안은 절대 물러서지 않았다.

현재 휘안에게 중요한 건 딱 하나였다.

길버트 중장으로 하여금 휘안을 작업해서 내보야 했던 원인을 제공한 자. 그게 휘안이 황녀에게 원하는 한 가지였다.

“……”

“……”

다시금 막사에 침묵이 감돌았다. 그리고 이번 침묵은 좀 오래갔다. 10분, 10분간 서로 말이 없었다.

마법 호롱에 의지해 서로가 서로를 말없이 노려보고 있었다.

“황녀님, 잠시 들어가도 되겠습니까.”

“…들어오라.”

황녀는 휘안의 얼굴에서 시선을 떼지도 않고 들려오는 목소리에 대답했다. 휘안도 황녀의 얼굴에서 시선을 돌리지 않았다.

그러는 사이 들어온 인물.

길버트 중장과 프리트 소장이었다. 그 외 몇몇 장성들이 같이 들어왔다.

“몸은 좀 괜찮으십니까?”

“크게 다친 건 아니니 중장이 신경 쓸 필요는 없다.”

“그래도 조심하시옵소서.”

“그러도록 하지.”

둘의 간단한 대화가 오고 가고, 길버트 중장의 시선이 다시 휘안에게 향했다. 그러나 휘안은 황녀의 얼굴에서 시선을 떼지 않았다.

심지어 들어온 장성들에게 경례조차 붙이지 않았다.

“작전이 끝나고 귀환했으면 지휘부에 보고부터 해야지 왜 여기에 와 있는 겐가. 어서 지휘부로 가게.”

“…….”

휘안은 대답하지 않았다.

길버트 중장? 생각 같아선 얼굴에 주먹을 꽂아버리고 싶었다.

개새끼가 장난도 정도껏 쳐야지, 사람 목숨을 장기판의 졸로 써버렸다. 휘안이 그런 길버트 중장에게 좋은 마음이 있을 리가 만무했다.

“자네, 내 말이 들리지 않는 겐가? 어서 나가게.”

“…….”

휘안은 이번에도 대답하지 않았다.

정확하게 말하면 싫었다. 얼굴조차 보기 싫었다. 머릿속에서 한바탕 쏘아붙일 욕이 마구 떠올랐다.

하지만 그럼에도 참았다.

그랬다간 진짜 하극상의 진수를 보여줘 버릴 테니까.

하지만 참는 휘안을 결국은 못 참게 만드는 자가 있었다.

"감히 일개 소위 따위가 어디서 중장님의 말씀을 거역하나! 어서 밖으로 나가라!"

꿈틀.

휘안의 검미(劍眉)가 꿈틀거렸다.

'일개 소위……?'

꾹꾹 누르고 있는데 결국엔 그마저 힘들어졌다.

"일개 소위? 그럼 그 일개 소위한테 죽으러 가라 시킨 당신들은 뭡니까? 일개 장군입니까, 아니면 일개 늙은입니까?"

"뭐, 뭐가 어쩌고 어째! 감히 지금 대드는 것이냐!"

"하아……!"

짜증이 가득한데도 휘안은 한숨이 나왔다. 어딜 가나 이런 고리타분한 양반이 있다. 그것도 나잇살이나 처먹어가지고 앞뒤 분간도 못하는 병신 같은 종자들이 꼭 있다. 지들이 높은 위치에 있다고 지들의 생각과 말이 진리인 줄 아는 병신들이 꼭 있다.

바로 이 새끼들처럼.

"이놈! 지금 네놈이 한 말이 어떤 뜻인지 알고 있느냐! 하극상이다, 하극상!"

"아가리 닥치십시오. 나 지금 눈깔에 뵈는 게 없습니다. 씨발, 죽을 자리로 내몰아놓고 겨우 살아 돌아왔더니 지들은 지휘부에 짱 박혀서 뭐? 보고? 허이고! 지랄들 하십니다. 네?"

결국 터졌다.

미친개가 괜히 미친개일까.

한 번 터지면 아주 지랄 발광을 해서 아무도 못 말리니 미친 개지.

"허, 이놈……!"

"이놈, 왜 불러요. 여기 있습니다. 귀 안 먹었으니 큰소리치지 마십쇼. 그리고 자꾸 놈, 놈 하는데, 씨발, 나 죽다 살아나서 눈에 뵈는 거 없다고 분명 말했습니다. 내일 교수형에 처해져도 겁 하나도 안 나니 닥치고 꺼지십쇼."

사고도 아주 제대로 된 사고다.

영창을 1년 12개월을 때려도, 아니 12년을 때려도 할 말 없는 미친 짓이었다.

"그만두게, 안센 준장. 자네도 그만하게."

"하, 하지만 장군님! 이놈이 감히……!"

"그만하라 했네!"

"네, 네……."

하지만 길버트 중장이 나서서 말렸다. 그러면서 침착한 눈으로 휘안을 직시. 하지만 휘안은 그런 길버트 중장의 시선을 비웃고는 다시 황녀에게 시선을 돌렸다.

어서 얘기하란 뜻이다.

휘안의 의지는 너무나 확고했다.

"모두 나가게. 내 이 친구와 황녀님과 할 말이 있으니."

길버트 중장의 축객령.

총사령관의 명령이니 다른 장군들은 따를 수밖에 없었다.

심지어 프리트 소장까지 나갔다.

　장군들이 다 나가자 길버트 중장이 휘안의 앞, 황녀의 옆에 있는 의자에 앉으며 말했다.

　"자네, 가서 누굴 만났나?"

　"……."

　대답하지 않았다.

　"말해보게. 혹시… 점령자를 만난 겐가?"

　"그게 뭐가 중요합니까?"

　"……."

　"그게 대체 뭐가 중요합니까? 왜, 당신이 했던 더러운 일을 내가 알고 있는지 모르는지… 그게 중요합니까? 분명히 죽을 거라 생각했는데, 살아 돌아오니 당혹스럽습니까?"

　휘안의 목소리에 바짝 날이 섰다.

　길버트 중장. 자신을 죽을 자리에 밀어 넣은 장본인이다.

　물론 그렇게 해야 했던 원인이 있겠지만 그래도 길버트 중장이 했다는 사실은 변함이 없다.

　"어쩔 수 없었네."

　"뭐가 어쩔 수 없었습니까? 저를 죽을 작전에 밀어 넣은 거? 아니면 로즈기사단 전원이 사망한 거? 뭐가 어쩔 수 없었습니까?"

　"둘 다네."

　그 말은 기폭제였다.

　"씨발! 뭐가 어쩔 수가 없어! 사람 목숨이 장난이야? 그냥 휙 휙 던져도 되는 것처럼 보여? 길 가다 버리는 쓰레기만도 못해? 대체 니들이 얼마나 잘났어! 대체 얼마나 잘났기에 사람 목숨을 그따위로 버려!"

"때론 하나의 목숨이 다수의 목숨보다 소중할 때가 있는 법이네."

물론 어떤 시점으로 보면 저 말도 맞긴 하다. 하지만 휘안에겐 아니었다. 대한민국엔 그런 사상 자체가 없었으니까.

있다고 해도 그건 소수다. 우월주의에 빠진 아주 소수. 휘안은 우월주의에 빠지지 않은 다수였기에 절대 인정도 못하고 이해도 못했다.

그리고 가장 중요한 건 그렇게 하고 싶은 생각 자체가 아예 없었다.

"하? 이보세요. 사람 개개인마다 가지고 있는 생명의 가치는 누가 정한답니까? 신이 정해줬습니까? 아, 얘는 날 때부터 사람 천 명 목숨보다 소중하구나. 이렇게? 말도 안 되는 궤변 늘어놓지 마십시오. 웃긴 게 뭔 줄 압니까? 높은 자리에 있는 놈들은 제 목숨이 남들 목숨보다 비싼 줄 안다는 겁니다. 어차피 뒈질 때 되면 똑같이 뒈지고, 심장에 구멍이 뚫려도 똑같이 죽는데 말입니다. 안 그렇습니까?"

"나는 이해 못하네. 내겐 목숨의 우선순위가 명확하다네."

"…지랄하십니다. 아주……. 그럼 저기 병사들의 목숨은 그냥 평범한 목숨입니까?"

"그건 아니네."

휘안이 그 말에 눈썹을 꿈틀거렸다.

욕지기가 목 끝까지 올라왔다 도로 내려갔다.

"후우, 후우."

휘안은 심호흡을 했다. 안 그러면 진짜 제대로 사고 칠 것 같았기 때문이다. 농담이 아니라 진짜 칼을 뽑아 죽여 버리고 싶었다.

사람의 목숨, 그 목숨의 가치를 따로 정하는 사람.

휘안의 사상과는 제대로 정반대로 맞물렸다.

"나는 황녀님을 살려야 했네. 더러운 정치 싸움에 끼지 않는 게 우리 군인의 원칙이지만… 황태자께서 돌아가신 빈자리를 이을 사람은 황녀님밖에 없기 때문일세."

"그래서… 나를 작업한 겁니까? 황녀님에게 집중되는 포화를 조금이라도 분산시키려고?"

"맞네."

진실이 나오고 있었다.

하지만 진실은 언제나 그렇듯 달콤하지 않았다.

"하아, 씨발! 진짜 가지가지하십니다. 그럼 제 목숨은 황녀님에 비하면 얼마나 가볍습니까? 황녀님의 목숨은 금덩이로 만들어졌고 제 목숨은 돌덩이로 느껴집니까?"

"지금까진… 그렇다네."

"……"

휘안은 그 대답에 침묵했다.

그리고 수유의 시간이 지난 뒤.

결국 폭발했다.

"야, 이 개새끼야!"

"자네, 말이 심하군."

"심해? 이게? 그럼 죽을 자리로 내몬 건? 그건 별로 안 심하고? 장난해? 내가 호구로 보여? 그저 밑으로 깔린 부하 병사는 그저 전부 호구로 보이냐고! 전쟁? 작전? 그래, 다 좋다 이거야."

휘안은 길버트 중장의 말에 그를 죽일 듯이 노려보며 말하다 잠시 심호흡을 했다. 혈압이 오르니 온몸이 아우성이었다.

하지만 지금은 그게 문제가 아니었다. 분명히 무리하지 말라는 말을 들었음에도 휘안은 무리를 하고 있었다.

"근데 왜 나야? 사람을 죽을 자리에 보내는 거, 그거 누가 정했는데? 아아, 전쟁이니까 당연히 상관인 내가 정한다, 이런 개소린 하지 마시고. 당신이 신이야?"

"으음……."

휘안의 나직한 말에 길버트 중장은 아무런 말도 하지 못했다.

참 웃기는 게, 휘안의 말은 묘한 마력이 있었다. 분명히 휘안의 말도 정답은 아니었다. 전쟁에선 당연히 전군 사령관의 명령이 우선시된다.

사령관의 명령은 곧 법이라고 해도 과언이 아니다.

예컨대 당연한 일이란 소리다.

근데 그걸 휘안은 전격 부정하고 있었다. 하지만 웃기게도 그 말에 길버트 중장은 대답하지 못했다.

그건 휘안이 한 마지막 말, '당신이 신이야?' 이 한마디 때문이었다.

"이해해. 만약 정상적인 명령이었다면 무조건 이해해. 근데··· 이건 아니잖아. 죽을 곳에 보내다니. 그것도 일부러. 노리고! 가서 집중 받고 죽이라고! 씨발! 네가 뭔데 날 죽이려고 하냐고!"

"······."

"그러고도 당신이 철혈의 벽이야? 진군 저지자야? 휘하 병사를 죽을 곳에 보내는 개새끼가 무슨 사령관이고 초인이야!"

막사를 쩌렁쩌렁 울리는 휘안의 외침은 아예 외침이라고 하기도 뭐했다. 이 정도면 광기, 이성을 잃은 광기의 분출이라고 해도 될 것이다.

"하아, 하아, 으윽!"

순간 올라오는 현기증. 가뜩이나 피를 쏟았는데 혈압까지 올라가니 당연한 일이었다. 그러나 휘안의 눈길만은 죽지 않았다.

"소위, 그만하라. 모두 내 잘못이니······."

보다 못한 황녀가 나섰지만 휘안은 그 말에 황녀를 확 째려봤다. 현기증이 돌아도, 몸에 무리가 오는 걸 느끼고 있어도 휘안은 멈추지 않았다.

"잘못? 누가 그걸 모릅니까? 다 압니다! 제가 지금 짜증나는 이유는 다른 겁니다. 뭔지 아십니까? 사람 목숨에 가치를 매기는, 그 가치 때문에 다른 사람을 죽을 곳으로 내모는, 그 거지같은 작태가 짜증나는 겁니다!"

"소위……."

부들부들 떨며 진절머리가 난다는 식으로 말하는 휘안의 말에 황녀가 안타깝게 휘안을 불렀다.

사실 황녀는 미안했다.

황녀도 사람이다. 찌르면 피가 나고, 속상한 일이 생기면 마음이 아프고, 잘못한 일이 있으면 미안한 마음이 생기는 사람이다.

어딘가에 있을 사람 목숨 벌레 보듯 하는 황족과는 애초에 그릇과 차원이 다른 인물이 바로 황녀 엘리자베스였다.

"아무 말도 하지 마십시오! 제가 무슨 일을 당했는지 아시지 않습니까? 쥐꼬리만 한 전공 하나 세웠다고 사람을 죽을 자리로 내몰았습니다! 제가 지금 여기 있는 거? 제가 전투를 잘해서 여기 있다 보십니까? 씨발! 어떤 빌어먹을 개새끼가 그저 아량으로 살려 보내준 거란 말입니다! 근데 지금 제가 진정하게 생겼습니까? 황녀님이라면 진정하겠습니까? 자신을 죽을 자리로 내민 그 개새끼를 용서할 수 있겠느냐는 말입니다!"

막사 안에 울리는 휘안의 분노에 엘리자베스 황녀도 길버트 중장도 바로 대답하진 못했다. 휘안의 분노는 너무나 당연했다.

너무나 당연한 분노.

사실 이쯤 되면 길버트 중장은 황녀에겐 생명의 은인이 될지 몰라도 휘안에겐 철전지 원수나 다름없었다.

"지금 다시 시간을 돌린다고 해도 난 똑같은 선택을 할 걸세."

"뭐가 어쩌고 어째요?"

"똑같은 선택을 한다고 했네. 내겐 자네의 목숨보다, 로즈기 사단 오백의 목숨보다 황녀님의 목숨이 더 소중하네. 그런 황녀님을 살릴 수만 있다면 난 무슨 짓이든 했을 걸세. 제국을 위해서 황녀님은 절대로 이곳에서 잃으면 안 되기 때문일세!"

"그럼 씨발! 당신이 나가지 그랬습니까! 왜 죄 없는 저를 끌어들였느냐 이 말입니다!"

"나는 이곳을 지켜야 하네."

"하! 진짜……! 하하!"

길버트 중장의 말에 휘안은 기가 막혔다. 그리고 끝은 허탈한 웃음으로 마무리했다. 뭐 이런 거지같은 작자가 있는지 진짜 휘안으로서는 기가 막혀서 죽을 것만 같았다.

"이곳은 내가 막아야 하네. 나에게 무슨 일이 생기는 즉시, 또 다른 총사령관이 오기 전까지 제국은 계속해서 참패할 것이네. 점령자 챠이는 그만큼 만만하게 볼 자가 아니니까 말이네. 그래서 나는 움직일 수 없었네."

"그럼 당신 대신 내가 죽었어야 합니까? 내가 왜 그래야 합니까? 말해보십쇼!"

"어쩔 수 없었네. 나는 어떠한 변수라도 만들어야 했네. 몇 날 며칠을 밤을 지새웠네. 변수. 점령자가 깔아놓은 죽음의 대지 속으로 어쩔 수 없이 들어가야 하는 황녀님을 구할 수 있는 하나의 변수를 만들려고 했네. 그 와중에 나타난 게 자네네."

길버트 중장의 말은 담담했다. 마치 당연한 일을 말하는 것처럼. 하지만 휘안의 얼굴은 담담하지 못했다.

아직도 분노가 부글부글 끓고 있었다. 이 분노, 쉽게 풀리지 않으리라.

"그래서 절 작업한 겁니까? 그놈의 변수 하나 만들려고?"

"맞네. 자넬 적진의 공포로 작업하면서도 사실 큰 기대는 안 했네. 내겐 너무 암담한 상황이었다네. 하지만 만나본 자넨 상상 이상이었지. 이 나이 정도 되면 감이라는 게 생긴다네. 그리고 그 감은 전쟁에서 큰 역할을 하지. 자넬 만날 당시 감이 왔다네. 이 사내라면… 잘하면 황녀님을 구할 수도 있겠다, 이렇게 말이지. 그리고 그 감은 맞았네. 자네 자체가 구한 건 아니지만 자네가 데리고 온 빅터라는 사내가 황녀님을 구했으니까. 자네가 없었다면 빅터라는 사내도 없었겠지. 이걸 생각하면 자네가 구한 게 맞겠지. 그래서 난 지금 자네에게 몹시 감사하고 있다네. 그래서 자네의 이런 무례한 언사를 그대로 이해해 주는 것이고."

"하이고, 신경 써주는 척하십니다. 이해? 웃기지 마십쇼. 제가 이해해 달라고 했습니까? 안 해줘도 됩니다. 이따 말 다 끝나고 빵에 보내든 목을 치든 알아서 하십쇼. 하지만… 전 살아남을 겁니다. 죽이려고 든다면 도망쳐서든! 당신을 인질로 잡든! 어떻게 해서든 삽니다!"

휘안은 단단히 작정했다.

미친개라서 이런 거침없는 언사를 그냥?

아니다.

휘안은 진짜 머리는 잘 돌아가는 놈이다. 그리고 사태 파악도 제대로 하고 있었다. 현재 이렇게 미친 짓을 하더라도 휘안에게 조금의 불이익은 있겠지만 죽지 않는다는 걸, 별다른 벌을 받지 않는다는 걸 휘안은 잘 알았다.

아니, 벌보단 죽진 않을 거라고 예상하고 있었다.

길버트 중장이 자신을 죽을 곳에 보내긴 했어도 건방지단 이유 하나로 자신을 죽일 리가 없다.

왜냐고?

미친개라는 군인 자체가 너무 쓸 곳이 많아 보이기 때문이다.

거기다가 황녀도 있다.

이래저래 휘안이 이렇게 거친 폭언을 쏟아낸다 해도 죽을 일은 절대 없었다. 이 모든 게 그런 과정에서 나온 일이었다.

"걱정 말게. 그런 일은 없을 걸세."

"후우, 마음대로 하십시오. 하지만 앞으로는 당신이 작업한 미친개를 진짜 보게 될 겁니다. 그 꼴 보기 싫으면 지금 내치십쇼. 그리고 황녀님."

길버트 중장의 말에 휘안은 속으론 그럴 줄 알았다는 생각을 하곤 다시 황녀에게 시선을 돌렸다.

듣지 못했다.

꼭 들어야 할 말을.

"……."

황녀는 대답하지 않았지만.

“말해주십시오.”

휘안은 재촉했다.

이건 휘안으로선 꼭 들어야 할 말이었다. 솔직히 복수를 꿈꾸고 있기 때문이다. 미친개가 표적을 정하고 물면 안 놓친다더니 진짜 길버트 중장이 낸 소문처럼 되어가고 있었다.

“말 안 하십니까? 그럼 제가 말합니까?”

“으음……”

휘안은 사실 어느 정도 유추는 해놓은 상태다. 제국민이라면 누구나 아는 황족 계승 서열. 이런 건 정보 축에도 못 낀다.

그런 사실을 놓고 보면 너무나 간단하게 나온다.

현 제국의 황제에겐 황비 외 후처가 한 명 있다. 뭐, 이 정도야 당연한 일이다. 그런 두 명의 부인에게서 난 자식이 전부 다섯.

그중 첫째인 황태자는 이미 죽었다. 제국 전쟁의 발발 시점이 되어.

그 뒤 둘째가 엘리자베스 황녀다. 그 밑으로 셋째, 넷째 황자가 있고 막내 황녀가 있다.

황태자가 죽었고 막내 황녀는 몸이 좋질 않다. 지금도 햇볕만 쬐면 쓰러질 정도로 몸이 허약했다.

그렇다면?

맞다.

셋째 황자와 넷째 황자 이 둘 중 하나다.

“넷째 황자는 유약하다 들었습니다. 그럼… 삼황자겠네요. 맞습니까?”

“…….”

휘안의 말에 황녀는 눈을 감았다. 하지만 이미 그걸로 대답은 한 셈이다. 이 타이밍에 무언은 곧 긍정이니까.

이미 시작된 일은 막을 수 없다. 그래서 휘안은 다시 물었다.

“그렇다면… 대체 무슨 짓을 했기에 죽으러 뛰어들었습니까?”

이게 본질이다.

휘안이 가장 궁금한 점이 이것이다. 여기서부터 대답 여부에 따라 휘안의 행동이 갈리게 된다.

하지만 역시나 황녀는 쉽게 입을 열지 않았다. 그러나 휘안도 끈질겼다. 더욱이 길버트 중장도 가만히 있었다.

“동생이… 동생이 납치됐다.”

“…….”

휘안의 눈매가 꿈틀거렸다.

납치, 납치라고 했다.

하여간 이놈의 가족 싸움, 진짜 더럽다는 생각이 불쑥 휘안의 머릿속에 날아들었다. TV에서나 보던 최강의 막장 드라마를 욕하면서도 어쩔 수 없이 보는 기분이 들었다.

“몸이 매우 약한 아이다. 그리고… 이젠 내 하나밖에 없는 혈육이다.”

“아, 진짜…….”

휘안은 이를 악물었다.

이래서야 지금까지 뭐라 한 자신이 병신이지 않은가. 가족 때문에, 그 가족 때문에 목숨을 내던졌다.

물론 전부 이해하는 건 아니다. 하지만 이해할 수 있었다. 만약 저 상황이라면 자신도 그렇게 했을 것이다.

하지만 그렇게 행동하려면 휘안이 이 세상의 가족들에게 애정이 생겨야 하겠지만.

"오라버니가 돌아가신 후… 백방으로 범인을 찾아 돌아다녔다. 그러던 와중에 전쟁이 났다는 소식을 듣고 바로 복귀했다. 그리고 여러 전선에서 싸웠지. 두 달 전이었다, 메리가 납치됐다는 소식을 들은 건."

"그동안 안 알아보셨습니까? 안 찾았습니까? 황녀라면서요! 그 힘은 뒀다 국 끓여 먹을 때 쓸 겁니까?"

황녀의 말에 휘안이 답답하다는 듯이 소리쳤다. 하지만 뒤이어 나온 황녀의 말에 곧바로 입을 닫을 수밖에 없었다.

"찾았다. 하지만 찾기 시작하고 일주일도 되지 않아 앙상한 손가락 하나가 내게 배달됐다. 그 손가락은… 으득!"

"미친……."

말을 끝내지 않았지만 누구 손가락인지 안 봐도 뻔하다. 오황녀 메리힘 E(Emperor) 알스테르담의 손가락일 것이다.

그게 황녀의 추적 의지를 단박에 박살 냈을 것이다.

진정 잔인했다. 피도 눈물도 없었다.

제국의 황제?

그래, 무소불위(無所不爲)의 권력. 그래, 다 좋다. 하지만 그게 아무리 배다른 남매라지만 그래도 반은 같은 피가 섞여 있는 형제를 죽여서까지 얻어야 하는 자리일까?

휘안은 이해가 안 갔다. 하지만 한편으로는 이해가 갔다.

권력, 그건 악마보다 무서운 마물(魔物)이니까.

계승권 전쟁이 일어나는 건 부(富)보다는 권력(權力) 때문에 일어나는 경우가 태반이니까.

"그때까지만 해도… 누구 짓인지 몰랐다. 프리히를 의심도 하지 않았지. 하지만 이곳으로 출전하는 날 그러더군. 오늘로 보는 게 마지막이 되겠다고… 웃으며 그리 말하고 가더군. 그제야 느꼈다, 프리히가 이 모든 걸 꾸민 장본인이라는 걸. 어쩌면 오라버니 일도 프리히가 꾸민 건지도 모르겠고. 더불어 이 작전을 내가 짜게 만든 것조차도 프리히가 전부 힘을 썼겠지."

"그냥… 거기서 목을 쳐버리지 그랬습니까?"

"누군 그런 생각 안 했겠나."

"……."

휘안은 말해놓고 참 병신 같은 질문이라 생각했다. 프리히 황자, 풀 네임으론 프리드리히 E(Emperor) 알스테르담 삼황자의 목을 치는 즉시 메리힘 황녀의 목도 떨어질 것이다.

그리고 엘리자베스 황녀는 바로 반역으로 몰릴 것이다.

이미 대세가 기울어도 너무 기운 형국이었다.

"하아! 그동안 대체… 뭘 한 겁니까?"

"……."

그 침묵에 휘안의 얼굴에 짜증이 가득 서렸다.

말을 안 해도 답이 딱 나온다. 이제 들어야 할 건 다 들어버렸다. 그래서 상황이 너무 적나라하게 그려지기 시작했다.

황태자 암살.

다음으로 표적은 엘리자베스 황녀. 하지만 무력으론 쉽게 잡을 수 있는 사람이 아니니 모략을 꾸민다.

그 모략은 납치. 오황녀를 납치해 엘리자베스를 죽을 자리로 보낸다. 그 와중에 발바롯사 점령자와의 밀약.

황제의 자리에 오르기 위해 가장 거치적거리는 제국 이황녀이자 대륙의 초인 중 수위를 다투는 엘리자베스를 그녀가 손수 키운 로즈기사단과 같이 먹이로 던져 버린다. 물론 율리아나 경도 반드시 죽어야 할 인물이었다.

엘리자베스 황녀와 황녀가 이끄는 기사단의 무력이 삼황자에겐 눈엣가시 같았을 테니까.

엘리자베스 이황녀만 사라지면 유약한 사황자나 오황녀 따윈 걸림돌도 못 될 것이다.

이게 아마 삼황자가 그린 그림일 것이다.

“씨발, 삼황자 이 개새끼가……. 근데 어쩌나? 나 때문에 그 그림 다 깨졌는데? 큭! 크흐흐!”

하지만 그 그림은 벌써 깨졌다.

왜냐고?

미친개가 황녀를 구해 버렸기 때문이다.

이로써 변수가 생겼고, 깨끗한 그림에 먹물이 가득 튀는 형세가 되어버렸다.

그래서 휘안은 진심으로 유쾌하게 웃었다.

하지만 휘안은 당하고 그냥 넘어갈 위인이 아니었다.

휘안은 지금 진득한 복수심을 키웠다. 애초에 사람 목숨 가지고 장난치는 개자식.

휘안이 히어로는 아니지만 이런 새끼는 결단코 그냥 넘어갈 수 없었다. 거기다가 자신을 건들인 이상에야……. 미친개를 물었으면 책임을 져야 했다.

"좋습니다. 후우! 황녀님."

"……."

"이제 어떡하실 겁니까?"

휘안은 황녀를 차분한 눈으로 바라봤다. 이제 모든 사실을 알게 됐으니 그에 맞춰 방법을 내줘야 한다.

황녀가 휘안에게 얘기를 해준 건 그걸 기대하는 마음도 있었을 것이다. 거기다가 이젠 휘안이 황녀를 구했으니 참 힘들게 됐다.

원래 죽어야 하는 여자를 구했으니 얼마나 상황이 그쪽에선 더럽게 됐을까. 일단 한 방 먹이긴 했다.

그러나 그것도 문제다.

"…모르겠다. 이제… 아무것도 모르겠다."

"…후우."

황녀의 한숨과 함께 나온 말에 휘안도 한숨지었다.

"방법이 있겠나, 소위?"

누워 있는 황녀에게서 약한 소리가 나왔다. 일개 여자가 아닌, 대륙의 초인이면서, 또한 최강의 권력층에 앉은 여인의 입에서 이런 소리가 나왔다.

그만큼 현재 절박하단 소리다.

"일단… 문제가 되는 건 황녀께서 살아 계신 거군요."

"그렇다. 내가 여기서 죽었어야 메리가 무사하다."

"아닙니다. 황녀께서 여기서 죽는다고 해서 그들이 정말 약속을 지킬지는 아무도 모릅니다. 차라리 살아 계신 게 오히려 상황을 좋게 만들 수도 있습니다."

"하지만……."

"압니다. 황녀님의 생환 소식을 듣고 바로 메리힘 황녀님을 해칠지도 모른다는 거."

휘안은 진짜 잘해야겠다고 생각했다.

까딱 잘못하다가는 오황녀의 목숨이 떨어지게 생겼다. 여기서 잘해야 엘리자베스 황녀나 메리힘 황녀가 무사할 수 있었다.

"일단… 폐인(廢人)이 되어주셔야겠습니다, 황녀님."

"으음……."

휘안은 방법을 생각해 냈다.

하지만 이게 먹힐지 안 먹힐지는 모른다. 그러나 다른 방법이 없었다. 휘안이 보기에는 이게 가장 최선이다.

죽어야 하는데 죽지 않았다면 죽은 정도가 되어줘야 한다.

그것도 아주 처참하게.

"현재 어딜 다치셨는지는 모르지만… 앞으로 검을 쥐지 못할 정도가 되어주셔야 합니다.”

“그 정도면 되겠는가?”

“아니, 아닙니다. 아예 아무것도 못할 정도가 되어주십시오. 술에 빠져 살아도 좋고 반미치광이가 되어도 좋습니다. 머리를 다쳤다고 하는 것도 괜찮겠지요. 가장 중요한 건 삼황자가 황녀님이 ‘죽었다고’ 인식하게 만들어야 합니다.”

휘안이 말하는 바는 간단했다.

황녀가 폐인이 되어 삼황자에게 전혀 위협이 되지 않는 인물로 만들어 버릴 생각인 것이다.

살아도 산 게 아닌 상황.

무력도 잃고, 기사단도 잃고, 덩달아 마음까지 잃은 그런 모습.

휘안이 황녀에게 바라는 건 그거였다.

“그렇게까지 해야 하겠나? 황녀님일세. 그런 꼭두각시 인형이 되는 건……”

길버트 중장이 끼어들었다.

“그럼 황녀가 건재하다는 걸 알리고 오황녀님이 시해(弑害)당하는 걸 보자는 겁니까?”

“그건 아니네만……”

“그럼 이게 최선입니다. 황녀님이 진짜 죽었으면 그걸로 끝났겠지만… 아니니 이게 최선입니다.”

“알겠네.”

길버트 중장은 확실히 뛰어난 명장이다. 하지만 그건 적을

막는 것에 특화되어 있었다. 다수건 소수건 병력을 움직여 막
는 병법에 특화되어 있었다. 계략과 모략을 꾸미는 타입의 사
람이 아니란 소리다.

반대로 휘안은 그런 쪽에 능했다. 대한민국 군 시절 당시 미
친개로 불렸지만 무사히 전역했던 이유도 그렇게 지랄 발광하
면서도 걸리지 않았다는 것, 그리고 도를 넘지 않았기 때문이다.

이른바 잔머리.

휘안은 잔머리가 좋았다.

하지만 잔머리도 타고난 지능이 좋아야 가능한 것이다.

"가능하겠습니까, 황녀님?"

"가능하다. 하지만 그 후부터는 어쩔 것인가, 소위?"

가장 중요한 대목이 바로 이 부분이다.

그래, 황녀를 살아도 산 게 아닌 걸로 만드는 것까지는 좋
다. 하지만 그 뒤엔? 그렇게 평생을 살 수는 없는 노릇이다.

"저는… 삼황자에게 복수를 할 겁니다."

휘안의 툭 던진 한마디에 황녀의 얼굴도, 길버트 중장의 얼
굴도 확 굳었다. 이건 지금 황자 시해를 기도한다는 소리이기
때문이다.

하지만 그런 둘의 얼굴에 휘안은 오히려 비웃음을 지었다.

"그럼… 제가 가만히 있을 거라 생각했습니까? 이 미친개
가? 절 직접 작업해 놓고 절 너무 모르십니다. 저도 피해잡니
다. 그것도 이번 작전의 최대 피해자! 전 당하고는 못삽니다.
만약 마음에 안 들면 지금 내치십시오. 저야 미련없습니다. 대

신 어떻게든 복수는 할 겁니다. 적국인 발바롯사에 투항해서든, 아니면 어새신이 되든 어떻게든 복수는 합니다."

"으음……."

휘안의 의지는 확고했다. 봐준다? 황자니까 참아야지? 그런 생각 할 정도면 미친개라고 불리지도 않았다.

은원은 확실하게!

그게 휘안의 마인드다.

"만약 저를 곁에 두실 거라면… 제게 시간을 주십시오. 언제가 될진 모르겠지만… 반드시, 반드시 황녀님이 다시 날개를 펼칠 시기를 제가 만들어 드리겠습니다."

"……."

휘안의 이글거리는 눈빛과 너무나 당당한 말에 황녀는 일순 말을 잇지 못했다. 스스로 자신의 힘이 되어주겠다고 하는 휘안.

그 본심을 파악하는 황녀다.

하지만 엘리자베스 황녀는 이미 이것저것 가릴 처지가 아니었다.

"오래도 아닙니다. 늦으면 오 년, 짧으면 삼 년 안엔 반드시… 제 복수와 황녀님의 복수할 판을 마련하겠습니다."

"음……."

황녀는 고심했다.

이걸 받아야 하는지 말아야 하는지.

이 약속이 과연 자신에게 도움이 될지, 아니면 악수(惡手)로 작용할지 그걸 황녀는 고심했다.

하지만 뒤가 없기에 결국은 받아야 했다.

"좋다, 소위를 믿겠다."

"감사합니다."

어차피 공동의 적을 가진 둘이다. 연합은 당연한 일인지도 모른다. 혹시 휘안의 이런 복수가 조금 오버가 아닌가 하는 사람도 있겠지만 그건 전혀 아니었다.

만약 당신이라면 자신을 죽음으로 내몬 사람을 용서할 수 있을까? 아니, 힘들 거다. 사람의 마음은 그렇게 자비롭지 않기에.

휘안도 마찬가지다.

황녀는 용서했다, 아니, 할 수밖에 없었다. 따지고 본다면 황녀에게 잘못이 없기 때문이다. 말 그대로 불가항력(不可抗力). 황녀에겐 그 선택지밖에 없었다.

반대로 길버트 중장은 용서하지 않았다. 지금 당장은 힘이 없어 아무 짓도 못하지만 힘이 갖춰지면 아마 휘안은 길버트 중장에게도 복수를 할 것이다.

다만 삼황자에게 가는 복수보단 좀 약하겠지만.

"대신 모든 게 끝나면 부탁 하나만 들어주십시오."

"부탁? 그게 뭔가?"

"어려운 건 아닙니다. 황녀님에겐 간단한 일입니다."

"말해보라. 지금 듣고 싶구나."

황녀의 재촉에 휘안은 가만히 황녀를 바라봤다. 그리고 천천히 입을 열었다.

"전역입니다."

"하, 하하하! 좋다. 시켜주지. 설령 나중에 내 옆자리를 달라고 해도 주겠다. 전역. 그 정도라면 모든 게 끝난 그날 바로 시켜주겠다."

"약속하신 겁니다?"

"믿어도 좋다. 난 엘리자베스다. 제국의 황녀다."

그 무거운 이름, 엘리자베스 E 알스테르담.

저 정도의 여인이 자신의 이름을 걸었다면 믿어도 좋을 것이다. 그래서 휘안은 믿기로 했다.

뭐, 안 믿어봐야 휘안 본인만 손해니까.

휘안은 천천히 등을 돌렸다.

핑글.

순식간에 찾아온 현기증. 안 그래도 피도 많이 흘렸고 몸도 정상이 아닌데 이렇게 열까지 냈더니 몸이 말이 아니다.

이건 족히 몇 주는 쉬어야 하는 부상. 사실 현재 이러고 있는 것도 미친 짓이었다.

"그럼 그만 가보겠습니다."

"그러도록. 아, 소위, 한 가지만 묻겠다."

"네, 말씀하십시오."

휘안은 가던 걸음을 잠시 멈추고 황녀를 바라봤다.

"그녀는… 율리아나 경은 편히 갔는가?"

조금은 애처로운 목소리. 그 말에 휘안도 안색을 굳혔다. 하지만 곧 다시 회복하고 걸음을 옮겼다.

대답은 막사를 나가는 순간 나왔다.
"편하게… 편하게 갔습니다."
"…그래, 고맙다, 소위."
편했을 거다.
반응조차 하지 못하고 심장이 뚫렸으니까.
적어도 휘안은 그렇게 생각했다.
율리아나 경은 편하게 갔을 거라고.
그 대답을 끝으로 휘안은 밖으로 나갔다.
밝아오는 여명이 너무나 눈부시고, 슬펐다.

그리고 그날 아침.
황녀는 자신의 오감(五感) 중 셋을 스스로 닫았다.

『제국의 군인』 제2권에 계속…

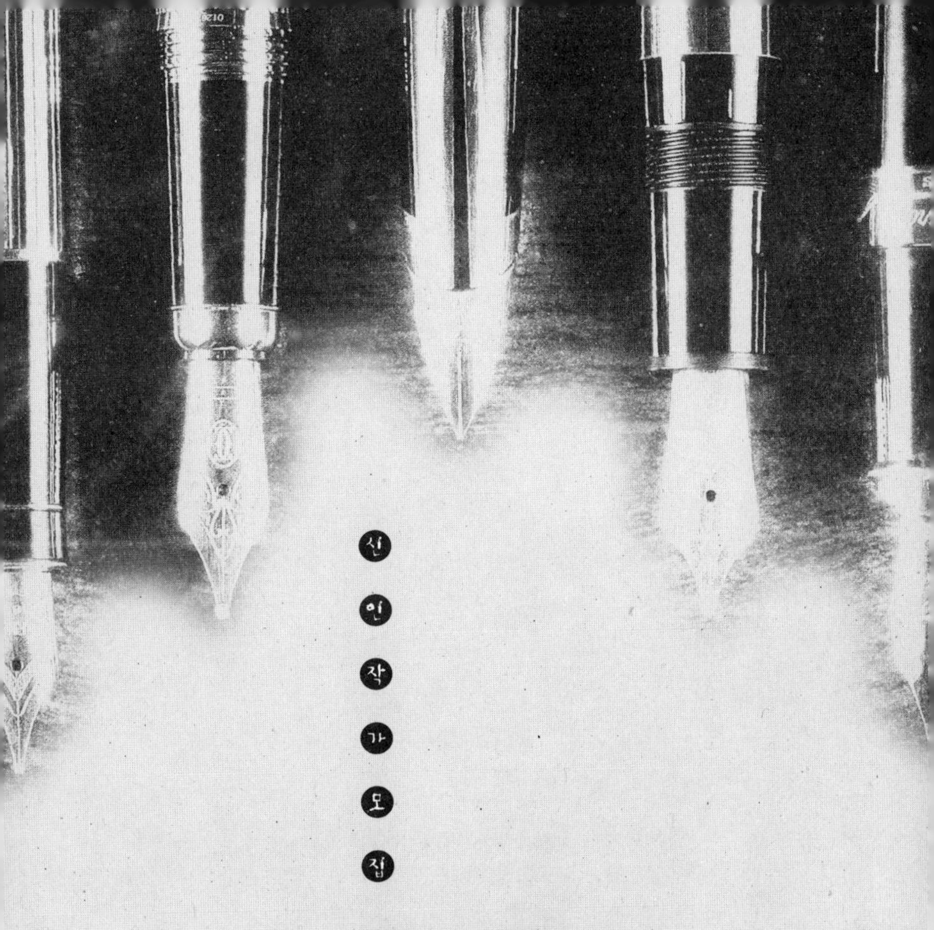

신
인
작
가
모
집

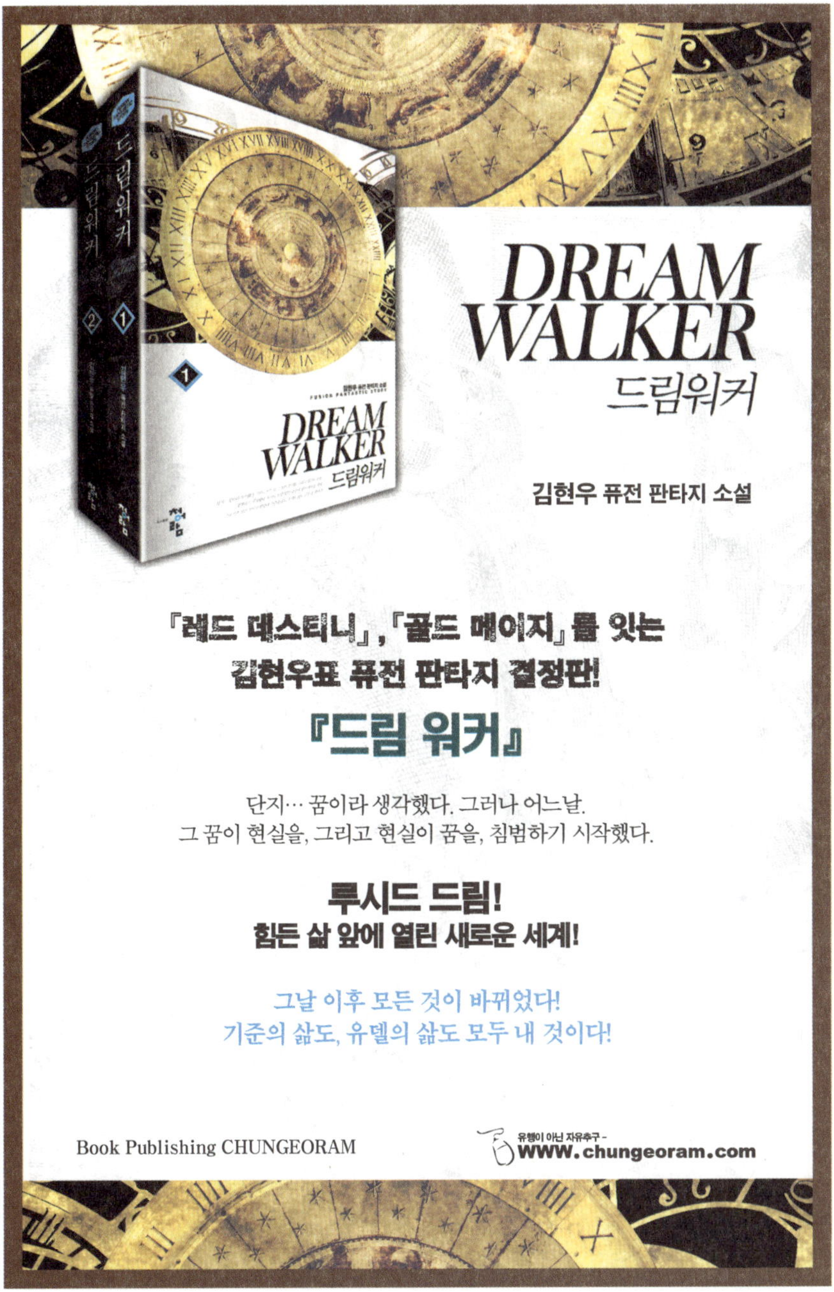

마법사 무림기행

魔法師 武林紀行

김도형 퓨전 판타지 소설

신예 김도형이 그려내는 퓨전 장르의 변혁!
무림을 무대로 펼쳐지는 마법사의 전설!

무림에서 거지 소년으로 되살아난 마법사 브린.
더 이상 떨어질 곳도 없는 깊은 나락에서 마법사의 인생은 새로이 시작된다!

내 비록 시작은 이 꼴이나 그 끝은 창대하리니!

짓밟혀도 되살아나는 잡초 같은 생명력!
고난 속에서 빛을 발하는 날카로운 기재!

무협과 판타지를 넘나드는
마법사 브린의 모험을 기대하라!

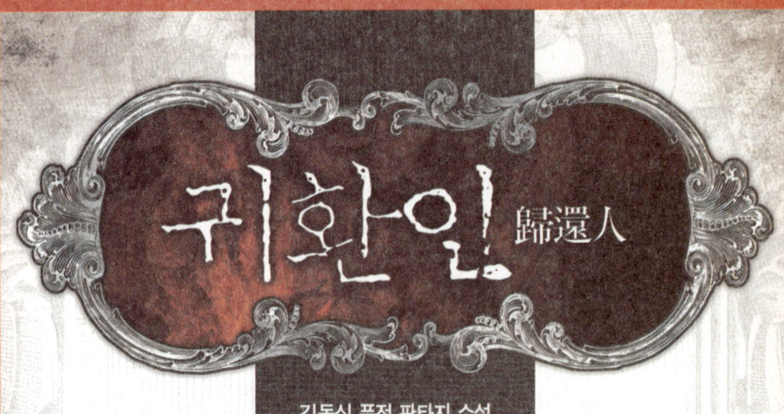

김동신 퓨전 판타지 소설

모든 마수의 왕 베히모스.

그의 유일한 전인 파괴의 마공작 베르키.
마계를 피로 물들이고 공포로 군림했던 그가
드디어… 꿈에 그리던 한국으로 돌아왔다.

"친구들아,
나 권태령이 드디어 돌아왔어!"

피로 물들었던 마계의 나날을 잊고
가족과도 같은 친구들과 지내는 생활.
그 일상을 방해하는 자들은 결코 용서치 않는다!

살기가 휘몰아치는 황금안을 깨우지 말라!
오감을 조여오는 강렬한 퓨전 판타지의 귀환!

Book Publishing CHUNGEORAM

유행이 아닌 자유추구 -
WWW. chungeoram.com

**『비상하는 매』의 신선함, 『더 로그』의 치열함,
『월야환담』의 생동감.**

그 모든 장점을 하나로 뭉쳐 만든 홍정훈식 판타지 팩션!

아더왕과 원탁의 기사.

전설의 검 엑스칼리버의 가호 아래 역사에 길이 남을 대왕국을 건설한
위대한 왕과 그의 충직한 기사들.

"…난 왜 이리 조건이 가혹해?!"

그 역사의 한복판에 나타난 이질적 존재, 요타!
수도사 킬워드의 신분을 빌려 아트릭스의 영주가 되어 천재적인 지략과 위압적인 신위를 휘두르며
아더왕이 다스리는 브리타니아에 정면으로 반기를 든다!

**전설과 같이 시공을 뛰어넘어
새로운 아더왕의 이야기가 우리 앞에 나타난다!**

Book Publishing CHUNGEORAM